著——汐月巴
ill.——最中かーる

天賦の才の持ち主・一人目

▶外見は派手なのに極度に
影が薄いギャル

奥空千陽
Chiharu Okusora

「……は、初瀬？
ねえ……ちょ、ちょっと？」

「…………うぅ」
天賦の才の持ち主・二人目
▶ドジだけど外面だけは完璧な
クールビューティー
深海渚
Nagisa Fukami

「だ……だ……騙されませんから！」
天賦の才の持ち主・三人目
▶人間不信で被害妄想が激しい小動物系女子
陸門栞
Shiori Mutsukado

「一目惚れしちゃったんだ。
純、私と付き合おう？」
天賦の才の持ち主・四人目
▶???
古城愛衣
Mei Kojo

Contents

煩悩の数だけ恋をする
108つの才能へ愛を込めて

汐月 巴

MF文庫J

口絵・本文イラスト●最中かーる

プロローグ

人気《ひとけ》の失《う》せた放課後の教室、そこに残る男女。

甘酸っぱい雰囲気が漂っていてもいいところだが、そんな空気ではない。

俺は、数名の女生徒に取り囲まれていた。

なぜか女子たちは皆が皆、こちらを鬼気迫る表情で見下ろしている。

俺だけが椅子に腰かけ、背もたれに身体《からだ》を預けながら、謂《い》われなき重圧を受けていた。

「ごめん。もう一度言ってくれないか。どうして俺が責められている？」

気が立っている女子たちを落ち着けるように語りかける。

その態度が一層腹立たしいのか、派手な金髪の女子が一歩前に出た。

「だから、この子を泣かせたことを謝りなよ！」

金髪女子の背後には、目元を赤く腫らしてすすり泣く一人の女生徒がいる。

「なぜ？」

「初瀬《はつせ》が、この子が勇気を出して書いた手紙を馬鹿にしたからよ！」

「は。誤解があるようだ」

「え、えっ……な、なにがよ？」

俺が苦笑すると、金髪女子は背後の友人たちと顔を見合わせる。

どうやら彼女たち全員、状況を正確に把握していないようだから、仕方ない。

「俺が事実を伝えよう。そこで泣いている被害者ヅラの彼女は、勇気を出して書いたという恋文を間違えて俺の机に入れたんだ。君の本命相手は、俺の一つ前の席だというのに」

「……」

「俺が自分に宛てられた手紙だと思って中を読むのは自然なことだろう？　この学校にもまだ男を見る目のある女子が残っていたと期待してみれば、驚いたよ、大した取り柄もない前の座席の凡人に宛てた恋文とは、まったく想定外だった。くだらない色恋に巻き込まれた文句を直接伝えただけで、こちらが悪者扱いされる筋合いはない」

正直に事実を並べたところ、眼前の女子たちは絶句していた。

今まで友人たちの壁に守られながら洟《はな》をすすっていた女生徒が声を上げる。

「秀人《ひでと》くんは、そんな人じゃないもん……ひっく、すごく素敵な人だもん！」

「どこがだろう？　後ろの席から目に入る後頭部だけでわかる、勉強も運動神経も地元でちやほやされる程度のお山の大将だ。遥《はる》か高みから見れば蟻《あり》に等しい虫けらだよ。もっとも、大事な手紙を出し間違える君みたいな女には、お似合いかもしれないな」

涙する女生徒は、ぽかんと口を開けた後、顔を真っ赤にしてワッと号泣した。

それを半眼で眺めていると、先ほどの金髪女子が一層憤慨して詰め寄ってくる。

「あたしの友達によくもそんな言葉を……この最低最悪、冷血男！」

「ぐすっ……ひっく、も、もういいよ、かかわるのやめよう。千陽《ちはる》ちゃん！　こいつ、やっぱり評判通りヤバイ人だよ！　わ、私、もうやだぁー！」

「全然よくない！　初瀬《はつせ》！　初瀬純之介《じゅんのすけ》、あんた、この子に謝れー！」

金髪女子は派手で軽そうなギャル感に似合わず、友情に篤《あつ》いようだ。

しかし、彼女以外は、俺と対峙《たいじ》することに内心ではガタガタと震えていたのだろう。

こちらをまっすぐ睨《にら》む金髪女子の背後を指差しながら伝えた。

「お友達は尻尾を巻いて逃げてしまったようだぞ」「え？　……あっ！」

背にかばっていた友達が誰一人いないことに気づいたらしい。先ほど泣き叫びながら教室を飛び出していった女生徒を追って、蜘蛛《くも》の子を散らすように退散していたのだが。

「矢面に立っていた者が置き去りにされるとは憐《あわ》れだねえ。次からは守る価値のある友達をつくるといい。ついでに君は影の薄さも直すのがいいだろう」

「っ……あんたみたいな悪人、いつか絶対に天罰が下るわよ！」

「残念ながら、その天罰を下す神に俺は誰よりも愛されている。なぜなら、俺はこの世の中で誰よりも才能に溢《あふ》れた、完全無欠の天才なのだから！」

「――……」

金髪女子は口を開いて反論の素振りを見せたが、言葉が見つからなかったらしい。つまりは俺の発言を、沈黙で肯定したのだ。

彼女は悔しそうに唇を噛《か》んで、凄《すさ》まじい眼光でこちらを睨《にら》むと、走り去っていった。

自分以外誰もいなくなった教室には、心地よい静謐《せいひつ》が満ちている。

身体《からだ》を深く預けていた椅子から立ち上がり、教室の窓辺に歩み寄った。

グラウンドで汗水垂らしながら部活動に取り組む者、参考書でパンパンに膨らんだ通学鞄《かばん》を肩に食い込ませて自習室へ入る者、誰も彼もが必死こいて努力する様が見下ろせる。

「まったく理解に苦しむね、凡人の生き様は」

先の女子たちとのやり取りだってそうだ。俺のどこに非があったというのか。

他人は人の心がないと俺を非難する。そう、その通りだ。有象無象の凡人の気持ちなんて俺には理解できないし、理解したくもない。

生まれてこの方、努力のひとつもしたことがない。

俺は生粋の天才だ。何でもできる。すべてにおいて一流なのだ。

普段にしても、教師の授業を聞き流していようと試験で満点を取っているのだから文句を言われる筋合いはないし、バカで愚かな同級生とのなれ合いで心の慰めが必要になるほど貧弱な神経はしていない。真の天才とは理解者がおらず、孤高な存在なのだ。

将来的には人類の宝としての権威は約束されているも同然の俺だが、しばらくは悠々自適に遊んで過ごしたい。そして、今はまだ自分に釣り合う相手がいなくて恋愛に縁がなくとも、いずれは理想の女性と出会えることだろう。

と、そのとき、先ほど絡んできた女子たちが、校舎を出て帰路に就く姿が見えた。

窓から身を乗り出して、彼女たちに届くくらいの声量でぼやく。

「ハリウッドデビューとグラミー賞とノーベル賞を網羅した美女でも現れたら、一発で恋に落ちるんだけどなー！　地位と名誉をほしいままにするくらいの才女がいたらなー！」

女子たちは背筋をびくりと震わせる。遠目でも俺と視線がぶつかると、おそらくは俺への陰口を言い合いながら足早に去っていった……かと思ったが、一人だけ、また友人の輪から外れて、こちらを見上げている。鮮やかな金髪が、風に吹かれて舞い上がった。

前髪の隙間から覗《のぞ》く切れ長の双眸《そうぼう》が、堂々とした視線で俺を射抜《いぬ》いている。

生憎《あいにく》と同級生の名前はいちいち憶《おぼ》えちゃいない。どいつもこいつも取るに足らない凡人ばかりだ。あの金髪女子も例にもれず眼中に無かったはずだが、こうして意識して見ると、今まで見落としていたのが不思議なほど、端整な容姿の持ち主だと思わされた。

「……べーっ、だ！」

金髪女子は嫌悪感を吐き出すように舌を出し、小生意気な表情を見せつける。

その後、友人らにまた置き去りにされていると気づき、慌てて踵《きびす》を返していった。

「見てくれだけよくても、中身が最悪だ」

やっぱり世の中、見る目がない馬鹿ばかりだ。

翌朝。教室へ入ると自席に腰を下ろして、背もたれに身体《からだ》を預ける。

ふと、教室にいる生徒たちから妙な緊張感が伝播《でんぱ》してきて、周囲を見回した。

教科書やノートを開いて話し込んでいるグループがいくつも見られた。そういえば、今日は定期テストの当日だった。わざわざ備える必要もないから、すっかり忘れていた。

「何でもできる天才に生まれると、張り合いがなくて困ってしまうな」

さらに深く身体を背もたれに預けて、俺は独り言《ご》ちた。教室のあちこちから注がれる敵意の乗った視線すら、微炭酸くらい半端な刺激に感じられて物足りない。

何か骨のある事件でも起こらないかと、嫌でも期待してしまう。

それがいけなかったのだろうか。この機を境に、俺の人生は一変することとなった。


後日になり、数学担当の女教師が「テスト返しするぞー」と平坦《へいたん》な声で告げた。

出席番号順に呼ばれ、教師から答案を受け取った生徒たちは一喜一憂している。

一方、この俺は、自分の順番が来るのを泰然と待ち構えていた。そもそも、返却される答案の点数など今まで気にしたことがない。一〇〇点満点に違いないからだ。

……しかし、今回の試験はどうも、どの教科でも妙な違和感が拭えなかったな。

筆は滑らかに動いたものの、いつもの調子とは違ったような……気のせいか？

「次は……あー、初瀬《はつせ》」

教師から名を呼ばれて、緩慢に腰を浮かせる。教卓の方にまで典雅に歩み寄った。

余裕の微笑《ほほえ》みを湛《たた》えながら、答案用紙を受け取る。

そのまま点数を確認して――――両目をあらん限りに見張り、顎を落とした。

「…………………に、にに、二点……!?　全部回答したのに？？」

テストの点数を食い入るように見つめて、喘《あえ》ぎともつかない息を漏らす。

それから、どこか心配そうにこちらを眺める教師と見つめ合い、俺は答案を返した。

「先生、困りますね。答案用紙を渡し間違えているようですよ？」

「落ち着け。それは間違いなく、初瀬の答案だ」

「採点に間違いがあるのでは？」

「それもない。私も自分の目を疑って何度も確かめた。他の教科の先生方も面食らっていたぞ、今回の定期テストで初瀬はどれも……あぁ、いや」

「……？」

「もう席に戻れ。成績不振者への追試の日程は後ほど伝える」

頭が真っ白になった。教師の声が耳鳴りにかき消される。

朦朧《もうろう》とした意識で、おぼつかない足取りのまま席に戻った。糸が切れた人形のように全身脱力して椅子に座って………しばらく間をおいて、教師の言葉に理解が及ぶ。

「――俺、赤点!?」

悲鳴のような叫び声が出て、教室中の生徒の注目を集める。

人生初の赤点を取った極度のストレスで俺の脳は限界を迎え、直後に卒倒した。

結論から言おう。定期テストは崩壊の発端に過ぎなかった。

あの日以降、学力だけではない、ありとあらゆる分野で絶望的な不調に陥ったのだ。

この稀代《きたい》の天才・初瀬純之介《はつせじゅんのすけ》の、オリンピック選手級の運動神経も、三ツ星シェフ並みの料理の腕前も、コンサートライブで観客を沸かせること必至の歌声も、屈強な格闘家をも圧倒できる体術も、eスポーツ大会で優勝できるだけのゲームスキルも――……今まで難なくこなして一級品の成果を出せていたことが、何ひとつ上手《うま》くできなくなっていた。

不調の原因はわからない。ただひとつ、確かなことがある。

俺の完璧な将来設計は、天才の矜持《きょうじ》もろとも完膚なきまでに消し飛んだのだ。

◆

二週間後。平日だというのに、昼過ぎまでふて寝してしまっていた。

学校にも、何日も前から登校していない。とてもそんな気にはなれなかった。

ベッドで仰臥《ぎょうが》した姿勢のまま、上体を起こす気力も湧かず、視線を横に向ける。

姿見に映り込む自分の面立ちは、ひどくやつれていた。髪は乱れ、目は虚《うつ》ろで、唇はカサついている。これが俺だとは、とても信じたくはない風貌だ。

「く……うっう、ひどい現実だ……優しい夢を見たいよう……」

惨めな自分を映す姿見から目を逸《そ》らした。ぽろぽろと溢《あふ》れる涙が枕を濡《ぬ》らす。

二度と元の自分には戻れないんじゃないかと、恐ろしい想像が膨らんで何日も眠れない夜を過ごした。ふて寝しても、精神的疲労の完治には程遠かったのだろう。

泣き疲れた頃に、意識はまどろみへと容易《たやす》く沈んでいった。


気づけば、霧のなかのような真っ白な空間で、椅子に腰かけていた。

もしも死後の世界があるとすれば、きっとこんな場所なのだろう、と。

そう思わせるほどの神秘性に満ちていた。つまり現実じゃない、ただの夢だ。

「夢ではありませんよ、初瀬純之介さん」

誰かに名前を呼ばれて、目を見張る。

初めからいたのか、いま忽然《こつぜん》と現れたのか、いつの間にか少女が対面にいた。

「私は『天の神』の一柱、レイと申します」

白光から編んだような純白の長髪に、小さくも豪奢《ごうしゃ》な冠が載っている。

深く赤みがかった妖艶な瞳を持ち、和装に身を包んだ女――自らを神と名乗るのもわかる、神聖な威光を放っていた。

そして、何かを期待した表情をしたそれと、しばし見つめ合う。

「で？」「………あ、あら？」

「神だから何なんすか。助けてくれるんすか。凡人以下になっちゃった俺を……」

俺は背中を丸めて顔を伏せる。途端に、神が狼狽《ろうばい》する気配がした。

「あ、あれ!?　最近の子は、こういうシチュエーションで喜んでくれると聞いたのですけど！　ほら、異世界への憧れとか、そういう娯楽作品見たことありませんか!?　私、雰囲気作りとか結構頑張ったのですが」

「何それ……知らん」

娯楽作品に好んで触れたことはない。現実こそがお遊びで、俺は満たされていた。

……それにしても、こんな悪夢は初めてだ。明晰夢《めいせきむ》というやつなのか、現実から意識が連続している。少なくとも俺には、今までにない体験だった。

「あっ、夢ではないと言っているのに、信じていませんね。紛らわしい真似《まね》をした私が悪かったですから、もうっ、本題に入ります！」

渾身《こんしん》の振りが不発で拗《す》ねているのか、女神はご機嫌斜めな口調だ。

俺の両肩に女神の手が乗せられる。ぐいっと姿勢を猫背から正された。

「──初瀬純之介《はつせじゅんのすけ》さん。お気づきかと思いますが、あなたは才能を喪失しました」

「才能を、喪失……?」

「はい。天界の神々は、その働きで地上に様々な影響を及ぼしています。私の場合は、地上の人々に天賦の才を授けるのが仕事です」

「っ! そ、それはもしかして、この俺に才能を授けることも……で、できますか!?」

「いえ、それは無理です。才能は誕生の直前に授けるのが天界の規則なので」

「チッ! そこを何とかお願いします!」「ごねるなら舌打ちから隠しません?」

胡乱《うろん》なものを目にしたように半眼をつくる女神に、俺は尋ねる。

「なら、ええと、あー……神」

「レイです。名前を忘れている上に、敬称も無いなんて無礼な人ですね!」

「申し訳ない、他人を憶《おぼ》えることと敬うことに不慣れなもので。それよりも、俺が才能を喪失したとはどういうことか、ご説明いただきたい」

「……前任の『天の神』のミスでした」

女神──レイは、神妙そうに語り出す。

これが夢かどうかはさておいて、俺は彼女の話に耳を傾けた。

「先ほどお伝えした通り、天賦の才は誕生の直前に授けられます。けれど、すべての人間が天賦の才を授かるわけではありません。その才能を、他の誰よりも使いこなせる人にだの神がミスをしたというが、もしや俺の才能を誤って消したのか……？

実に悪くない事実ではあるが、それならば、なぜ俺は才能を喪失したんだ？　前任の天
だとすると、才能溢《あふ》れる俺は、なるべくして天才になったわけだ。

「神に選ばれし者の特権というわけだ。まさしく天賦の才だな」

け与えられるのです」


俺の内心を汲《く》み取《と》ったのか、レイは首を横に振る。

「手違いはありました。ですが、それは初瀬純之介さんの才能喪失ではありません」

「な、何だと？」

「あなたは元々、一〇九個の才能を所有していました。ですが、あなたが本当に授かるはずの才能は──ひとつだけ。あなたは才能を一〇八個、手違いで余計に授かったのです」

「は……はああぁっ!?」

思わず立ち上がり、レイの肩を掴《つか》んだ。神ともあろう者が、そんな失態をするのか!?

「ふざけたことを！　その前任の神とやらを呼んで来い、文句を言ってやる！」

「ぜ、前任の方は職務違反の厳罰を受けて、すっ、すでに天界を追放されています～!?」

俺に肩を揺さぶられて、レイは目を回していた。

しかし、何てことだ。もしそれが事実ならば……そうか。

「才能喪失が手違いじゃない、ということは、それが適切な処置だったのか？」

「うぅ、はい。あなたが余分に授かった才能は、本来なら別の方が授かるべきでした」

「つまり、俺は……一〇八人分の『他人の才能』を独占していたというのか」

才能を授かり損ねた連中が憐《あわ》れだ。もしそちら側だったらと思うとゾッとする。

俺が我が身だけを案じているのを察したのか、レイは咎《とが》めるような視線で射抜《いぬ》いた。

「天賦の才を授かり損ねることは、絶対にあってはなりません」

「？　どういう意味だ」

「天賦の才を授かるべき人々には、才能が必要なのです。才能があって初めて瑕疵《かし》を打ち消し、バランスが安定します。正しい天賦の才を授かり損ねると、人はその才能の対極にある欠点——『弊害』を抱えてしまう。これは、いくら努力しても決して克服できません」

レイの言葉を噛《か》み砕《くだ》いて、嚥下《えんげ》する。

「それは、たとえば『水泳の才能』を授かり損ねると、『弊害』で一生カナヅチになる……みたいなことか？」

「その通りです。理解がお早いのですね」

「待った。俺は才能喪失して何もできなくなったが、これも『弊害』なのか？」

「あ。それは完全に無関係です。あなたは今まで何一つ努力せずに才能だけで生きてきたので、単なる努力不足の結果ですよ？」

「……悪気がないのはわかるが、無性に腹が立つ！」

無邪気に言い聞かせてきたレイを前に、やり場のない怒りを叫ぶ。

そして、息を落ち着けた頃に、真っ白の床面にへたり込んだ。

「でも、そうなのか。俺はもう二度と、完全無欠の天才として生きられないのか……」

「……あなたが余計に所有していた一〇八個の才能は、一〇八人の本来の持ち主たちへ分配されました。前任の天の神は、上位神から雑然とした職場の整理を命じられた際に、過去の失敗に気づいたようで、それを隠滅しようとしたのです。独断で、才能を分配して──」

途中、言葉選びに困った様子で、歯切れが悪くなりながら続ける。

「そして……ええと、天界の恥部を晒《さら》すようで言いづらいのですが、実は、その才能の分配でも、さらなるミスが発覚したのです。一〇八個の才能は本来の持ち主ではなく、一〇八人の間でちぐはぐに送られて、取り違えられてしまいました」

「……前任者は疫病神か何かじゃないのか」

「で、でも、安心してください。才能取り違えについては、初瀬純之介《はつせじゆんのすけ》さんは被害を受けていません。分配するべき一〇八個の才能の選定自体は正しかったようで、才能を分配する送り先を間違えていただけだったのです。結果的に、初瀬純之介さんのもとに残された才能──『恋愛の才能』が、あなた本来の天賦の才なのですよ」

「俺の真の才能が、恋……愛？」

困惑が隠しきれなかった。

自分で言うのもなんだが、俺は恋愛において理想が高い方だ。自分に見合う相手がいないせいで恋愛に興味を持てない。かといって、凡庸な色恋で妥協もできない。

そんな俺が、神に認められるほどの恋愛の才があったというのか。その気になればどんな女でも落とせる自信はあったが、すんなりと受け入れられない部分がある。

「……いささか納得がいかないいな。確かに俺は、世の女性たちすべてから恋慕されて然《しか》るべき天才美男子だったが、直近でも、同級生の女生徒たちから嫌われたばかりだぞ」

「それは当然なのです。初瀬純之介《はつせじゆんのすけ》さんは、そもそも恋愛する気がありませんよね？　あなたにその気がない限り、『恋愛の才能』の発揮には至りません」

「なっ!?　確かに、俺から他人に好意を向けたことはないが……それは、俺に見合う相手がいなかったからで……！」「そういうところ、なのですよ」

言い訳がましく反論する俺は、レイの一言で閉口を余儀なくされる。

この俺が才能を扱えないのは、誰も好きになったことがないせいだというのか。

わからない。レイの指す恋とは何だ。有象無象の女を、どう好きになれというんだ？

ふと、彼女は痛ましいものを見るように目を細めた。

「ただ……天賦の才を過剰に所有してきたせいで、あなたは本来の在り方とは違う形に歪《ゆが》んでしまっています。自身の才能に違和感があるのは、そのせいかもしれません」

「俺が、歪んでいる……だと？」

今を生きる俺自身への否定も同然の言葉に、思わず眉間にシワが寄った。

この身に宿していたのが『恋愛の才能』だけだったら、果たしてどんな人間になっていたというのか。まったくもって想像が及ばないが、その仮定を無視もできない。

「そんなことを言われても……今更、どうしろっていうんだ」

「そうですね。初瀬純之介さんは人格が破滅的でも、優秀さだけは誰からも認められる天才でしたし、才能の大半を失ったら性格が悪いだけの人です」

「そこまで悪く自己評価してなかった……」

「私も責任を感じています、職務を引き継いだ後任者として。どうか落ち込まないでください。あなたならいつか恋を知り、純粋な人生を歩み直せます。男児は古来、強《したた》かなものです。気をしっかり持ってください。当事者の一〇九人の内で男の子は、あなただけだったので、他の方々の先駆けになるおつもりで！　どうか頑張ってみてください！」

「…………………いま、何か」

頭に引っ掛かった。ものすごく重要なことを、さらりと言われなかったか？

次の瞬間、脳裏に閃《ひらめ》くものがあった。

「――そ、そうか!!」「……？　は、初瀬純之介さん？」

レイが小首を傾《かし》げる。俺は勢いよく立ち上がり、彼女の肩を掴《つか》んだ。

「ありがとう、女神様！　前任がひどすぎて神なんて結局は名ばかりの失敗製造機かと落胆しかけていましたが、あなたのような素晴らしい神様が後任なら安心だ。おかげで俺も元気が湧いてきました！」

「そ、そうなのですか？　へ、えへへ」

俺の感謝を額面通りに受け取って、レイは照れくさそうに笑う。

それをよそに、俺は先ほど閃《ひらめ》いたアイデアから、早急に計画を練り上げていた。

レイは言った——当事者の一〇九人のうち、男子は俺一人だと。

俺以外の一〇八人は全員が女ということだ。そして、もう一つ重要なのは、俺には『恋愛の才能』——女を恋に落とす天性の能力があるということ。

この二つの事実からアイデアが閃いた。

俺は、やはり天才として歩むはずだった輝かしい将来を取り戻したい。大半の才能を喪失して劣化した自分なんて到底受け入れられない。そんなのは、今まで見下してきた無能な凡人側に堕《お》ちたのと同義だ。完全無欠の天才こそ、この初瀬純之介《はつせじゅんのすけ》にふさわしいのだ！

だから、才能を分配された一〇八人の少女を、『恋愛の才能』で恋に落としていく。

全員を落として侍《はべ》らせれば、その女たちを——才能を、思い通りに利用できる。実質的に、喪失した一〇八個の才能を再び掌握したのも同然！　それで俺の将来は安泰だ……！

だが、そのためにはまだ武器がいるな。

「女神様。ものは相談ですが、俺にあなたを手伝わせてはいただけませんか？」「えっ？」

当惑するレイを、さっきまで俺が座っていた椅子に座らせた。

「前任から業務を引き継いだということは、ミスの事後処理も押し付けられたということですよね？　才能を取り違えられた不憫《ふびん》な者たちや、俺を立ち直らせてくれた女神様のために、微力ながらお力添えしたいのです！」

「えっ、と……」

「何かお困りのことがありますよね、遠慮なくおっしゃってください。神様とはいえお仕事は大変でしょう。人の手でも借りたいところはありませんか？」

「か、神は天界の規則で地上に降りられないので、取り違えられた才能の捜索に直接赴けないのが手間ではありますが……天界からでも時間をかければ解決することですし」

「何をおっしゃるんですか、人々のためを本当に思うなら早期解決しないと！　つきましては、地上の協力者である俺に、分配された一〇八個の才能を捜索するための手段を授けてくださいませんか？」

「う、うーん。そんなの前例がないのです。い、いいのでしょうか」

「天界には、人間の協力を受けてはいけないという規則があるのですか？」

「それも、ないのですけど」

「ならば迷うことはない。なにしろ正しく善行なのですから。お互い手と手を取って、力を合わせましょう！」

怒涛《どとう》の勢いでまくし立て、溌剌《はつらつ》とした面持ちで手を差し出した。

男慣れしていない箱入り娘を口説いているような気分だが、ともすれば——こんなやり取りでも、『恋愛の才能』の効果が多少なりとも発揮されていたりしないだろうか？

俺自身に恋をする気がないと才能は発揮されないと、レイは言ったが、そう簡単に信じてたまるものか。相手は女神、つまりは女だ。俺の天賦の才が少しでも発揮されるかと期待したが……実感は無い。そも『恋愛の才能』の手応えを、どう得たものか判然としない。

それでも、どうにか人好きのする相好を保って、眼前にいる彼女を見つめた。

しばし混乱していたレイは、揺れる瞳で俺の手を見つめて、おずおずと掴《つか》むのだった。

「あなたが真人間になってくれたようで、私も嬉《うれ》しいです……」

レイが屈託のない笑顔を見せる。俺の虚言を、本当に信じているようだ。

無論、協力を名乗り出たのは善意からではない。それは建前だ。一〇八個の才能がどこにあるのかを知る術《すべ》が欲しかった。

その手段を入手せねば、喪失した才能を再び掌握するという目標すら果たせない。

だが——幸いにも、どうにかなった。

「私の神通力で『第六感』を貸し与えました。これで才能を探すことが可能です」

レイに協力を受け入れてもらうことには、見事に成功した……のだが。

自分の身体《からだ》を見下ろして、俺は眉根を寄せる。

「？　何も感じないぞ。本当に何か変わったのか？」

「平常時には何も感じなくて当然です。でも、捜索中の天賦の才の所有者と物理的に接触したときに、胸がキュ～ンとするのです。探知機のようなものと考えてください」

「……ふざけているのか？」「大真面目です。試しに体感してみましょう。いいですか？」

心外な反応だとも言いたげなレイに、変わらず懐疑的な視線を送る。その直後だった。

――キュ～ン！

「うッ……!?」

胸を締め付けられるような痛みとも異なる感覚に、思わず呻《うめ》いてしまった。

「み、未知の気色悪さだ！　他の力に変えてくれ、接触が条件というのも不便じゃないか！」

「これでも精一杯なのです。むやみに神通力を使うと、力に影響されて今以上に人格を歪《ゆが》めてしまうかもしれません。それが初瀬純之介《はつせじゆんのすけ》さんのためです」

「……」

「それに、地球上の全女性が、今回の捜索対象というわけでもないのです。天賦の才を授ける際には、一定の地域ごとに区切りながら人を選抜していきます。つまり、才能を分配された一〇八名は、少なくとも誕生の時点では、初瀬純之介さんと近しい土地に暮らしていた人々なのです」

「……引っ越しや留学でもされていなければ、まだ俺の付近にいる可能性があるというわけか。捜索範囲を絞れたとはいえ、たかが知れているな」

これ以上の譲歩は引き出させなさそうだ。仕方がない。

一応は、順風満帆な将来を取り戻すという最終目標のために必要な鍵は揃《そろ》った。

「そちらは、これからどうするんだ？」

「私は天界から俯瞰《ふかん》して、分配された天賦の才を捜索します。一〇八個の才能をどこの誰が持っているのか、それが判明したら今回のように事情の説明を。最後には、今度こそ正しい持ち主へと、私が再分配を行うつもりです」

胸元に手を添えて、レイは凛然《りんぜん》と告げる。

「あなたが天賦の才を見つけられたら、『第六感』を介して私にも伝わります。人のためを本当に思うなら早期解決を目指すべき……ご助力、期待させてもらいますよ」

「……俺なりに、その期待に応えてご覧にいれよう」

レイからの挑戦的な瞳と、俺の火が付いた瞳がぶつかる。

最終的な目的の違いはあれども、途中までは利害が一致している。

俺は必ず、失われた一〇八個の才能を見つけ出し、所有者の女を『恋愛の才能』で恋に落として、元々手にするはずだった安泰な将来を取り戻してみせる！

そんな俺の魂胆など知る由もないレイは、ふっと微笑《ほほえ》んで手をかざした。

「それでは、あなたの意識を現世に返します。あなたに、幸あらんことを」

白い空間が、そこに佇《たたず》むレイが、急速に遠ざかっていく。

俺は足場すら無くして、暗闇へと背中から落ちて行って――……。


目を覚ました。上体を跳ね起こして、周囲を見回す。

俺の自室だ。時計を一瞥《いちべつ》する。眠っていたのは、わずか一五分程度だった。

ベッドの隣の姿見には、驚愕《きょうがく》を顔に張り付けた俺が映っている。

それから、時間をかけて考えを整理した俺は、じっくりと肺の空気を吐き出した。

「変わった夢だった……ハ、ハハ、ハッハッハ！」

わかっている。あれは夢での出来事だ。真に受けるなんて、あり得ない。

俺は抽象的なものを信じない、リアリストの自負心がある。

バカげた妄想を笑い飛ばして、それから不意に、胸元に手を添える。

心臓にはまだ、キュ～ンという、気色悪い感覚が残っていた。

「神なんているはずない……なのに、俺が凡人以下に落ちぶれたのは夢じゃない」

睡眠が浅かったおかげで、時刻はまだ昼過ぎだ。

俺はベッドから起き上がる。半ば衝動的に、今から学校に向かうことにした。

第一章

不登校だった俺が、午後から登校してきたことで教室はざわついた。

この俺が赤点を取るなんて大失態を晒《さら》した後に登校拒否したこともあり、様々な憶測が蔓延《はびこ》っていたようだ。とはいえ、陰で何を噂《うわさ》されていようと屁《へ》でもない。

俺が学校に来たのは特別な理由があったわけではない。ただ、自室で腐っていても事態は好転しないことだけは明白で、とにかくじっとしていられなかった。

あの奇妙な夢のせいだ。俺の理性はあり得ないと否定しているのに、感情では希望を捨てきれずにいる。ここまで理性と感情が食い違うことはない。

勢いで登校したものの、結局どうしたかったんだろうな……俺は。

あっという間にHRまで終えて、放課後になった。

結局、散々な一日だった。午後の授業で問題を解くように名指しされても、この俺が「わかりません」と敗北宣言をできるわけがなく、さも自信満々そうに解答を記してみたが、定期テストと同じく結果は無惨なものだった。唖然《あぜん》とした教師の顔が忘れられない。

クラスメイトたちの奇異の視線から逃れるように早足で廊下に出て、遅れて気づく。

スマホを机のなかに置き忘れてしまった。……とことん最悪だ。

俺は教室に戻るべく踵《きびす》を返した——直後、背後から歩いてきていた女子と衝突する。

「うわっ！」「きゃあっ！」

ぶつかってきた女子は転びかけて、反射的に俺の制服の裾をつかみ取った。

いくら非力な女子とはいえ、全体重をかけて引っ張られれば俺もバランスを崩される。

二人して廊下に倒れ込んでしまい、俺は女子に覆いかぶさった。

そして、相手の柔肌と触れ合った瞬間——『キュ〜ン』と胸が締め付けられる！

「っ⁉」

俺は二重にショックを受けた。

肉体的な痛みがどうでもよくなるくらい、精神的な衝撃の方が強烈だ。

「びっくりしたぁ……急に振り返らないでよぉ！」

身体《からだ》の下から、怒気混じりの泣き声が届く。

俺は驚愕《きょうがく》に目を見張りつつ、目と鼻の先にいる女子を凝視した。

煌《きら》びやかな金髪と端整な小顔が、視界いっぱいに収まっている。

目の端に涙を浮かべた彼女の、震える唇から細く出た吐息が、俺の首元をくすぐった。

「初瀬《はつせ》、あんた……どれだけ人に迷惑かければ気が済むのよ……」「君は——」

自身の身体と床面との間に、彼女を挟んだまま問いかけた。

「どこかで会った気がするが、印象が薄くてさっぱり思い出せない。君は誰だ？」

「は？」

彼女は唖然《あぜん》と口を開けた。一拍置いて、より濃密な怒気を醸し出す。

直後、俺の頬《ほお》に張り手を浴びせた。

「痛ぁああ!?　いきなり何をするんだ！」「あ。ごめん、つい……！　じゃなくて、クラスメイトの名前くらい覚えなよ、この最低最悪の冷血男っ！」

手荒に身体《からだ》をどけられて、怒声を浴びせてくる彼女を地べたから見上げる。

すると、意図せずに、彼女のスカートの内にあるショーツが無防備に目に入った。

細身なのに存外にも肉付きのいい太腿《ふともも》で、きめ細やかな白皙《はくせき》な肌が黒のレース生地とのコントラストを生み、不覚にも俺の頬が若干の熱を帯びる。

だが、この俺が、みっともなく狼狽《ろうばい》する様を他人に見せられるはずがない。

弛緩《しかん》しそうな表情を引き締めて、毅然《きぜん》とした態度で素早く立ち上がる。

「そニョ罵倒で思い出ヒたよ。恋文出し間違え女の友人だニ！」

噛《か》みまくった。ちっとも動揺を隠せていなかった。

自分で自分の頬をスパァン！と叩《たた》く。眼前の彼女がビクッと肩を跳ねさせた。

「……その罵倒で思い出したよ。俺に恋文を出し間違えた女子のお友達だね」

「あんた、態度がころころ変わるわね。謎に顔赤いし、あんなに慌てて――あっ」

引き気味の表情で喋《しゃべ》っていた彼女は、最後に得心がいったような小声を漏らす。

目敏《めざと》くも俺の動揺の理由に気が付いたらしい。みるみるうちに顔が紅潮した彼女は、柳眉を逆立て、羞恥を耐えるように歯を噛《か》み締《し》める。全身がぷるぷると震えていた。

「ほんッとうに、天罰が当たるがいいわ！」

彼女が思い切り振りかぶってスイングした通学鞄《かばん》が、俺の顎下に見事ヒットした。

視界に星が散って、再び廊下に倒れ込む。彼女は憤慨ぶりが感じられる荒々しい足取りで、倒れた俺の脇を抜けて去っていった。

「……最悪だ」

俺は仰臥《ぎょうが》したまま、そう呻《うめ》くのだった。


わかったことが二つある。

ひとつは、金髪女子の名前——奥空千陽《おくそらちはる》。

教室に戻った後でクラス名簿を確認し、今度こそ記憶に刻んだ。

もうひとつは、奥空千陽と接触したときの『キュ～ン』とかいう感覚。夢での体感と合致する。あれが『第六感』、天の神・レイから与えられた天賦の才を探知する異能だ。

「夢じゃなかった、のか……」

校舎の廊下を歩きつつ、俺は呆然《ぼうぜん》と呟《つぶや》く。

才能喪失の事実に加えて、夢で見た内容と重なる異能の体験。

それでもまだ、非現実的な妄想だと断ずることはできる。すべては、俺自身が見たいように見ているだけに過ぎないかもしれない。

だが、俺は今になって、ようやくわかった気がする。

見たいものだけを見て何が悪い、信じたいように信じて何が悪い。

俺は神などではない、今回ではっきりと己の限界を痛感した。今まで見下してきた凡人たちと同じで、俺もちっぽけな人間に過ぎない。できることには限りがあった。

だからこそ——俺は才能の価値を、何よりも重んじる。

やはり才能を取り戻したい。俺がやりたいことは、今この瞬間に定まった。

「天の神の話によれば、俺から一〇八個の天賦の才が一〇八人の女子に分配された。俺には、本来の才能である『恋愛の才能』だけが残された……か」

俺は酷薄に笑う。やはり、すべての才能を掌握すべく、一〇八人の女子を恋に落として侍《はべ》らせるのだ。我ながらバカげた計画だが、俺の将来のためにはこれに賭けるしかない。

目標を掲げたところで、俺は歩みを止めて今後の指針を思案する。

早速一つ、天賦の才を見つけられたのは幸運だった……が、残り一〇七個も見つけ出さないとならないのに、居場所には何の手がかりもない。

ひとまず目下のターゲットは奥空千陽になる。それにレイによれば、天賦の才を分配された一〇八人は、少なくとも誕生時点では一定の地域内に偏っていたという話だ。

それが確かなら、天賦の才がまだ近場にある可能性もゼロではない。

奥空千陽《おくそらちはる》の他にも天賦の才の保有者がいないか、確認する必要があるだろう。

「奥空に逃げられたのは惜しいな。会うには明日まで待つしかなくなった！」

これから奥空には恋愛対象として俺を意識させなくちゃならない。思わぬ形でわだかまりを作ってしまったから、早いうちに解消しておきたかったが仕方ない。

「となれば……面倒なことこの上ないが、手あたり次第に才能の在処《ありか》を確かめてやる！」

もちろん、今回みたいな幸運が今後も続くわけがない。喉から手が出るほど欲しい才能が、とんとん拍子に見つかるなんて、そんなチョロい現実なら苦労しないのだ。

きっちり腹を括《くく》って、学校中を駆けずり回るべく廊下を蹴り出した。


「――ぜぇ、はぁ……もう嫌だぁ～、足が痛い～、全然見つからない～！」

校舎の壁に手をつき、疲労困憊《ひろうこんぱい》で肩を激しく上下させながら泣き言を喚《わめ》いていた。

二時間ほど粘って、目についた女生徒の手を握っては逃げ去るという、傍《はた》から見れば常軌を逸した奇行にしか映らない才能捜索に奔走した。

だが、予想した通り簡単ではなく、『第六感』が発現することは一度もなかった。

とっくに下校してしまっている者も少なくない。才能の有無が確認できていない相手を見つけることすら、もはや難しかった。

それに先ほどから、遠巻きの生徒たちから露骨に警戒されている気配がする。

他人から嫌われる経験が豊富な俺ではあるが、今向けられているのは嫌われ者を見る目というより、異常者を見るそれだ。そんな恐れられ方は、俺とて心外だった。

「い、一度退散だ……戦略的撤退だ！」

見栄《みえ》と声を精一杯に張り上げて、ガタガタの足取りで帰路に就いた。

しばらく歩いて、ようやく呼吸が落ち着いてきた。そんな時——。

車道を挟んだ向かい側の歩道に人影を二つ見つけた。細路地の近くで一つ、少し遠くのファミレス付近に一つ。……うちの制服だ。タイの色が二学年のもの、俺と同学年だ。

先ほど才能捜索をしている最中に考えが至ったが、恐らく天賦の才の保有者は俺の同世代だろう。天界のシステム上、天賦の才を授かるタイミングは、この世に誕生する直前だとレイが言っていた。この推測は正しいはずだ。

正直、くたびれた身体《からだ》に一刻も早く休息を与えたい……ここは深追いせず、明日また才能捜索を頑張るのも悪い考えじゃない……と、そんな甘ったれた己の弱音を噛《か》み殺《ころ》す。

俺は必ずや才能を取り戻すのだ。意志の力で、身体に鞭打《むちう》って走り出した。

「ハァ……ハァッ……！」

息を切らして横断歩道橋を上り、向かい側の歩道へと駆け下りる。

ここまで必死こいても、徒労に終わる可能性の方が大きい。だが、獅子《しし》は兎《うさぎ》を狩るのにも全力を尽くすものだ。手を抜いて失敗するくらいなら初めから本気でやってやる！

その甲斐《かい》あって、どうにか、間に合った。

ファミレスのある前方からトボトボと歩いてくる、栗色《くりいろ》のお下げ髪の少女。

右方の細路地から歩道に合流してくる、凜《りん》とした雰囲気が漂う黒髪ショートの少女。

接することなく交差して、ただすれ違うはずだった二人を――俺の右手と左手が、少しの時間差をつけて、だが確実に少女たちの片手を掴《つか》み取《と》る。

瞬間――『キュキュ～ン！』と胸が締め付けられる感覚に襲われた。

それはまさしく『第六感』によるシグナルだ。しかし、今までとは違うことがある。

探知は、二度、鳴らされていた。

一度の感覚にも思えるくらい、わずかな時間差で、確かに二度発現した。

「……嘘《うそ》だろ」

予測を超えるまさかの反応に、俺は驚愕《きょうがく》した。

そんな俺と同じくらい瞳を見開いて、こちらを凝然と見つめる二人の少女。

「ヒュッ……!?」「何かしら、きみは？」

お下げ髪の女子が喉を鳴らして、小動物じみた挙措で後方に飛《と》び退《の》く。

黒髪ショートの女子は俺の手を振り払い、冷ややかに睨《にら》みつけた。

間違いない……決死の捜索は無駄じゃなかった。

眼前の二人ともが、俺の探していた天賦の才の保有者だったのだ。

想像を超える出来事に動揺したものの、咳払《せきばら》いをして、伏せ目がちに謝罪する。

「急に無礼を働いてすまない。初めて会った気がしなくて、つい引き留めてしまった」

口をついた言葉は、もちろん方便だ。

彼女たちが標的だと判明した時点で、すでに恋の駆け引きは始まっている。まずは殊勝に謝ることで、これ以上の悪印象を抱かれないようにしたかった。

さらに欲を言えば、彼女たちの素性に探りを入れたいところだ……少し、攻めるか。

「しかし、制服を見るに同じ学舎の同級生のようだな、実に奇遇だ！　失礼な真似《まね》をしたお詫《わ》びがしたくてたまらない、ぜひお茶でもご馳走《ちそう》させてくれないだろうか？」

突然の申し出に彼女たちは面食らった様子だが、構わず言葉を続ける。

「そういえば自己紹介がまだだった。俺は初瀬純之介《はつせじゅんのすけ》、君たちは？」

「は、初瀬……!?」「……純之介？」

彼女たちは揃《そろ》って目を見張ると、口が縫われたかのように押し黙った。

挨拶の流れで名前くらい聞けたら、一歩前進だったのだが……おかしな反応だな。

解せないものを感じていると、黒髪の少女が深々と嘆息する。

「生憎《あいにく》、不審者に名乗る名前は持ち合わせていないの。さようなら」

「ぁ、わっ、わたしも、ししし失礼します……！」

黒髪の少女は極寒の眼差《まなざ》しで一蹴して、栗色《くりいろ》の少女は呂律《ろれつ》が回らないほど大慌てで、俺に背を向けて去っていく。後を追うこともできるが……今はまだやめておこう。幸い、捜索の目標であった天賦の才の発見したのだし、所有者たちの顔は覚えた。

これでも上々の滑り出しと言えるだろう。早くも勝利の予感を抱かざるを得ないな。

「フ……ハーッハッハッハッハ、やった！　幸先《さいさき》がいいぞ、こんなにとんとん拍子に上手《うま》くいくとは！　我ながら手際の良さに惚《ほ》れ惚《ぼ》れする、どうだ見ているか女神様ー！」

遥《はる》か高みの天界にいるレイに向けて、人差し指を真上へと突きつけた体勢で、一方的に声を投げた——その直後、全身が痛んで「ウッ」と呻《うめ》く。興奮で忘れていた筋肉痛に水を差されたようだ。無様な立ち姿で、ぴくぴくと震える羽目に陥った。

……うん、頭が冷えた。痛みで若干涙目になりつつも、俺は口角を吊《つ》り上《あ》げる。

「天賦の才の持ち主を三人も発見できたんだ。校内を洗いざらい調べつくせてはいないが……目的のために本格的に動き出してもいいだろう」

何だかんだ、ここまで順調だ。ここから先は、俺の『恋愛の才能』の見せ場だろう。

女を落とす天性の才能がある俺にとってみれば、少女たちなんぞ、筋肉痛に苦しむ今の俺以上に非力な獲物に違いない。必ず落としてみせる！

早く明日が来ないかと心待ちにしながら、ご機嫌な足取りで帰路に就くのだった。

◆

翌日。朝のＨＲがじきに始まる頃、急ぎ足の生徒たちが教室に続々と入ってくる。

俺はというと、一番乗りで登校して、獲物がいつ来るか目を光らせていた……のだが。

「おかしい……なぜだ、なぜ来ない！」

そう、虎視眈々《こしたんたん》と待ち構えていても、肝心の獲物がちっとも来やしなかった。

よもや、何か訳あって学校を休むのだろうか。……くっ、手近な標的から攻めようと思ったのに、とんだ誤算だ。早起きも無駄になってしまった。

失意の溜息《ためいき》をついて、視線を出入り口の扉から教室の中へと戻した。

「ん？？」

すると、当人不在であるはずに違いない座席に、誰かが座っている。

見間違いかと思ったが、それは確かに目下の標的――……奥空千陽《おくそらちはる》であった。

遅刻気味で急いで来たばかりなのか、息を整える彼女の頬《ほお》は、やや火照っている。

「な!?　いつから……いたんだ……バカな、見逃すわけがないのに!?」

どうして俺は彼女に気づかなかった？　つい先ほど到着した遅刻寸前の連中たちに紛れていたのか？　いや、それでも一人一人、きちんと目で追っていたはずだぞ。

一体何が起こったのかわからず、疑問符を浮かべながら、奥空の姿を注視した。

彼女は一息つき、白ニーソの裾をつまんで引き上げている。

衣服の内側にこもる熱を換気したいのか、スカートの裾をパタパタと扇《あお》ぎ始めた。人目を気にしていないのか、それとも誰も己を見ていないと高を括《くく》っているのか、えらく無防備な姿だ。彼女が誰に下着を見せようと見られようと、知ったことじゃないが、昨日はそれで彼女の気分を害したばかりだ。名残惜しくも、俺は彼女の下肢から視線を外した。

さて、ここからは彼女のご機嫌を取って、巧妙に恋心を育んでいかなくてはならない。面倒だが、俺の安泰な将来を取り戻すためだ。気を取り直して、全力を尽くそう。

席を立って、一直線に彼女のもとへと歩み寄る。できるだけ和やかに声を掛けた。

「やあ。奥空千陽」

正面に回り込んで、机の上に両手を乗せ、前傾姿勢で奥空を直視する。

「実は今朝になって、今まで申し訳ないことをしたと心が痛んでね。いつぞや君の友人に失礼な発言をしたことも、昨日うっかりスカートの中を見て怒りを買ったことも、すべて俺が悪かったと認めるよ。本当にすまなかった。お詫《わ》びとして、休日に行きつけの店で食事でも奢《おご》らせてもらおう。だからどうだろう、これで手打ちにしないか？」

「…………」

奥空は沈黙した。俺が彼女のフルネームを憶《おぼ》えたことが意外だったのかな、声を掛けた際には驚きの表情を見せたのだが、今は能面のように無感動な瞳をしている。

段々と気圧《けお》されて、こくりと生唾を呑《の》んだ。

その後、奥空《おくそら》は不意に柔和な笑みを浮かべると——柳眉を一気に逆立てた。

「二度とあたしに話しかけるな、このっ、ノンデリ冷血漢！」

腹が立ちすぎた分を、遅れて一気に爆発させたとでもいうような大音声が発せられた。

思わず、のけぞって尻餅をつく。あちこち賑《にぎ》わっていた教室全体が静まり返った。

静寂の中心であるところの奥空は、最後に俺をひと睨《にら》みした。ぷい、と顔を逸《そ》らす。

どうも俺はミスを犯したらしい。今回は真摯に謝ったのに、何が悪かったんだ……。

……それと薄々思いつつあったが、俺の『恋愛の才能』があまりに仕事をしていない。

どう扱うのが正しくて、何が足りていないというんだ。皆目わからない！

張り詰めた空気はしばらくそのまま、数分後に担任がＨＲをしに来るまで、誰一人として話し声や物音を立てられなかった。


授業を一つ終えるごとに休み時間が挟まるが、その度に俺は別クラスを訪れた。

知り合いのいない教室へと足を踏み入れて、我が物顔の押し込み強盗に直面したような表情の生徒たちから不躾《ぶしつけ》な注目を浴びながら、探し人がいないかを確認していく。

探し人というのは、もちろん昨日に学校外で見つけた女子二人だ。あの時は、結局取りつく島もなく帰られてしまったので、彼女たちの名前すら俺は知ることができていなかったが、この調査活動のおかげで、昼休みになる頃には情報を握ることに成功した。

俺は二年四組の教室を廊下から覗《のぞ》き込《こ》み、窓際の席にいる女生徒を一瞥《いちべつ》する。

肩に触れるくらいの短めの黒髪の少女――深海渚《ふかみなぎさ》。

利発そうな大人びた面立ちから、どことなく惹《ひ》きつけられるミステリアスなオーラが漂う美人だ。唇の横にあるホクロがどこか艶《なま》めかしい。

四組の生徒から話を聞いたところによると、どんな事でもそつなくこなす完璧なクールビューティーと評され、異性からも同性からも大分モテているのだという。

だが、深海は誰ともなれ合わず、自ら他人を遠ざける孤高の人とのこと。俺が話を聞けた四組の生徒も別段親しくはないそうで、他に大した情報は聞き出せなかった。

と、四組の教室を通り過ぎる。もう一人の探し人は、お隣の五組にいた。

同学年に見えない幼げな童顔と小さな体躯《たいく》をした、おさげ髪の少女――陸門栞《むつかどしおり》。

廊下側の隅の席で、陸門は休み時間なのにノートを広げて何事かを書き込んでいた。

机にかじりつくような姿勢で、人目を避けるように縮こまっている。自習でもしているのかと思いきや、目を凝らしてよく観察してみると、彼女が描いているのは絵のようだ。

そして、誰かが近くを通ると、その矮躯《わいく》でノートを覆い隠すように机に突っ伏す。それで寝たふりをしていても、傍《はた》から見ている分にはバレバレだった。

さらに補足しておくと、陸門《むつかど》が描いていたイラストは、お世辞にも上手とは言えないながらも繊細な筆づかいで、背景に花でも散っていそうな少女漫画っぽい絵柄だった。

こうしてターゲットの情報をある程度は掴《つか》んだところで、昼休みが訪れる。

午前の授業時間をフル活用し、天賦の才を保有する女子たちの情報を整理して、恋に落とすための計画を練っていた。今までの俺は、心のどこかで冷静さを欠いていたのだ。その反省を活《い》かして、一時の感情は耐え忍んで、理知的に行動する必要がある。

俺には『恋愛の才能』があるし……あるんだよな？　たまに不安にさせられるけど、まだ正しく扱えていないだけだよな？　信じていいんだよな、この俺が恋の天才だと。

「って、違うだろう。俺としたことが、何を弱気になっているんだ……！」

どうにか気を持ち直す。ままならない現実をどうにかするのが、この俺という天才だ。

昼休憩を迎えると同時に、張り切って行動を開始した。

ところで、俺は自分が思う以上に周囲から嫌われていたらしい。

奥空《おくそら》の反応が特別に大袈裟《おおげさ》だと、そう思っていた。まだ大した接点のない深海《ふかみ》と陸門に親しくなるきっかけを仕込むべく、昼休みの時間に偶然を装って喋《しゃべ》りかけた時までは。

学食に来た俺は、深海がテーブル席に日替わり定食を置いた直後、その正面に座る。

「相席失礼！　おや、誰かと思えば……昨日も会ったね。実に奇遇だ」

「――」

「あらためて挨拶をさせてもらおう。俺は初瀬純之介《はつせじゅんのすけ》。昨日は急に手を握ってしまって悪かった。友達と見間違えてしまったんだ、さぞ驚かせただろう」

「そうね。今も驚いた。きみ、友達なんていないと思っていたから」

「……ん？」

思わぬ返事に、俺は言葉に詰まる。

深海はつまらないものを見るような流し目を向け、深々と嘆息した。

「噂《うわさ》くらい聞くわよ、学校一の嫌われ者さん？　私に気があるのかもしれないけど、私はきみに興味もないし、変に噂されたくないから、もう構わないでね」

「………………」

「ああ、席はこのまま使って。私は別の席に移るから、ごゆっくり」

深海は昼食を持ち上げて、颯爽《さつそう》と去る。近場に空いている席もあったのに、俺から死角になる遠くの席までわざわざ移動していった。

「な……なんて嫌味《いやみ》な女だ。くそっ、あんなのがモテるなんてどうかしている！」

憤慨して、相席になるために買った学食のうどんを思い切り啜《すす》る。激熱で舌を火傷《やけど》してひっくり返った。最悪の気分だ！　俺は涙目になりながら、学食から撤退した。

それから気を取り直して、学校の中庭に向かう。深海を追って学食に行く前に、陸門の動向も把握しておいたのだ。昼食を終えていなければ、まだ中庭にいるはずだ。

「……よし」

中庭に到着して、陸門《むつかど》を発見する。彼女は木漏れ日の落ちるベンチに一人で腰かけ、膝元に広げていた小さな弁当を仕舞《しま》っていた。ちょうど昼食を終えた頃のようだ。

俺は背後から回り込んで、陸門の隣へとベンチに腰掛ける。

「いやあ、風が気持ちいいな。物静かな中庭に来たくなるのもわかる。ここは君のお気に入りのスポットなのかな」

「……わ!?」

凄《すさ》まじく小さい驚きの声。頭頂部のアホ毛が逆立ち、座りながら器用に跳ねていた。

俺は座る位置をずらして距離を詰めて、陸門の顔を覗《のぞ》き込《こ》む。

「昨日会ったのを憶《おぼ》えているかな？　あの時は、友だ――いや、知人と見間違えてつい手を掴《つか》んでしまってね。一言謝らせてもらおうと」

「い、いりません。結構です。ご遠慮します……！」

陸門は視線を斜め下に固定したまま、俺の言葉を遮って拒絶を連呼する。

それと並行して、脱兎《だっと》のごとく逃げ出そうとしていた。

「は？　ちょ、ちょちょちょ、待った待った！」

咄嗟《とっさ》に手を伸ばし、彼女の手首を握って制止させようとする。

だが、確かに掴んだのに、陸門が手首を返すと、拘束をあっさり抜けられる。

さらに俺が腰を浮かせようとした瞬間、陸門の手で胸板を軽く押されて、身体《からだ》の重心が後方に流れてベンチに押し戻される。故意が偶然か、護身術のような体捌《たいさば》きだった。

「ぁ、あなたのことはよく知っています！　お、お話したくありません！」

見るからに怯《おび》えた様子で全力疾走する。あまりにも華麗な逃げ足だ。

俺は呆気《あっけ》に取られたまま、彼女を見送る他に何もできなかった。

◆

昼休みが終わり、午後の授業が始まる。

俺は机に突っ伏していた。深海《ふかみ》と陸門も悪評を真に受けていて、心証は最悪だ。

嫌われていることに今さら傷ついているわけでない。凡人どもにどう思われようと、取るに足らない嫉妬や負け惜しみに過ぎない。俺にとっては屁《へ》でもない些事《さじ》だ。だが、嫌われ者のレッテルのせいで話すらできないなら、もう諦めろと言われているようなものだ。

それでは困る、どうにかこの俺を恋愛対象として意識させなければ――いや、待てよ。

……もしかすると、逆に考えるべきだったのかもしれない。

今に至るまで俺は、いかにして、標的である少女たちから好かれるかを考えていた。

けれど、そうではなく、俺がいかにして標的である少女たちを好きになるか——……それこそが肝要なのではないか。『恋愛の才能』にしても、俺に恋愛をする気がないと発揮されないとレイは言っていた。今までのアプローチで失敗続きだった以上、ここはレイの言葉を頼りにする他にないようだ。

やろうと思って相手を好きになれるものなのか、俺自身もわからないが……標的である少女たちの前だけでも、相手のことが好きだと自己暗示してやるしかない！　うまくいけば、必ずや『恋愛の才能』が発揮できるようになるはずだ！

「好きになるんだ……俺の方から、好きになるんだ……」

目にギラギラとした眼光を宿し、前方の席にいる奥空《おくそら》を捕捉する。

まずは観察だ。俺は標的がどんな人間なのかをほとんど知らない。この俺の理想とする女性には程遠くても、少しくらいは好きになれる要素を見出《みいだ》さなくては話にならない。

俺の視線を何となく感じたのか、奥空はブルッと身震いし、首を傾《かし》げていた。

いくら怯《おび》えようが警戒しようが逃がしはしない。朝から夜まで、恋に落とす糸口が使えるまで付きまとってやる……！

虎視眈々《こしたんたん》と薄笑いを浮かべていると、教鞭《きょうべん》を執っていた教師が唐突に言う。

「では、この問題を——初瀬《はっせ》、答えてみろ」

「使役の未然形だ」

「古文の授業は二時限前に終わっている。今は数学の授業中だ。初瀬は放課後、職員室に来るように」

考え事に没頭して授業を聞き流していた報いとして、放課後に拘束されることが確定してしまい、俺の決意は早くも挫《くじ》かれたのだった。

放課後。俺は通学鞄《かばん》を背負い、奥空の動向を遠目から窺《うかが》った。

考えてみれば、教師から呼び出しを受けてはいるが、俺の行動を縛る強制力はどこにもない。つまり、逃げようと思えば逃げられる。生徒を言葉ひとつで操れると思っている教師の傲慢さが甘い。隙だらけなのが悪いのだ。もっとも俺はそれで好都合だが。

こちとら身ひとつなのに観察対象は三人もいる。大忙しだ。時間は無駄にできない。

見れば、奥空は無邪気に友人グループのもとへと駆け寄っていた。

「みんな、今日は一緒に帰ろ？」

「マ!?　千陽《ちはる》と帰れるの、久びさ過ぎ!」「じゃ、帰りカフェ寄るべ」「さんせぇ。あ……でも、うちら掃除当番だから、千陽ちょっと待っててくれん？」

奥空が喋《しゃべ》る友達グループは、俺に恋文を出し間違えた女子たちとは違う顔ぶれだ。思い返せば、奥空は常に誰かしらと一緒にいる気がする。広い交友関係を持っているようだ。

「じゃあ、奥空は学食のテラスにいるね」

そんな奥空《おくそら》の後をこっそりと追い、教室を一歩出た直後、何者かが俺の前に割り込む。

「来たな。さあ職員室に行こう」

待ち構えていた教師に捕まり、俺は連行された。

「——なんて抜け目のない教師だ！　クソッ、一時間も足止めされた！」

怒りのままに地団太を踏む。説教からようやく解放されたものの、完全に出遅れた。

奥空はとっくに教室清掃を終えた友人たちと合流し、カフェで茶をしばいている頃だろう。深海《ふかみ》と陸門《むつかど》にしても同じだ。彼女たちが放課後に部活をやっていれば今からでも活動場所に出向けたが、残念ながら帰宅部であることは確認が取れている。

今日できることが無くなってしまった。落胆しながら校舎を出ていく。

「……ん？」

そこで俺の足が止まる。学食のテラスに金髪の女生徒がいたのだ。思わず目を疑う。

遠目だからハッキリとは言えない。まさかと思って、そちらへ歩み寄った。

咄嗟《とっさ》に理解が及ばず、あんぐりと顎を落とす。はたして、学食のテラス席にいたのは、やはり奥空千陽《ちはる》だった。……さらにわからないことが、もうひとつ。

見る限りテラス席にいるのは彼女一人だけだ——なのに。

「あはは、もう冗談やめてよ。もぉー！」

奥空は談笑していた。俺の目には映らない、誰かと。

足音を殺して、彼女に気取られないように接近すると、物陰で息をひそめる。

そして、首だけを出して様子を窺《うかが》う。奥空の喋《しゃべ》り相手の正体に気が付いて、絶句した。

「本当、別に怒ってないってば。昔からあたし、よく人に忘れられがちなんだ。みんなに悪気はないのも、ちゃんとわかってるからね」

奥空に正対している。というか、ある。

それは人間でもなければ、生物ですらない……ぬいぐるみだった。手乗りサイズのそれが三つ、テラス席の卓上に載せられている。椅子に誰もいないことばかり注目していて気づかなかった……いや、しかし、ひたすらに困惑する。何なのだ、アレは。

と。

「──！」

遅れて気づいた。それが、ただのぬいぐるみではないことに。

実は一目見た時にも、なぜか既視感があった。その理由をたった今、理解する。

ぬいぐるみは人間を模した造形だ。どこかで見覚えがあると思ったら、俺が教師に連行される直前、奥空と話していた彼女の友人たちの容姿と似通っていた。三つ分のぬいぐるみといい、人数も一致している。

あんなもの、市販品にあるはずがない。……まさかハンドメイドで？

冷や汗が頬《ほお》を伝った。おそらく俺は、見てはいけないものを見ている。

まさか堂々たるギャルかと思っていた奥空千陽《おくそらちはる》の正体が、友達を模《かたど》った自作のぬいぐるみを喋《しゃべ》り相手にする変人だったとは……好きになれる要素を探すための観察なのに、知られざる一面を見たことで、むしろ彼女という人間が一層よくわからなくなっていた。

しかし、そんな奥空が相手でも、我が崇高な目的のために恋に落とさなくては！

彼女に熱い視線を注いでいたところで、ふと思う。

この状況、考えてみれば悪くない。というか、むしろ──。

「…………」

顎先に指を添えて思案していると、食堂のテラスに新たな利用者たちが入ってくる。

すると、奥空は瞬時にぬいぐるみを通学鞄《かばん》に仕舞《しま》って、何食わぬ顔で席を立った。驚くべき切り替えの早さだ。やはりというか、あの姿を他人に見られたくはないのか。

物陰から出た俺は、遠ざかる奥空の背中を見送った。

……思い返すと、奥空千陽には不可解な点が多い。

可愛《かわい》らしくも派手な金髪で、多くの友人たちから慕われているのに、友達に幾度となく置き去りにされている。それだけ存在感が薄いなんて、あり得るのだろうか？

もしこれが本当にあり得る話だとしたら、逆に腑《ふ》に落ちることがある。

俺が引っ掛かっているのは、以前にレイから聞いた一〇八人の現状の話だ。

前任の天の神のミスによって、才能を分配された一〇八人の少女たちは、俺とは違って自分が本来授かるべき才能を所有できずにいる。才能を取り違えられて、一〇八人の間でちぐはぐに他人の才能を所有し合っているわけだ。

さらにレイはこう言っていた。正しく生まれ持つべき天賦の才を授かり損ねると、人はその才能の対極にある欠点――『弊害』を抱えてしまう、と。

尋常ではない影の薄さこそが、奥空《おくそら》にとっての『弊害』かもしれない。一体どんな才能を授かり損ねたせいで、そんな欠点が生じたのかは知らないが……。

天界絡みだとすれば、どれだけ現実離れした現象でも起こりえるわけだ。

第一、奥空たちが分配で何の才能を得たのかも、まだ判明していない。可能ならば最優先で知りたい情報だが……才能に貴賤《きせん》はない。たとえ使い道のわからない才能だろうと一〇八個すべてを必ず掌握し、安泰な将来を取り戻すという俺の意志は曲がらない。

と、それはさておいて、奥空の現状は何となく察せられた。

もっとも、今すぐに恋に落とすのは無謀だ。段階を踏んでいく必要がある。

何よりもまず奥空は俺を避けている。腰を据えて喋《しゃべ》るには、その場に繋《つな》ぎとめるだけの強制力が必要になる。それに、奥空が常に友達と一緒にいようとするのも厄介だ。

どうにか奥空と二人きりで話せる状況に持っていかなくてはならない。

それからパチンと指を鳴らす。

「閃《ひらめ》いたぞ、奥空千陽《ちはる》を落とす計画を……ッハハ、ハーハッハッハ！」

高笑いを上げ、颯爽《さっそう》と計画の下準備に向かった。

◆

待ちに待った翌日が来た。奥空を恋に落とす計画の始まりだ。

決行の時は午後の体育。グラウンドに集まり、男女別々で半分ずつスペースを使う。男子はハードル走、女子は走り高跳びをやるのだ。だが、俺の狙いは授業の後にある。

授業自体はどうでもいい。終わるまで適当にやり過ごすまでだ。


「――初瀬《はっせ》！　ハードルを蹴り倒して進むな、それじゃあハードル走じゃないだろ！」

体育教師が怒号を飛ばす。

必死に完走して息を整えていたところに文句を言われ、俺は酸欠の頭で反論する。

「ハァ……どんな障害も撥《は》ね除《の》けるのが俺の主義です」

「飛び越えろ、そういう競技なんだ！」

「ハードルが……ハァ、高すぎる。見てください、走り高跳びのバーと同じ高さだ」

「遠近感で同じサイズに見えるだけだろ。遠くにある高跳びのバーの方が、ハードル並みに小さいと言うんだ！」

「脇腹が痛い、肺も潰れそうだ……ゼェ、俺の鋼の肉体をここまで疲弊させるほどの過酷な体育は初めてですよ……少し休ませてもらいます」

「授業が始まってものの数分だぞ⁉　どうしてしまったんだ、初瀬《はつせ》ー！」

体育教師の返事を待たずに、近くの木陰に座り込む。

才能を喪失してからというもの、俺の弱体化が留《とど》まるところを知らない。今まで何の努力もしてこなかったツケを、こんな形で支払うことになるとは思ってもみなかった。

しかし、そんな醜態を晒《さら》すのも、我が崇高な目的を果たすまでの辛抱だ。

溢《あふ》れ出《で》る汗を体操服の裾で拭いつつ、遠目に見える女子の運動風景を眺める。

女子たちに視線を彷徨《さまよ》わせて、しばらく探した後で奥空《おくそら》を見つけ出す。発見してしまえば、黒髪の群れに一つだけ交じる金髪を、どうして今まで見つけられなかったかと思う。

奥空は走り高跳びの順番が巡ってくると、軽快な足取りで助走をつけ、感嘆が漏れるほど美しい背面跳びでバーを越えた。身体《からだ》の使い方が上手《うま》いのか、意外にも運動ができるようだ。女子の大半が失敗している高さで跳べており、奥空は溌剌《はつらつ》とした笑顔を咲かせた。

さぞ周囲の友人らも沸くだろうと思ったが、間が悪かったのか誰も奥空には注目していなかったらしい。彼女も盛り上がっているのが自分だけと気づいて、気恥ずかしかったのか頬《ほお》を真っ赤にしながら、体操服の襟を持ち上げて顔半分を隠していた。

細くくびれたお腹《なか》が少し覗《のぞ》けていたが、その愛嬌《あいきょう》に気が付いているのすら、俺しかいないようだった。

ほどなくして体育の授業が終了する。さて、機は熟した。

使用した器具は、生徒たちが体育倉庫に仕舞《しま》うことになっている。

「初瀬はまたサボりか。他人に苦労を押し付けやがって」「よせよ。聞こえるって」

凡人どもの恨みがましい陰口が耳に入る。連中の言う通り、普段であれば後片付けになんぞ協力しない。だが、今回だけは話が別だ。

「仕方がないな。この俺が特別に手を貸してやろう！」

ハードルを片付ける男子の群れに近づくと、周囲が「おっ」とざわつく。

そして——そのまま直進して彼らの真横を通り過ぎ、女子たちの集団に入り込んだ。

走り高跳び用マットを運んでいる最中の、奥空を含む数名の女子たちを手伝う。

「男手が必要だろうと思ってね。なに遠慮することはない、持ち手を貸してくれ」

マットを支えるべく申し出た俺を、ドン引きの面持ちで眺める女子たち。

俺と対角線上の位置でマットを支えていた奥空は、この上なく渋い顔を向けてきた。まだ『恋愛の才能』は発揮されないようだ。やむなく菩薩《ぼさつ》のようなスマイルを返す。

遠くで鬼のように怒る凡夫たちは無視しておき、女子たちの気まずそうな空気を肌で感じながら、俺は男の腕力を目一杯に発揮してやろうと体操服の袖をまくる。

男女で一致団結してマットを運び始めてから、間もなくだった。

「バランス崩さないで！　ちょっと初瀬《はつせ》、ちゃんと支えてよ！」

「女子たちがちょっとずつ俺から離れていっているんだ！　そのせいで俺だけに重量が偏ってきている、助けてくれー！」

悲鳴を上げながら切に思う。やっぱり共同作業なんて大嫌いだ！

体育倉庫までたどり着く頃には、俺たちが運んでいるマット以外の器具はすべて片付けられていた。手が空いた生徒たちから教室に戻っており、残るは俺たちだけだ。

体育倉庫の外では、教師が施錠のために片付けが完了するのを待っている。

これこそ、俺の想定通りのシチュエーションだ。

マットを体育倉庫の床に下ろした後で、入り口に近い女子たちから出て行く。

その最前にいた女子に一声掛ける。

「おい。教師に片付け完了だと伝えておけ」「えっ？　ああ、うん」

当惑混じりに女子は返事して、そそくさと体育倉庫を出た。

後に続く友人らに「何あの言い方、ムカつく！」「手伝いとか頼んでないっつーの！」と不満を発散する声が届くが、頼みごとをしたことだし暴言にも目を瞑《つぶ》ってやろう。

そして、俺の狙い通り、体育倉庫にマットを仕舞《しま》う際に各々の立ち位置を操作したおかげで、最も奥側に追いやられていた奥空《おくそら》が最後に出て行こうとする。

しかし、彼女を決して逃がしてはならない。ここが計画の要なのだ。

今から俺は足がもつれたフリをする。そして奥空を巻き込んでマットに倒れて、その際に、これまで体操服に忍ばせておいた自前のスマホを体育倉庫の左隅へと投げ込む。

あたかも不慮の事故で、器具が雑多に散らかる体育倉庫の隙間にスマホが落ちたように見せかけて、男の俺では腕が入らず拾えないと言い張るのだ。スマホを落とした責任の一端を担わせて罪悪感を煽《あお》ってやれば、奥空も手伝うように仕向けられるはずだ。

そのうち、片付けが完了したと報告を受けて体育教師が倉庫を施錠しに来る。昨日の下準備によって、入り口から死角になるように器具の配置を調整済みだ。体育倉庫の左隅ならば姿は見られない。教師は俺たちの存在には気づけず、倉庫を密室にするだろう。

やや強引だが、これで奥空と二人きりなれるという寸法だ。

俺の計画に狂いはない！　まず足をもつれたフリで――。

「あっ」

咄嗟《とっさ》に声を出したのは俺か、はたまた奥空か。思いのほか疲労が響いていたらしい。ただの演技でよかったのに、俺の足は本当にもつれて、身体《からだ》が宙に投げ出された。

そして顔面から床に落ちる。鈍い音と共に、鼻頭にジンとした痛みが走った。

「ちょっ！　初瀬!?」

奥空《おくそら》の驚愕《きょうがく》が耳朶《じだ》を打つ。

体育倉庫の薄汚い床で、俺は大の字に伏臥《ふくが》したまま動けなかった。

痛みのせいで立てないのではない。よりにもよって恋に落とす標的である奥空に、こんな醜態を晒《さら》したことが屈辱だった。

隠し持っていたスマホも、転んだ勢いでどこかにすっ飛んでいった。

もう駄目だ……作戦は失敗だ。俺みたいな嫌われ者が悲惨な目に遭うと、他人は日頃の恨みを晴らすかのように嘲笑して袋叩《ふくろだた》きにしようとする。

奥空だって俺を笑っているに違いない。今ばかりは足掻《あが》く気になれなかった。

「俺に、構うな」

身体《からだ》を起こす。鼻先から垂れた赤黒い滴が、床に染みをつくる。

顔面をぶつけた拍子に鼻血を出したようだ。つい手の甲で拭ってしまい汚れを広げる。

「っ……！　ふ……ふふ、ご、ごめん！」

奥空がこちらに背を向けつつ、案の定、口元を押さえて肩を揺らしていた。

目の端に涙粒を溜《た》めるくらいツボに入っている奥空に、俺は怒りが勝って幽鬼のようにゆらりと起立した。頭に血が上ったせいか、鼻からの出血量も増した気がする。

怒鳴りつけようと息を吸ったタイミングで――。

「んんッ……はぁ、もう。動かないで」

奥空がポケットから取り出したハンカチを、俺の鼻辺りに添えた。

清涼感のある良い匂いが鼻腔《びこう》をくすぐる。出かかっていた言葉が喉元で停止した。

奥空は笑みを収め、ほのかに反省を滲《にじ》ませる表情で眉を八の字に下げた。

「ごめん。笑うつもりじゃなかったの。最近の初瀬《はつせ》、かなり変でしょ？」

「甚だ不本意だが、認めざるを得ないな」

「嫌味《いやみ》な態度はあんまり変わらないのに、頭が悪いし運動オンチで、前にはあった超人的なオーラが消えた感じがする」

「何が何でも認めたくなくなった。俺をコケにするのも大概にしろ！」

「はあ、事実じゃん？　ていうか、さっきスマホ落としたよね。なに体育の授業にまで持ってきてんの」

言いながら、奥空は膝を折って床面を見回す。

顔をきょろきょろと左右に振る彼女を、俺は胡乱《うろん》に見下ろした。

「……何をしている？」

「探してあげてるんだよ。怪我人《けがにん》にそんなことさせられないでしょ」

「はあ？」

理解不能だった。奥空は俺のことを嫌っていたはずだ。

嫌いな相手に手を貸す理由はない。俺のように何か打算があるのか。

「な、何を企《たくら》んでいる？　俺に貸しでもつくるつもりか？」

「あんたにはわからないかもだけど、人には善意とか良心ってものがあるの。今の初瀬《はつせ》を見て見ぬふりして帰ったら、あたしの胸がモヤモヤするでしょ」「……そうかね」

何となく把握した。初めての経験だが、これは同情や憐憫《れんびん》といった類《たぐい》だろう。立場の弱い者の味方をしたくなるのが人間心理、判官贔屓《ほうがんびいき》と言えば聞こえは良いが、ただ単に凡人同士、恥ずかしげもなく傷をなめ合っているだけだ。

完全無欠の天才として君臨してきた俺には無縁で、理解が遅れてしまった。

――とはいえ。

鼻血をせき止めるために手渡された奥空《おくそら》のハンカチを顔から離す。どうにか出血は収まったようだが、ずいぶん汚してしまった。これは言い訳の余地なく俺の落ち度だ。

「……借りは必ず返そう。ハンカチは弁償する」

辟易《へきえき》と呟《つぶや》く。しかし、奥空から返答がなかった。

よく見れば奥空は体育倉庫の左奥に移動していた。歩み寄ってみると、お尻を後ろに突き出す姿勢で、ほとんど床に這《は》っている姿が目に映る。金髪も相まって女豹《めひょう》のようだ。

ハンドボールかごの下に腕を突っ込んでいた彼女は、ややあって腕を抜くと、ぶっきらぼうに俺に差し出す。その手中には、俺が落としたスマホが確かに握られていた。

「……あ」スマホを受け取ると、俺の口が咄嗟《とっさ》に言葉を紡いだ。「あ、ありがとう」

「なんだ。ちゃんとお礼も言えるんだね」

奥空は虚を衝《つ》かれたように目を丸くし、それから微《かす》かに口角を持ち上げた。

その表情を隠すように、くるりと踵《きびす》を返す。

「さ、こんな埃《ほこり》っぽいところ出よーっと。次の授業に遅れちゃう」

――バタン、ガチャッ！　唐突に鳴り響いた粗暴な金属音。

体育倉庫のなかが暗くなった。入り口が閉ざされ、陽《ひ》の光が遮られたからだ。

今になって思い出す。元々の計画で用意した、入り口から見て死角になる位置というのが、今まさに俺と奥空が立っている場所ではないかと。

「ちょ、ちょっと!?　まだあたしたちがいるんだけど!?」

呆然《ぼうぜん》としていた奥空が我に返り、施錠された扉に駆け寄った。しかし、いくら扉を叩《たた》いて声を張り上げても、外にいる体育教師の耳には届かなかったらしい。

とはいえ、俺にはさほど焦りはなかった。この手に外部との連絡手段があるからだ。

「あっ！　初瀬、そのスマホで誰かに電話して。あたしたちがここにいるって！」

そう、スマホを使えば救助は呼べる。けれど、この保険を使ったら最後、苦労してセッティングした奥空と二人きりで会話できる機会を失ってしまう。

本来の計画では、落とした拍子にスマホが壊れたと偽るつもりだった。救助はいつでも呼べる状態にして、しばらくは奥空と二人きりで話せる時間を確保する予定だ。

想定外のトラブルが続いたが、今からなら本来の計画に合流が可能だ。逆に言えば、ここを過ぎれば計画は引き返せない。最初で最後の分水嶺《ぶんすいれい》である。

奥空《おくそら》はいいやつだ。負傷した俺を心配し、ハンカチを貸してくれた。

自分の胸に手を当てた。こんな優しい人間を騙《だま》して、心が痛まないと言えるのか。

「……ごめん」

謝罪を口にする。俺は顔を俯《うつむ》けて、それから——……口角を吊《つ》り上《あ》げた。

「落とした時に壊れたみたいで操作が利かないようだ。助けは呼べない。残念ながら！」

奥空の顔が青ざめた。バカめ、この俺が情にほだされると思ったら大間違いだ！

隙を見せたらとことん付け入る、勝つためならば情けは捨てる、でなければ恋には落とせない。俺がやっているのは遊びではない、才能を懸けた戦争なのだ。

そのうち、奥空の顔色がみるみるうちに赤くなっていく。

「初瀬《はつせ》なんて助けるんじゃなかった！　うわぁ、あたしが何をしたーっ!?」

奥空の悲痛な叫びが、体育倉庫に虚《むな》しく反響した。

……さて、ここからは俺も己を切り替えよう。先のやり取りで奥空の優しさに触れ、正直少しだけ見直した。その分くらい、今度こそ俺も好きらしく振る舞ってみせるのだ。

◆

——どうしてこうなった??

薄暗い体育倉庫。そこに閉じ込められて、あたしの気分まで暗く沈んでいた。

不慮の事故で誰も悪くないとはいえ、こんな状況でも余裕そうな態度をしている眼前の男子……初瀬純之介《じゅんのすけ》には無性に腹が立つ。というか、元々ムカつく奴《やつ》だったわ。あたしの友達を泣かせた件だって、まだ許していない。

でも、そんな相手と一緒にいる状況でも、一人孤独になる心淋《こころさび》しさに比べれば随分とマシだと感じてしまう。心のどこかで安心感を覚えている自分が、少しばかり憎らしい。

その初瀬は施錠された扉に背を預けて佇立《ちょりつ》していた。そこから離れた位置で、あたしは高跳び用マットの上で足を畳んで座っている。さっきからずっと会話はない。

そして沈黙が五分、十分と続くにつれて、段々と……無音に心を蝕《むしば》まれるみたいに気分が落ち着かなくなる。この場にいる初瀬にすら、あたしの存在は忘れられているんじゃないかと心細くなって、彼へと何度も視線を投じてしまう。

というか、どうして初瀬も全然喋《しゃべ》らないの。普段は無駄に口数が多いくせに。

……誰でもいいから話したい。そわそわと身じろぎが多くなっていた——そんなとき。

「ところで、見事だったたな」

初瀬が唐突に口を開いた。真意がわからなくて「……ハア?」と首を傾《かし》げる。

「さっきの走り高跳び。一番高く飛べていただろ」

「――――」

首を傾《かし》げた方向に、あたしは身体《からだ》ごと横倒しになる。伏したまま、咄嗟《とっさ》に叫んだ。

「なっ……なな、なんで、なに、どうして!? 見てたの!?」

「ちょうど休憩していて暇だったからな。自然と目が惹《ひ》かれたんだ」

初瀬《はつせ》の言葉に、あたしは強い衝撃を受けた。動揺して、思わず視線が泳ぐ。

目を惹かれたなんて、そんな風に言われたのは、生まれて初めての経験だった。

もしや、あたしをからかっているのかと思って、初瀬を流し見る。けれど、彼の表情はどうも真剣そうに映った。その瞬間、わけもわからず、ドキリと心臓が跳ねる。

――……あれ？　初瀬って、こんなにカッコ良かった？

って、いやいや、何を考えているの、あたしは。大慌てて上体を起こした。

「そんなこと……あ、あり得ないのに……！」

「あり得ない、か。その風貌で目立たないのが無理な話だ――と言いたいが、確かに影の薄いところがあるらしい。そういえば、以前にも友達に置き去りにされていたな。君ほど華のある女子が、まるで存在感が無いみたいに人から忘れられるとは驚きだ」

「っ!!」

初瀬が自然な口ぶりで褒めるものだから、度重なる驚きで、心臓が高鳴る。

体育倉庫の小窓から白光が差し込んできて、空中に漂う埃《ほこり》にキラキラと反射した。そのせいか、あたしの目に映る初瀬の姿まで、神秘的に輝いているみたいだった。

彼の切れ長の瞳に見つめられていると意識したら、頬《ほお》がおかしな熱を帯びる。

その気持ちを隠したくて、やや強い語気で、あたしは反発した。

「わ、悪かったわね。影が薄くて、存在感も無くて！」

「ああいや、こちらこそすまない。気を悪くさせたなら謝るよ」

「ふ……ふん。気味が悪いくらい素直ね。鳥肌が立ったんだけど！」

自らの肩を抱きながら、ぷいと顔を背ける。

けれど、あたしの防衛線を破るみたいに、初瀬はこちらへと一歩踏み込んできた。

「でも、人から忘れられて、本当は寂しいんじゃないのか？」

「は、はあ!?　な……何言ってんの、急に？」

また、トクンと鼓動が跳ねる。図星を指された驚きもあった。

初瀬の目は、あたしの心を見透かすようで、吸い込まれそうな気分になる。

やっぱり今の初瀬は変だ。普段の嫌味《いやみ》な印象はどこかへ消えて、柔らかく寄り添うような温かみすら感じる。眉を下げて、こちらの様子を窺《うかが》う面立ちに、つい見惚《みと》れた。

いやいや、だから、そんなはずはないから――だから落ち着け、あたしの心臓！

バックンバックンうるさい鼓動に文句をこぼす。そこに、初瀬が駄目押しするみたいにまた一歩踏み込んできた。

「いつも友達に囲まれていても、君は心のどこかで不安を抱えているんじゃないか？」

「な、何なのよ！　勝手なこと言わないで！」「……違わないか、本当に？」

初瀬《はつせ》は落ち着いた声色で尋ねてくる。心に土足で上がり込まれて、無遠慮に語り掛けられているはずなのに、そのトーンが妙に耳心地が良い。

ついにあたしは反論できなくて、ぐぬぬ……と下唇を噛《か》んだ。初瀬が苦笑をこぼす。

「正直だな」

「うっさい！　ばか！」

「俺が話し相手になってやろうか？」「もう黙って！」

悔しくて恥ずかしくて照れくさくて、グーに固めた拳をマットに沈める。

と、それから一拍遅れて、ぱちぱちと目を瞬かせた。改めて、初瀬をじっと直視する。

「ちょっと待って」

「俺が話し相手になってやろう」

「『聞き間違いかな、今なんて言ったの？』って訊《き》く前に答えないでよ」

相変わらず妙にカッコ良く映る初瀬の考えが読めなくて、あたしは体操服の上から自分の身体《からだ》をぎゅうっと抱く。心を見透かされまいと、防衛本能が働いたのかもしれない。

絶対に揺さぶられないぞ、と固く心に決めながら、精一杯に強がって聞き返す。

「な、なに急に？　口説いてんの？」

「そうだと言ったら？」

初瀬が自信に満ち溢《あふ》れる、甘い相貌を見せつけた、その瞬間――築いたばかりの心のダムが決壊し、あたしは指先まで真っ赤になって、鼻血が出そうなくらい興奮していた。

初瀬がとんでもなくイケメンにしか見えない。こんな一面、今まで気が付かなかった！

で……でも、忘れたわけじゃない。あたしの友達を傷つけて泣かせた前科が、彼にはあるんだから、簡単には打ち解けられない。

血が沸くような興奮を、唇を噛んでどうにかこらえて、突き放すように言葉を返す。

「こ、この体育倉庫にいくつの凶器があるか、その身をもって知ることになるからね！」

「ハハハ。冗談を言うな」

初瀬は可笑《おか》しそうに肩を揺らす。

そんな無邪気な態度を取られても、あたしの方は気を許したりなんてしない……しないったらしないの。熱い頬《ほお》をピチピチ叩《たた》いて、心が揺らぎそうになったら自分を殴りつけてやるべく、傍らから金属バットを引っ張り出してグリップの握り心地を確かめる。

そんなあたしを見て何を思ったのか、初瀬は少し怯《おび》えた様子で咳払《せきばら》いをする。

「は、早まった真似《まね》はするなよ？　俺はただ借りを返したいだけだ」

「借り？」

「ああ。君まで閉じ込められてしまった原因は俺にあるだろうから……悪かった」

あの高慢ちきな彼が素直に謝罪する姿を見て、あたしはポカンと口を開ける。

こちらが黙っていると、初瀬《はつせ》は居心地悪そうに頬《ほお》を掻《か》いた。ずっと冷血漢だと思っていたけれど、何だか悪くない人間味が感じられて、この胸に親しみを抱く。

「……ぷっ！」

途端、可笑《おか》しくなって失笑が漏れた。くすくすと笑いながら、初瀬を流し見る。

「初瀬なんか助けるんじゃなかったって。あたしが言ったこと、意外と気にしてたの？」

「君というやつは、どれだけ俺に人の心がないと思っているんだ」

「だったら、あたしの友達にもちゃんと謝ってよ。この前のラブレターの件。そしたらあたしのお喋《しゃべ》り相手にしてあげなくもないけど？」

つい、いじるような口ぶりになってしまったけど、あたしにとって譲れない部分だ。

あたしの大切な友達を傷つけた件を、うやむやのまま終わらせられない。そのケジメさえつけてくれたら、あたしだって何の憂いもなく、初瀬と仲良くできる気がする。

なのに、初瀬にも譲れない矜持《きょうじ》があるのか、渋い表情でそっぽを向いた。

「俺とは無関係な色恋沙汰に当たり屋的に巻き込んできたのは、君の友人だ。非を全面的に認めるつもりはない」

「……あ、そ」

あたしは溜息《ためいき》をつく。今の初瀬なら、もしかすると素直に謝ってもらえるかと期待した分、余計に残念だ。それに……もっと初瀬と話をしたいと、本気でそう思う自分がいたから。そうしたら、お互い遠慮がなくなるくらい打ち解けて、親密な仲になれる予感まであった。

その願いが叶《かな》わないと察して、知らず知らずに顔が俯《うつむ》く。そのとき、初瀬が呟《つぶや》いた。

「ただ、暴言が過ぎた点だけなら、そうだな――……謝ってやってもいい」

「えっ？」

顔を上げる。すると、初瀬の真っすぐな瞳がこちらを向いていた。

「約束するよ。それで奥空《おくそら》の気が済むなら」

「……なにそれ。ほ、本気？」

初瀬が首肯する。自分の頬が明らかな熱を帯びた。

思わず、いじけるみたいに体操服の裾を引っ張りながら、小声で呟いた。

「……あ、あたしを気にするのは変じゃん、本当に口説かれてるみたいじゃん……」

絶対におかしい、わけわかんない。何で初瀬は急にカッコ良くなっちゃったの？　おかげで口角が溶けたのかと思うくらい、口元がにやついて元に戻らない。

あたしは別に、外見で人を好きになるタイプじゃないのに……人を、好きに？　ん？

あれ？　あたしって、もう初瀬のことが、好――……？

「というわけで、そっちも約束を守ってくれ」

「へっ⁉　な、なな、なにが⁉」

とんでもない結論に至りかけていた途中で声を掛けられて、全速力で我に返る。

眩暈《めまい》がするほど全身が熱くなっていた。危なかった。何が危ないかはわからないけど！

「さっき自分で言ったじゃないか。喋《しゃべ》り相手にしてくれるんだろ、もう拒否権はないぞ」

「ちょ、ちょちょちょ、待って！　ぐいぐい来ないで⁉」

初瀬《はつせ》との距離が近づくと、あからさまに顔を紅潮させてあたふた目を回してしまう。

頭から煙を上げそう。これ以上はもう何も考えられそうにない。

「うぅー！　わけわかんない⁉」

「難しく考えることはない。これにて交換条件は成立だ。君は遠慮することなく、いつでもどこでも好きに俺を呼ぶといい」

初瀬の言葉を聞き、肩がピクリと震える。

思わず唾を呑《の》むほど、薫り高い期待感に心をくすぐられた。

「いつでも、どこでも……？？　ほ、本当に？　嘘《うそ》じゃない？」

「ああ。任せたまえ、全力ですっ飛んでいくよ」

初瀬は即答した。その頼りがいのある姿に、またポーっと見惚《みと》れてしまう。

それから、あたしは覚悟を決めて右手を差し出すと、初瀬に握手を求めた。

「『今までの禍根は忘れて、和解しよう』ということでよろしいかな？」

「い、いちいち言葉にしないでよ。恥ずかしいでしょ」

「もはや俺と君との間に無駄な会話などない。どんなことでも語ろうじゃないか」

「そ……そっか。じゃあ、なんか、さ……これからよろしく」

初瀬に手を握り返される。照れくさいけど嬉《うれ》しさがこみ上げてきて、はにかんだ。

◆

——……奥空《おくそら》との握手に応じる最中、俺の胸中はじわじわと達成感に満たされていた。

これにて作戦成功だ。俺への悪印象は、ある程度は取り払われることだろう。

まさに狙い通り。俺の見立てが確かなら、奥空には弱みがあるはずだと睨《にら》んでいた。

自分本来の天賦の才の持たない『弊害』が原因だか知らないが、奥空は不自然なくらい影が薄い。以前、学食のテラスで友達を模《かたど》った自作ぬいぐるみとお喋りしていたのは、好き好んで一人遊びをしていたわけではない。本当は人恋しいのに誰からも忘れられてしまうから、他にどうしようもなくて心淋《こころさび》しさを慰めている……俺にはそう推察できた。

奥空には広い交友関係があると思っていたが、それは正しくもあり間違いでもあった。

彼女の交友関係は広く、浅い。多くの友達は作れても、親友は一人も作れない。それこそが奥空《おくそら》の悩みであり、俺にとっての恋に落とすための突破口——……きっと彼女は、己を忘れずに認知し続ける友人を欲しているはずだと思い、俺はそこに狙いを定めたのだ。

この俺自身を、都合のいい喋《しゃべ》り相手という餌にして、奥空に食いつかせた。

結果は上々だと言わざるを得ない。奥空の反応を見るに、どれほどの好印象を植え付けられたか程度は判然としないが、決して悪くない手応えがあった。

俺としても恋をする気概を持つと意識しただけだが、意外とやってみるものだ。どうも実感は薄いが、きちんと『恋愛の才能』が発揮されたと見ていいんじゃなかろうか？

されど本番はここからだ。出会いを重ねていき、奥空の好感度をさらに稼いでいく。

今回の手応えを鑑みるに、それほど時間は要さないと思える。俺の『恋愛の才能』をもってすれば容易だ。まともな会話すら許されなかった今までに比べたら、もはや消化試合と言ってもいいだろう。ふはは、天才の勘を取り戻してきたぞ！

さて、よくよく確認したらスマホが壊れていませんでしたとネタばらしをして、さっさと助けを呼ぶことにしよう。もうこんな薄汚い体育倉庫とはおさらばだ。

スマホの電源スイッチを押し込む。真っ黒だった画面が——真っ黒のまま変化ない。

「…………」

電源をつけようと何度も試みた。それでも液晶に光は点《とも》らない。

明らかに息絶えているスマホの亡骸《なきがら》を見下ろし、俺は愕然《がくぜん》と言った。

「奥空、大変だ！　俺のスマホが壊れている!?」

「最初に確認したことだけど？」

「これじゃあ助けが呼べない、どうして落ち着いていられるんだ!?」

「あんたが急に狼狽《うろた》え始めたことの方が不可解よ」

ジトと半眼をつくる奥空をよそに、俺は体育倉庫の開かずの扉を力ずくに開けようと奮闘する。非力すぎてまるで歯が立たない。くそ、こんな場所に閉じ込められたままなんて冗談じゃないぞ！　奥空は存在感が無さ過ぎて教室に戻っていないことを誰にも気づかれないかもしれないし、俺は普段の素行が悪すぎて授業をバックレたと思われかねない。

つまり、誰も異変に気づけず、捜索が始まらない可能性だって十分にあり得る。

「誰かぁー！　助けてえぇぇぇー！」

「ぷ……ふ、あはは！　変なの……初瀬《はつせ》って、こんなに面白い人だったんだ……！」

人の苦労も知らないで、奥空はお腹《なか》を抱えて身悶《みもだ》えしていた。

結局、放課後に陸上部が開錠しに来るまで、望まぬ二人きりの時間を過ごすのだった。

◆

翌日。俺は早々にスマホを買い直し、昨日のトラブルから完全復活を果たしていた。

教室の扉をくぐって席につく——その直後だった。

「よっ、おはよ！」「っ⁉」

さらりと首筋を何かが触れ、こそばゆさに身をよじる。

背後へ向き直ると、そこには無邪気に俺を見下ろす奥空千陽《おくそらちはる》がいた。

重力に従って垂れる彼女の長い金髪が、俺の首元をくすぐったのだ。急にびっくりさせられてドキドキと心臓が脈打ちながらも、溜息《ためいき》に近い深呼吸をひとつ。

「元気な挨拶で結構だが、次は死角から不意打ちはナシだ」

「うんうん。そんなことよりさ、本当に謝ってくれたんだね。びっくりしちゃった！」

「あぁ……当然だろ、約束したんだから」

奥空が言っているのは、かつてのラブレター取り違え騒動を引き起こした女子へと、暴言を謝罪すると誓った件だ。実は昨日、体育倉庫から出られた後で、俺はその約束を守っていた。どうやら、当の友人からそれを聞かされたらしいな。

いたく感心した様子で、奥空は何度も唸《うな》っていた。どれだけ俺が悪逆非道な人間と思っていたのか……それだけが不服だが、いいとしよう。

生温かい笑みを浮かべて、奥空は、ぐっ——と前のめりに身体《からだ》を寄せてきた。

「そうそう、ね、スマホは？　直った？」

「この際だから新しいものに変えたさ。最新モデルだ」

「あ、そう。使えるスマホがあるなら何でもいいの」「……なぜ？」

奥空のそっけない返事に、やや調子を狂わされながら聞き返す。

すると、彼女はお前こそ何を言っているんだという驚き顔を見せた。

「連絡先を交換しないと不便でしょ。あたしが呼んだら、初瀬《はつせ》はいつでもどこでも来てくれるんだもんね？」「……う」

そういえば、勢いでそんなことも言ったか。軽はずみな発言だったかもしれない。

やむなくスマホを取り出すと、どうにも乗り気な奥空と連絡先を交換した。

「ふ……ふふふ」

すると、だ——奥空は垂涎《すいぜん》しかねないほど、とろけた笑みを浮かべる。

それを見て、なぜか蛇に睨《にら》まれた蛙《かえる》のように全身が強張《こわば》った。ブルッと背筋が震える。

なぜだろう……何か、取り返しのつかない悪手を指してしまった気がする。

だが、次の瞬間には、奥空は快晴のような爽やかな笑顔に変貌していた。

「それじゃあ、これからよろしくねっ！」

奥空は友人たちの輪へと帰っていく。制服のスカートを翻す軽快な足取りに、不思議と一抹の不安を覚えずにはいられない。

とはいえ、奥空を恋に落とすための道筋は前進できている。それだけは確実だ。

ならば気を揉《も》んでいても仕方がない。『恋愛の才能』を持つ俺が、彼女を恋に落とすことには支障がないと読んでいるのだ。今は自分を信じよう。

それに、奥空《おくそら》は常日頃から多くの友達に囲まれている。ともすれば、今さら俺が入り込む余地なんて無いかも――……などと思っていたら。

「ん？」

制服のポケットに収めたスマホが震えた。迷惑メッセージは来ないように設定しているし、友達はいないし、家族とも不仲なので、連絡があること自体が稀《まれ》なのだが……。

不審に思いながらスマホ画面を一瞥《いちべつ》すると、そこには新着メッセージが数十件も届いていた。なんなら今この瞬間にも、新着メッセージは増え続けていた。

俺個人のスマホにＤＤｏＳ攻撃を仕掛けられているかのような異常な光景で、度肝を抜かれる。けれども、それらのメッセージの送り主は、たった一人。

ついさっき連絡先を交換したばかりの、奥空千陽《ちはる》からだった。

『やっほー！』『初瀬《はつせ》って友達いないだろうから、こういう連絡の取り合いとか経験少なそうだね』『メッセージの送り方とか、わかりそ？』『教えてあげよっか？』『そういえば、さっきの話、初瀬に泣かされたあたしの友達も、謝られたことに驚いてたよ』『あたしも意外に思ったし』『正直、見直したけどね』『思ったよりも悪人じゃないね、初瀬って』『普段から人を怒らせるような真似《まね》しなけりゃいいのに』『っていうかさ、初瀬って普通にしてればカッコ良いんだよ』『だからね、ちゃんと人格矯正しよう？』

……こんなメッセージが延々と続いている。合間にある煽《あお》りはなんだ。はったおすぞ。

いや。しかし、待てよ。奥空は先ほど友達たちの輪に入ったばかりのはずだ。

どうして、これほどのメッセージを俺に送り付けてきたのだ。早くも寂しさが爆発したというのか。それなら直接喋《しゃべ》りにくればいいだろうに。

液晶画面から視線を持ち上げ、前方の席にいる奥空を注視すると――呆気《あっけ》に取られた。

奥空は友達たちと和やかに談笑していたのだ。両手で包み込んだスマホの画面に、高速で指を走らせながら。……眼前の友人とのお喋りと、スマホ上でのテキストチャット、それを同時に並行処理しているのだと理解した。

「友達付き合いのキャパシティがデカ過ぎる……！」

素直な驚嘆を口に出し、嫌な予感が的中したことを思い知るのだった。


メッセージが大量に届くだけならまだ良かったが、俺が奥空に対して約束したことはそうではない。いつでもどこでも、彼女に呼ばれたら駆け付けて心淋《こころさび》しさを埋めることだ。

初日の呼び出し回数は片手で数える程度だった。

昼食を共にする予定だった友達に置き去りにされたから一緒に学食に誘われたこと。

放課後に友達と訪れたカフェで、お手洗いに行っている間に存在を忘れられて帰られてしまったから、代役としてお茶しに来てほしいと呼び出されたこと。

呼び出された理由にしても、まだ筋は通っている。奥空《おくそら》にとって俺は、友人の代替品のようなもの。業腹だが、都合のいい喋《しゃべ》り相手なのだろう。

そのせいだろうか。奥空の呼び出しは、日が経《た》つごとにエスカレートしていった。

一日あたりの頻度は両手でも数える指が足りないほど増加して——時間を問わず夜中に至るまで——県外まで小旅行していた時でさえ——俺を呼び出してきた。

そして、そのすべての要求に俺は応えてきた。ここまで身を粉にした経験は他にない。天賦の才を掌握するためなら、やる以外に選択肢などなかった。俺自身、これほど他人に歩調を合わせて行動できるのかと、自分のポテンシャルを見直したくらいだ。

とはいえ、いくら俺の意志が強かろうと、肉体は着実に疲弊していた。

そして、なるべくしてなったというか……俺は熱を出して学校を休んだ。


平日の朝。俺は自室で安静にしていた。

こうしていると、才能を喪失して茫然自失《ぼうぜんじしつ》としていた頃を嫌でも思い出す。

気持ちが沈んでいたところに、枕元に置いていたスマホが震えた。

『病欠って先生から聞いたけど、ほんと？　嘘《うそ》じゃない？　大丈夫？』

奥空からのメッセージだった。仮病を疑うなよ。

俺は怒りのままにテキストを打ち込む。

『かつてない高熱にうかされている。三十七度一分だ』

『微熱じゃん！　ご自愛し過ぎ。あーあ、心配して損した』

なんでそこまで言われなきゃならんのだと思うが、これは好機かもしれない。

体調不良を口実に、奥空を家に招くという手札を切れる。年頃の女が異性の部屋を訪れて動揺しないわけがない。上手《うま》く揺さぶれば、一気に恋に落とせる可能性だってある。

テキストチャットではなく、電話を掛けた。繋《つな》がった瞬間に口を開く。

「心配したと言うからには――お見舞いに来てくれるのだろうな」

『は？　い、いきなり何？　もうすぐ授業始まっちゃうんだけど』

「さっきの体温は間違いだった。体温計が壊れていたようだ。新しい体温計を使ったら九十九度九分と表示されたんだ。こっちが正しかった」

『なら、あんたの頭の方が壊れてるんじゃない？』

「確かに高熱で目が霞《かす》んでいる。意識まで遠のいてきた、手足の震えが止まらない！」

『あたしじゃなくて救急にコールしなよ』

「知らない仲じゃないんだ、たまには俺の頼みを聞いてくれてもいいだろう！」

『はいはい。もう切るねー』

奥空の返事は淡泊で、本当に通話を切られそうだ。滑り込むように俺は呟《つぶや》いた。

「……心細いんだ。でも、そばにいてほしい相手が、奥空しか浮かばなかった」

『〰〰っ⁉　きゅ、急に、なん――ひゃわっ……⁉』


電話口の向かい側で慌てふためく気配を最後に、半端な会話のまま通話が切られた。

誤って通話終了をタップされたのかとも思ったが、一向に掛け直される気配は無い。

もし本当に来なかったら……くっ、やはり気が済まない。奥空《おくそら》へのチャットに、俺の住所と学校からの経路を記した画像を送信しておいた。我ながら必死すぎて涙が出る。

半ば祈るような気持ちで、俺は微熱の身体《からだ》を養生すべく床に就いた。


意識が覚める。時刻は夕方。登校していれば、もう放課後を迎えた頃だ。

なぜだか眠る前よりも身体が重い気がした。頭に鈍痛が響いている。

そばに置いていた体温計を使ってみると、三十八度三分と表示された。ちなみに、この体温計は本当に壊れていない。嘘《うそ》が真《まこと》になってしまった。

「くそぉ……最悪だ」

奥空に酷使されたせいだ。俺の身体は精密機械のように繊細だというのに、息をするように呼び出しを連発するなんて俺の扱いが雑過ぎる！

せめて現状を好感度稼ぎに利用するべく、今度こそ本物の体調不良を訴えて奥空の気を引こうと考えた直後、スマホに着信があった。それも奥空からだ。即座にコールに応じる。

「ちょうどよかった。今こちらから連絡しようと――」

『入れてよ』「……何だって？」

『だから……お見舞いに来てあげたから、家に入れてってば』

しばし思考に空白が生じて、我に返った後、ベッドから飛び上がった。

窓際に立って外を見下ろすと、我が家の前に立っていたのは、確かに奥空千陽《ちはる》だった。

「い――よしっ！　よく来てくれた！　偉いっ！」

『う、うるさ……なに、元気いっぱいじゃん。帰っていい？』

「君のおかげだ。ぜひ上がってくれ。熱はあっても人に伝染《うつ》す類《たぐい》じゃない、安心してくれ」

『別の意味で心配だけど。へ、変な気は起こさないでよ！』

「心外だな、不埒《ふらち》な男と思われるのは！」

奥空の気が変わらない内に、俺は急ぎ足で玄関まで出迎えに向かう。ハァハァと息を切らして玄関扉から出てきた俺を、奥空はいかがわしいものを見るような目で眺めた。

「や、やっぱり帰る！」

「誤解があるようだ。まずはそれを解くところから始めようか……！」

奥空の肩を掴《つか》んで引き留め、どうにか弁明を聞いてもらった。

その後、邪念がないと納得させることに成功し、奥空を家へと招き入れる。

「お邪魔します。ねえ、家の人は？」「いない」「……そ、そう。二人きりなんだ」

微《かす》かに上擦った奥空の声色。まさか意識しているのか？

自室に案内するため先行していた俺は、彼女の表情が気になって背後をチラ見する。

すると、奥空《おくそら》が金髪を指先に絡めつつ、視線を泳がせ、唇を引き結ぶ姿が映った。

相当の緊張が見て取れる。その様子をつぶさに観察しながら、自室に招き入れた。

部屋に入った奥空は、物珍しそうに視線をあちこちに向け始める。

「わぁ、思ったより綺麗《きれい》にしてるんだ。オシャレな内装だし、なんか高級そう！」

「この俺に見合うものをとなると、当然安物では済まないさ」

「……あんたって、ひょっとして金持ちのボンボン？」

「言い方に棘《とげ》を感じるが、そうじゃない。自分の才能で稼いだのさ」

俺は胸を張って宣《のたま》う。何でもできる天才にかかれば、金稼ぎなど造作もなかった。

あるときは己の手で制作した絵画や彫像などの芸術作品をネットオークションで売りさばき、あるときは株と為替を的確に読んで資金を増やし、あるときは配信者として活動して広告収入を得ていた。大金から小遣い程度まで、才能があれば金には困らない。

おかげで羽振りの良い生活をさせてもらった。だが悲しいかな、貯蓄よりも散財する方が俺の性分だった。貯金はほとんど無く、度し難いことに今や素寒貧だ。

順風満帆な生活を取り戻したい己の気持ちを再認していると、奥空がじぃと見る。

「顔、さっきより赤いよ」「ん？　ああ。そういえば、また熱が上がった気がするな」

奥空が来たことで気が昂《たかぶ》り過ぎたせいだろうか。汗が止まらない。

視線に警戒が混じっていた奥空だが、やがて気が抜けたように溜息《ためいき》をつく。

「あんたね……病人なら病人らしく、おとなしく寝てなよ」

すると、通学鞄《かばん》と一緒に手に提げていたビニール袋を突き出す。

解熱剤や冷却ジェルシート、果物ゼリーなどが入っていた。道中でわざわざ買ってきてくれたようだ。意外と気が利くじゃないか……だが。

これは奥空との恋を進展させる絶好の機会だ。養生だけで済ませられるか。

「せっかく奥空が来てくれたのに、ただ寝ているだけなんて良くない」

「良くなるために寝るんでしょうが」

「ごもっともだ。なら、全力で羽目を外して遊ぼうか」

「前後で言葉が繋《つな》がってないし……。もう、じれったい！　横になれっ！」

ついに俺との対話を諦めたようだ。力ずくでベッドに寝かそうとしてきた。

となると、俺も抵抗しないわけにはいかなくなる。だが、今の俺では奥空には勝てないだろう。その力比べでは負けるにしても、せめて恋の駆け引きでは勝たせてもらう。

「えい！　……ってぇっ!?」

ベッドへ押し飛ばされると同時、奥空の腰元に手を回して、倒れながら引き寄せる。

俺たち二人は、ぴったり合わさるように同じベッドの上に投げ出された。

「……っ!?」

奥空《おくそら》が息を呑《の》む気配。彼女の細くしなやかな躯体《くたい》が、俺の両手のなかにすっぽり収まっていた。そして、お互いの顔を凝視する――唇が触れそうなくらいの至近距離で。

俺は真剣な面持ちで奥空を見つめた。少し熱っぽいのが、格好《かっこ》つかないが。

直後、もくもくと湯気を立てる様が幻視されるくらい、奥空の顔が紅潮していく。

「あ、はは……ちょっと、はしゃぎ過ぎた。ごめんごめん……！」

奥空はカチカチに強張《こわば》った動きで、俺から離れようとする。

けれども、俺が彼女の腰元に回した腕をほどかない。その異変に気づいたようだ。

「……は、初瀬《はつせ》？　ねえ……ちょ、ちょっと？」

いつも堂々たる奥空が、まるで借りてきた猫のようだ。確かな動揺が見て取れる。

思うに、俺への好感度は決して低くない。頼んだ通りに見舞いに来たこともそうだが、今の反応で確信した。呼び出しに全力で応じ続けた日々は無駄ではなかったのだ。

問題は、このまま攻めたとして、奥空が俺を受け入れるかどうか。

強引に迫るだけが恋愛ではない。攻めた結果、嫌われてしまえば元も子もない。

見極めるのだ。『恋愛の才能』を使いこなせば、恋の攻め時は間違えないはずだ。

「っ……」

俺が身じろぎすると、奥空はびくっと震えて、固く両目をつぶった。

あまりにも無防備な姿だ。熱い息が漏れる桜色の唇、唾をこくりと嚥下《えんげ》する喉元、ブラウスを内から押し上げる豊かな双丘、スカートの裾がまくれて覗《のぞ》く大腿部《だいたいぶ》――。彼女の頭からつま先、隅々まで観察する。……結論は明白で迷いはなかった。

「ふぇ？」

奥空が腑抜《ふぬ》けた声を出す。

腰元から腕を放してベッドの際へ移動した俺を、ぼけーっと見つめていた。

「言っただろう、俺は不埒《ふらち》な男じゃないと。それとも――何か期待させたか？」

「なっ……なあ～～～～～～!?」

俺が茶化《ちゃか》すように言うと、奥空は度し難い辱めを受けたようにうめき声を上げる。

白ニーソに包まれた足をじたばたと振って、俺の背中を蹴った。

「ばかっ、ばかっ、ばかっ！　この男！」

「ハハハハハ！　うん……あ、痛い。痛いぞ、痛……痛いと言ってるだろ！」

結構な威力のバタ足攻撃を受けて、すぐに余裕を失って飛《と》び退《の》いた。

奥空はどれだけ怒りが詰まっているのかと思うくらい、頬《ほお》を盛大に膨らませていた。

「乙女を弄んだ罰にしては生温《なまぬる》いくらいよ！　もうっ、帰るからね！」「あっ、こら！」

乱れた制服を正して、奥空は部屋を出て行こうとする。

しかし、帰らせるにはまだ早い。彼女を恋に落とすには、まだ何かが足りない。だからこそ、今さっき俺は身を引いたのだ。その足りない何かを探る必要がある。

ところが、奥空《おくそら》を引き留めるべき俺の身体《からだ》が言うことを聞かなかった。平衡感覚を失ったかのように足元がふらつき、ベッドへと再び座り込む。

「くっ、熱がここまで上がるとは、この肝心なときに……！」

ぐわんぐわん視界が揺れる。とうとう限界を迎えて、ベッドに身体を預けた。

瞼《まぶた》が重たい。気持ちだけで身体を動かし続けてきた反動が一気に来たようだ。

指一本すら動かす気力が無くなった後——俺の額に、ぴたりと掌《てのひら》が触れた。

「ほんと、バカなんだから。安静にしててよ。初瀬《はつせ》がちゃんと体調を回復させてくれないと、あたしも困るの。淋《さび》しいから、ちゃんと元気になって。また、お喋《しゃべ》りしようね」

彼女がどんな表情をしているのか、瞼を開いて確認することができない。

くすっと、奥空の微笑《ほほえ》みが聞こえた。

「あと……ありがと。変な気を起こさずにいてくれて。その勇気はまだなかったから……それだけ。じゃあね——……純之介《じゅんのすけ》」

ぱたぱたと慌ただしい足取りが遠ざかる。意識は、穏やかな暗闇に落ちていった。

◆

二日後。日曜日。俺はすっかり体調を回復させて、完全復活していた。

自室にて、ロッキングチェアに身体を預けつつ、奥空のことを思案する。

思えば、俺は奥空千陽《ちはる》の本質的な部分に踏み込めていない。

どうして、彼女はあれだけ寂《さみ》しがり屋《や》なのだろう？　単に生まれ持った性分かもしれないが、それにしても人並外れた熱量と行動力が、彼女の交友関係には表れている。

少なくとも、彼女ほど友人がたくさんいて、そのすべてと円満に交流を続けられている人間を未《いま》だかつて見たことが無い。その原動力も寂しさなのだろうか、本当に？

どこかしっくりこない。俺はまだ、奥空千陽の底を知れていないのだろう。

つまるところ、奥空は何がしたいのか……何をやりたいのか？

チェアをゆらゆらと前後に揺らしつつ、天井を仰ぐ。そんなときだった。

スマホから着信音が鳴る。相手に予測がついていた俺は即座に応じた。

「やあ、奥空」

『純之介、あんたね！　治ったならメッセージなんかじゃなくて、通話で言ってよ』

「お見舞いの礼を一言に込めたつもりだ」

『「ありがとう」だけで伝わる感謝にも限度があるわ』

「それは申し訳ない。なら改めて言うよ、先日は助かった。君が来たおかげで、ずいぶん励まされた。おかげさまで、今はすこぶる元気だ」

『ふ〜ん……そ？　なら、いいんだけどね』

どことなく弾《はず》んだ奥空《おくそら》の声色が、こそばゆく鼓膜を撫《な》でる。

それから、彼女はいつになく躊躇《ためら》いがちに、言葉に詰まりながら続けた。

『ところで、今日……ひ、暇だったりしない？』

「？　ああ、わかった。呼び出しだな。どこに行けばいい」

『ん、話が早くて助かるーっ、さすが純之介《じゅんのすけ》！』一呼吸おいて。『じゃあ、今からいったん駅前で会お？　……話したいこと、あるから』

そうして通話が切れた。耳元から離したスマホを、俺は凝然と見つめる。

呼び出しを受けてお喋《しゃべ》りをする流れは、今までに幾度となく経験してきた。だというのに、今回は奥空だけ様子が違っていた。

そんな違和感を覚えていると、もう一つの変化に遅れて思い至る。

「……そういえば、いつから俺を名前で呼び始めたんだ？」

一昨日《おととい》の奥空が帰るあたりの記憶が、どうにも曖昧なのだが、そこで大切な事を聞いたような気がする。発熱さえ悪化していなければと悔やまれるが、過ぎたことは仕方ない。

記憶喚起されない歯がゆさを抹消すべく、自分に活を入れて外出の用意をする。

「ようし、今回こそ奥空を恋に落として才能を我が物とするぞ。ハッハッハッハ！」

意気揚々と家を飛び出し、奥空よりも先に到着する勢いで駅前へ向かった。

駅前に到着した俺は、適当な喫茶店でお茶をしていた。

奥空にもチャットで連絡を入れておくと、俺の到着の早さに驚いていた。

それも当然だ。もはや呼び出し弾丸ツアーにも慣れたもので、都合のいい相手扱いをされていることも、当初ほど腹が立つことはなくなった。

奥空に振り回されているようでも、それすら計算の内なのだ。俺を舐《な》めるなよ。

誰に対してかわからない威圧を放ちつつ、アイスコーヒーの氷を噛《か》み砕《くだ》く。

その直後、背後からぽんぽんと右肩を叩《たた》かれた。

「……言っておくが」

俺は首を傾《かし》げて、左肩越しに後ろを振り返ろうとする。

案の定だ、チラと横目で視認できた奥空は……俺の右肩に乗せたままの手の人差し指をピンと立てている。振り返りざまに、頬《ほお》をぷにっと指差そうとしたのだろう。

「愚かだな。そんな稚拙な手で、この俺を謀れるとでも――へぷっ⁉」

奥空の指が頬に突き刺さる。氷が口からこぼれた。

逆の手の人差し指もピンと立てて、俺の左肩の上で待ち構えていたらしい。

「やーい。ちょろいの」

しししと口元を隠して、奥空がにやけ面をした。

ふわふわの金髪をハーフツインに編み、白のリボンで結わえている。

鎖骨まで露出したオフショルダーのトップス。デニム生地のショートパンツと黒のハイソックスとの間で、肉付きのいい白皙《はくせき》の太腿《ふともも》が眩《まばゆ》さを放っていた。

容姿の可憐《かれん》さはともかく、人をおちょくった仕草がすべてを台無しにしているぞ。

額に青筋が浮かぶのを感じつつ、静かに椅子から立ち上がった。

「君にいつか二千倍返しすると、今から誓っておこう」

「ただのいたずらじゃない。大人気ないわ」

「君のネイルが思いのほか鋭くて普通に痛かった」「それはごめん……」

途端に気遣うような表情になる。そして、奥空《おくそら》の手がこちらの頬《ほお》に添えられる。

不意打ちだ。心配されることを狙ったわけではなかったので虚を衝《つ》かれた。

さす、と。ひと撫《な》でした後、俺の頬から手が離れる。

「大丈夫。傷はないみたい」「……」

頬を掻《か》く。他人の体温を肌で感じるのは、むず痒《がゆ》かった。

気を取り直して、椅子の背もたれに手を置く。

「そんなことよりも、今日はどうすんだ。いつものようにお喋《しゃべ》りか?」

「ううん。今日はショッピングに付き合ってもらうからね!」「……?　そうかい」

妙だな。電話口では話したいことがあると言っていたのに。

ともあれ、それが望みなら乗るしかない。彼女を孤独にしないために俺がいるのだ。

それから四時間ほど、俺と奥空は二人で散策した。

俺は主に彼女の荷物持ちだ。今までの呼び出しでも数回、似たような使われ方をされたことはあったが、なぜか今回は比較にならないほど買い物の量が多かった。

大量の衣服に、靴に、化粧品……奥空一人では家まで持ち帰れない量だろうに。

これまでは奥空と行動を共にしたら、最後には現地解散が常だった。ただし奥空は直帰せず、その後で別の友人と合流していたそうだが、今回はどうするつもりだろう？

ショッピングが終わった頃、両掌《りょうてのひら》を頭の上で組んで伸びをする奥空に声を掛けた。

「満足したか？」「うん。ありがとっ！」

晴れ晴れとした爽快な笑顔。何かを成し遂げた達成感に浸っているかのようだ。

「ところで、この手荷物を持ち帰るアテはあるんだろうな？」

「うん。純之介《じゅんのすけ》が、あたしの家まで運ぶの」

「ならいいんだ。そのジュンノスケによろしく伝えてくれ」

「あんたのことに決まってるじゃない」

互いに笑みを湛《たた》えて向かい合う。俺と奥空の間に、数秒の沈黙。

しかし、奥空が頬に一筋の汗を伝わせているのを見逃す俺ではなかった。

「おい……何を企《たくら》んでいるのかな？　ん？」

「な、何のこと？？　家でも話したいことがあるの。いつもの呼び出しだから」

「今までなら、俺を自宅まで同行させることはなかったじゃないか」

それが彼女なりの自衛だと理解はしていた。さほどの仲でもない相手に、プライベートな情報を開示しないだけの警戒心は、年頃の女子には必要だろう。

「う……それは、別にわざとじゃないし。えっと……！」

奥空《おくそら》はわたわたと狼狽《ろうばい》する。図星を突かれたのが一目瞭然だった。

どんな企《たくら》みがあるのか知らないが、さては初めから目的はそれだったか。

「まさかとは思うが、金銭感覚が壊滅したとしか思えない今日の散財は、一人では抱えきれない手荷物をつくって、俺に家まで運ばせるためだったんじゃなかろうな。そうすれば、確実に俺を家に訪問させられると君は考えたんだ。……だが、解せないな」

奥空に一歩詰め寄る。バツが悪そうな表情を間近で見つめた。

「なぜ、今回だけそんな遠回しな真似《まね》をするんだ？　俺が君の呼び出しを無視したことは、今までに一度たりとも無いのに。なにか急な不安があったのか？」

奥空の反応からして、俺の見立ては外れていない。

この俺を家に呼びたい理由があり、それを確実なものにしたかったのだろう。

友達に存在を忘れられるほど影が薄い彼女のことだ。天界で起きた事情を何も知らなければ、この俺も他の連中と同じように忘れてしまうかも、と思うのはわかる。

だが、実際のところ、俺の頭には天賦の才を再び掌握せねばという懸案が常にあった。天賦の才の所有者である奥空のことも、常に頭にあるといっても過言ではないからか、彼女を失念することはなかった。とまあ、そんな風に天界絡みの話を正直に聞かせたところで、奥空を含めて、大抵の人間は信じるに値しない与太話《よたばなし》と判断することだろう。

俺はただ、奥空の胸中にある思いを知りたかった。しばらく後、奥空が溜息《ためいき》をつく。

「……ごめん。最初に電話に誘ったときは、大事な話をしたいと思って、それと一緒に見せたいものがあったの。それで、あたしの家に来てもらいたかったんだけど」

「話しづらい内容とだけは、察しがつくね」

「あは。そうだね。それを伝えたいけど、伝えるのが怖かった。だから、本題に入れずに遊んで、純之介《じゅんのすけ》にも荷物を持たせて、先延ばしにしてたんだ……あたし、ダサいなー」

苦笑を浮かべ、金髪の先端を指でいじる。柄にもなく弱気な姿だ。彼女の言う『大事な話』とやらに、実は思い至る節がありつつも——俺は何食わぬ顔で鼻を鳴らす。

「フン。わかっていないな。今まで何を見てきたんだ」「えっ？」

首を傾《かし》げられる。不思議そうな彼女へ、俺は胸を張って堂々と告げた。

「この初瀬《はつせ》純之介を舐《な》めないでほしい。人類史上最高の天才として生まれた男だぞ。俺がやると言ったことは天地をひっくり返してでも完遂する。いつでもどこでも駆け付けると、そう断言したからには絶対だ。君の不安は杞憂《きゆう》に過ぎない」

「…………」

小さな口を開けたまま、奥空《おくそら》がぽかんと呆《ほう》けた。やがて、ぷっと失笑する。

「ふ、ふふっ！　その偉そうな感じ、最近は大人しかったから、何か久々！」

「笑われるのは不愉快だ。何も可笑《おか》しなことは言っていないぞ」

奥空はからからと笑う。息を落ち着けた後も、彼女の口角はずっと緩んでいた。

「……ホント、急にカッコ良くなるんだから……いいな」

囁《ささや》きが耳に届く。その直後、奥空が小走りに駆け寄ってきて、俺の背中を掌《てのひら》で押す。

「居ても立ってもいられなくなっちゃった。純之介《じゅんのすけ》のせいだからね、あたしの不安が杞憂《きゆう》だって言った責任、取ってもらうから！」

「そ、そんなに押すな!?　荷物が重すぎて腕が千切れそうだ、ゆっくり歩こう!?」

俺の悲鳴など聞く耳を持たずに、奥空はぐんぐんと帰路を進ませようとする。

騒々しいせいで通行人から奇異の視線を集めつつ、奥空の家へ赴くことになった。

◆

奥空の家は、ごくありふれた庶民的な一軒家だった。

入ってすぐの玄関で、奥空の母と出くわした時には、驚きよりも先に懇切丁寧な挨拶をし菓子折りを持参していない非礼を詫《わ》びて爆発的な好印象を得ておくことに成功したが、すぐさま奥空にヘッドロックを掛けられて引き剥《ひは》がされ――現在、奥空の自室にいた。

「……」

奥空の部屋を見回す。俺の表情は神妙そのものだ。

内装の至るところで目につくものがある。

それは、輝かしい魅力を放つ女性アイドル、その多種多様なグッズであった。

たとえ芸能人に明るくない者でも知っているだろう著名なアイドルグループだ。年末の歌番組への出演、日本レコード大賞受賞、メンバーの写真集は記録的なベストセラーを打ち出していた。若き才能が結集した、国内ナンバーワンのアイドルと言えるだろう。

だが、何よりも意外だったのが、これが奥空の趣味だということだ。まさか推しメンバーの等身大パネルを飾るほどの熱烈なファンとは、流石《さすが》の俺も圧倒された。

「……凄《すさ》まじいな」「でしょ。いい目の付け所をしてるわ。去年のライブ鑑賞する？」

「結構だ！　言いづらい話というのが、このことでもなさそうだしな……」

うきうき顔でブルーレイを再生しようとした奥空を制止する。アイドルグッズで溢《あふ》れる部屋を見せても一切の羞恥なく、むしろ開放的で誇らしそうなのは結構なことだが。

そんな彼女が一体なにを伝えることを怖がり、語るのを躊躇《ためら》っていたのか。

「本題に入ってくれ。今さら俺に遠慮は要らない、思いのままを言えばいい」

「……わかった。あんたも座って」

奥空《おくそら》はうなずいて、カーペットにぺたりと座る。

自分の隣をぺちぺちと掌《てのひら》で叩《たた》いた。ここに座れという合図だろう。犬か、俺は。

小癪《こしやく》ではあるが、こんな些事《さじ》で争うのも面倒だから素直に従う。

そうして、奥空は俺をじっと見つめ、真一文字に結んでいた口を緩慢に開いた。

「純之介《じゆんのすけ》はもう知っているだろうけどさ、あたし、すっごく影が薄いんだ」

もちろん知っている。体育倉庫でもそんな一言を漏らしていた。

「覚えてないくらい昔から、ずっとそうなの。友達と一緒に遊んでいても『いつからいたの？』って言われたり、自分の誕生日に招待しても皆が約束を忘れて来なかったり、何度も会ったことがある人に初対面だと思われたり、そんなことばっかりあって」

……想像以上に酷《ひど》かった。まさに現実離れした存在感の無さだ。その影の薄さこそが、真の才能を持たない奥空の『弊害』だという推測は、ほぼ間違いないだろう。

「最初は純之介も、あたしのこと全然覚えなかったもんね」「……返す言葉もないよ」

恨みがましい半眼を向けられ、やや居心地が悪い。奥空のことを忘れていたのは、普段から俺が有象無象に無頓着なせいだけではなく、彼女の『弊害』の影響もあったのかな。

「あたしは、人から自分を忘れられるのが怖かった……今でもすごく怖い。だから、なるべく目立ちたくて髪も染めたし、もっと精一杯に友達と仲良くなろうとしてきた」

「改善の兆しは見られていなそうだな」

「うう……っ！　そうなんだけど、慰めてくれたっていいんだぞー!?」

現状を見た通りに言うと、奥空が小動物の威嚇みたいに吠《ほ》える。

それから、彼女はすっと元の調子を取り戻すように笑みをつくった。

「でもさ、いいこと思いついたの！」「いいこと？」

「そ。今から一か月くらい前かな。家庭科の授業で裁縫あったじゃん？　あ、でも純之介は学校に来てない頃だったから知らないかな」

「——……」

一か月くらい前というと、俺が一〇八個の才能を喪失したタイミングだ。

その瞬間、ある予感が働いて生唾を呑《の》む。まさかと思い、その先の言葉に耳を傾けた。

「その授業でね、あたしめちゃくちゃ先生とか友達に褒められたんだよ。こんなに上手な人見たことないって。自分でもよくわかんないけど、どうすればうまくできるか超わかったんだよね。あたし、小学生の頃から細かい作業は苦手だったはずなのに」

ふと閃《ひらめ》いたように人差し指を立てて、奥空が冗談混じりに言う。

「力が突然目覚めたというか、急に才能が開花したみたいな？」

「……」

「でね、そのときに思いついたの。独りぼっちでも、寂しくならない方法を」

奥空《おくそら》は語りながら立ち上がる。学習机の引き出しから鍵を取り出した。

それで鍵付きクローゼットを開錠したかと思えば、両手で引き戸を開け放つ。

「——っ!?」


クローゼットの中身を見て、俺は絶句した。

そこに収納されていたのは大量のぬいぐるみだ。掌《てのひら》サイズの小さなぬいぐるみが、さながら全校集会でグラウンドに並んだ生徒たちのように整然と並べられている。

さらに、その内の三つには見覚えがあった。いつぞやの学食のテラスで、奥空が喋《しゃべ》り相手としていたのが、このぬいぐるみたちだった。そして、その三つのぬいぐるみは、実在の友達を模《かたど》って彼女が自作したものだとしか考えられない造形である……つまりだ。

眼前の一〇〇はくだらないぬいぐるみも、ひょっとしたら実在のモデルがいるのか？

開いた口が塞がらない俺に対して、奥空が恥ずかしそうに身をよじる。

「えっとね、あたしの友達を参考にして自分で作ったんだ。ほら、どうしても一人になっちゃう時ってあるじゃん。そういうときに怖さが蘇《よみがえ》ってくるから、ぬいぐるみをお喋りの相手にして寂しさを紛らわせていたんだけど……たはー、やっぱり恥ずかしいなあ！」

赤くなった両頬《りょうほお》に手を添えて、奥空は身体《からだ》を小さく縮こまらせた。

色々と言いたいことはある。だが、何よりもまず聞きたいのは、彼女の真意だ。

「どうして、俺にこれを見せたかったんだ？」

伝えづらさは理解した。こんなもん他人に見せたらドン引き必至だ。

……とはいえ、ぬいぐるみ相手にお喋りする奇行が本題に絡むのは、前もって薄々と察してはいた。個体数が想像を超えてきたため、度肝を抜かれはしたが。

ここに彼女を落とす鍵が隠れている気がしているのだ。その仔細《しさい》を、俺は知りたい。

「どうして、かな……」

問われてから、その感情をどう形容するかのように、奥空は頭を悩ませた。

何か企《たくら》みがあるのではなく、衝動的な行動だったのだろうか。わからない、彼女は何を思って、俺にここまで赤裸々に自分を明かすのだろう。

ふと、奥空は心地よさそうな微笑を浮かべた。

「——……知って欲しかったのかも。純之介《じゅんのすけ》に、あたしのこと」

「俺に？」

「うん。影が薄いあたしを、純之介は忘れずに見てくれるもん。一緒にいた時間は短いのに、なんでかな、こんなに深く仲良くなれた人は初めてな気がする」

「……」

「あたしをもっと知ってほしい。もう忘れないくらい、あたしを記憶に刻んでほしいの」

奥空は双眸《そうぼう》を細めて相好を崩した。その底抜けに無邪気な笑みに、目を奪われる。

しばらく彼女を見つめて、我に返った後、雑念を払うように頭を振る。

ここは冷静になるべきだ。ひとつ、大きな収穫があった。

奥空《おくそら》が今、所有している天賦の才、その正体を掴《つか》んだかもしれない。

他でもない当人の口から語られた所感、それと客観的な事実を合わせて、彼女が分配された才能は、言うなれば――『手芸の才能』。

もちろん俺個人の推測に過ぎない。可能性があるというだけで、違うかもしれない。

真相は神のみぞ知る、人の身である俺に才能を特定する術《すべ》はない。

なら仕方がない。俺にできることは『恋愛の才能』で、天賦の才を所有する一〇八人の少女たちを恋に落とすことだけだ。そこに才能があるなら、この俺が動く理由に足りる。

そして、もう手が届く距離に、触れられそうなほど近くに天賦の才がある。

俺は情には流されない。価値基準は決して揺るぎなく、目的を果たすことが最優先だ。

自分にそう言い聞かせて、意志を固め直す。そのとき、ふと疑念が浮き上がった。

「俺のも作ったのか?」「え?」「ぬいぐるみ。現実の人をモデルにしているんだろう」

心中を吐露した奥空が、少なからず俺に親密さを抱いていることは判明した。

なら、グッズ化した他の友達と同じく、俺を模《かたど》ったぬいぐるみもあるかと思った。

けれど、奥空は首を横に振る。

「ううん。作ってないよ。だって……ぁ」

喋《しゃべ》っている途中で、奥空が双眸《そうぼう》を大きく見開いた。

唇の震えを抑えるように口元を手で覆う。そして、訥々《とつとつ》と言葉を紡いだ。

「純之介《じゅんのすけ》がすぐに来てくれるから、一度もなかったんだ……寂しいって思うこと。ぬいぐるみを——純之介の代わりを作ろうなんて、考えたこともなかった」

揺れていた瞳が、緩やかに落ち着いていく。

「そういえば……最近は特に、他のぬいぐるみともお喋りしてない。持ち歩いていなくても不安にならなかった……いつでも純之介はいてくれるって、あたし、信じてたんだ」

「？　ぼそぼそと何だ、聞こえるように話してくれ」

俺が顔を寄せると、奥空はぎゅっと全身を緊張させた。

こちらを大きな双眸で見つめ、唇をきゅぅと結んでいた。目が合った俺まで硬直する。

白皙《はくせき》の肌が朱に染まったかと思うと、彼女はパタパタと走って部屋を出た。

それを呆然《ぼうぜん》と見送るが——その直後、奥空が紅潮した顔だけをひょこりと覗《のぞ》かせる。

「ちょ……ちょっと待ってて!?　頭冷やしてくるからーっ！」

それだけ言い残して、奥空はどこかへ消えてしまった。

静寂が訪れる。まさか人の家で放置を受けるとは、この俺も想定していなかった。

それにしても、先ほどの奥空の表情——あんな顔を向けられるとは。

こと恋愛に関する観察力なら、俺の目は確かだ。奥空千陽《ちはる》はもう落とす手前にいる。

彼女と目が合った時に確信できた。確かな好意が、そこに宿っていると。

◆

奥空《おくそら》が部屋に戻ってくるまで、ただ座しているわけにはいかない。

いよいよ雌雄を決する時が来た。奥空千陽《ちはる》を完膚なきまでに恋に落とすのだ。

すでに心の距離は縮まり、恋の矢の射程距離に彼女はいる。狙いを定め、弦を放つだけでハートを射抜《いぬ》くことができるはずだ。

悠長にしていられない。目下、ターゲットは三人もいるし、最終的には一〇八人もの少女を恋に落とさなくてはならない。奥空には悪いが、最速で決着をつけさせてもらう。

すなわち、彼女が部屋に戻ってきた瞬間に——俺は告白する。

両想《りょうおも》いだという風に思わせれば、奥空はあえて好意を隠そうとはしないだろう。

これにてカップル成立だ。以降は好意が保たれる程度の関係を維持しつつ、他の天賦の才を確保しに向かおう。フハハハハハ！

内心で高笑いしていると、部屋の外から足音が近づいてきた。

どうやら戻ってきたようだ。即座に告白をぴしゃりとぶつけ、面食らわせてやろう。

足音の主が部屋の前に現れた瞬間に、俺は言った。

「君が、好きだ。俺と付き合ってくれ！」「……あらあら」

俺の言葉を正面から受けて——奥空の母が頬《ほお》に手を添え、首を傾《かし》げる。

それから、困ったように眉を下げ、生温かい眼差《まなざ》しを向けてきた。

「私には心に決めた夫がいるから、ごめんなさいっ！」

「誤解なんです、お母さん!?」

運んできたお茶請けを丸テーブルに置いた途端、奥空の母はダッシュで逃げた。

しかも家中に轟《とどろ》く大音声で「ママ、お買い物行ってくるからぁ〜!?」と叫んで、直《す》ぐに家を飛び出した。玄関扉の閉じる音が、追跡を拒絶するかのごとく無情に響く。

一瞬の出来事だった。逃げ足が速すぎる。誤解を解く暇もありはしない。

「マ、マズい……これはマズいぞ!?」

頭を抱える。万が一にでも、今の出来事を家族間で共有されてみろ。

娘の同級生の男子から愛の告白を受けたとなれば、奥空の父は激怒、母はドン引き、娘は一〇〇年の恋も冷める失望、俺はきっと奥空の親族総出で処刑されてしまう。

狼狽《ろうばい》しながらも、どうにか冷静さを取り戻すべく、自らに言い聞かせる。

「お、おお、落ち着け。この初瀬純之介《はつせじゅんのすけ》に不可能はない。体育倉庫から今まで計画は順調だったんだ、ここで全部パーにしてたまるか……！　何か、何か挽回《ばんかい》策を考えろ！」

側頭部をぽくぽくと拳で小突いて、思考回路を無理矢理《むりやり》に働かせる。

そして、万事解決する冴《さ》えたアイデアを思いつく——……よりも前に。

「どういうこと？」

背後から投げかけられた平坦《へいたん》な声色。声にならない声が喉を鳴らし、俺は振り返る。

そこには奥空千陽《おくそらちはる》がいた。まさか先ほどの告白を聞かれてしまったか⁉

……いや、待て。俺は今さっき、何を口走っていた？

頰《ほお》を冷や汗が伝う。小さな声量の独り言だったはずだ。聞かれたとは限らない。

そんな俺の淡い願いを打ち砕くように、奥空はひび割れた笑みで言った。

「計画って何？　体育倉庫って、あたしたちが二人で閉じ込められたときのこと……？」

「――……」「な、何とか言ってよ。純之介《じゅんのすけ》……！」

頼りなく震える声色で、奥空が訊《き》いてくる。

ところが、俺は咄嗟《とっさ》に答えられない。適当な言い訳ならいくらでも頭に湧くが、そのどれもが選ぶべきではない言葉に思えて仕方がないのだ。

一言も発せられない俺に、奥空は明らかな失意を表情に出す。それから顔を俯《うつむ》かせ、両手をぎゅっと固く握りしめる。いかなる感情によるものか、小さな肩が震えていた。

「初瀬、今日は帰って」「……奥空」

「もう何も言わなくていい。一人にさせて」

有無を言わさない語気だったが、いま奥空から離れたら、もう二度と元の鞘《さや》に収まれない気がしてならない。一人にさせてほしいなんて言葉が出るはずがないのだ、彼女から。

何かを言うべきだった。起死回生の一手を模索して、最後まで足掻《あが》くべきだった。

「また……明日。学校で会お？」

奥空が絞り出すような声で、はにかんだ。その顔に、俺は安堵《あんど》してしまった。

まだ手遅れではない。挽回《ばんかい》の余地があると、そう思わされた。

「……わかった。また明日。学校で」

奥空をむやみに刺激しないよう、今のところは帰ることに決めた。

明日までに上手《うま》い言い訳を考えればいい。奥空の母に誤解を与えた件は、詳細は伏せた上で、奥空に「例の発言は誤解だから忘れてほしい」という言伝《ことづて》を頼んでおいた。

これくらいしかできないが、やれる精一杯の手は尽くしたと思うしかない。

無論、その判断が甘かったとは、すぐに思い知らされることになる。

——翌日、奥空は学校に来なかった。次の日も、その次の日も。

彼女が登校拒否だと気づいた頃には手遅れだった。俺は弁明の機を逃したのだ。

◆

奥空と会えず、音信不通のまま三日が過ぎた。

どうやら彼女は、俺との縁を完全に断ち切るつもりのようだ。

俺がヘマをしたことは認めよう。けれど、このまま諦めるつもりは毛頭ない。彼女との関係を修復して恋に落とし、何としてでも天賦の才を手中に収めてみせる。

とはいえ、一打逆転の計画は、いくら頭を悩ませても思いつけない。やがて、いつの間にやら午前の授業が終わっていた。昼休みになり、生徒たちが席を立つ。

今は食欲がない。ずるずると椅子に深く身体《からだ》を預けて、思案に潜ろうとした——だが。

「初瀬純之介《はつせじゅんのすけ》ってのは、どいつだ？」

他クラスらしき見覚えのない男子生徒が、廊下からぬっと教室に入ってきた。

教室中の生徒たちの視線がこちらに集中する。俺は目を細め、闖入者《ちんにゅうしゃ》を一瞥《いちべつ》した。

「生憎《あいにく》と初瀬純之介は留守だ。凡人の相手に付き合うほど暇じゃないと言っていた」

「……おめぇがそうだな。噂《うわさ》通りの悪人面だな」

「この美形を見て出る言葉がそれとは、救いがたいボンクラだな」

「なんだと？　いや、今は自分のことで怒りに来たわけじゃねえ」

額に青筋を浮かべた男子は、怒りつつも我を忘れてはいなかった。

他人から恨みを買うことなど日常茶飯事だが、いつもと少し様子が違う。怪訝《けげん》に感じつつも、泰然とした態度を崩さずに静観する。

俺とにらみ合う男子は、さながら取調べに臨む刑事のような冷徹な表情で言った。

「初瀬純之介、おめぇ……ちーちゃんを不登校になるまでいじめたらしいな」

「ちーちゃん？　どこの誰だかわからないな。知るわけもない」

　鼻で笑い、根も葉もない言いがかりを否定する。

　俺は凡人をいじめるなんて暇な真似《まね》はしない。まったく心当たりがな――ん？

　いま、不登校と言ったか？　それに、ちーちゃん……偶然にも脳裏に浮かぶ相手がいた。

「とぼけるんじゃねぇ！　もうネタは上がってんだ。ここ二週間ほど、奥空千陽《おくそらちはる》と一緒にいるところを見かけたって何人も証言している。シラは切れねぇぞ！」

　……なるほど。奥空のことだったか。だとしたら、少しは思い当たる節が出てきた。

　察するに、彼は奥空の友人の内の一人なのだろう。友達が虐げられていたことを知り、義憤に駆られて俺を問い詰めに来たというところか。

　薄く笑みを浮かべた俺に、眼前の男子が人差し指を突き付ける。

「ちーちゃんは友達みんなに連絡して、ここしばらくの初瀬純之介がどんな行動をしていたか聞き回っていたそうだ。いじめの証拠を集めようとしたに決まっている。お前がホシに違いない。このヤマを解決すりゃ、ちーちゃんも絶対に学校に来るようになる！」

「ちょいちょい挟まる警察用語なんなの？　あと、決めつけが激しいぞ」

　威勢はいいが、こんなのは怖くも何ともない。

　……それにしても、奥空は友達みんなから俺の行動を聞いて回っていた、か。

　おかげで疑問が氷解した。もしも奥空が、俺の失言を糸口にして、計画的に恋に落とそうとしていた事実にたどり着き、ショックを受けて俺を拒絶したとするなら……。

どんな方法を使って、俺が暗躍した事実を突き止めたのかが、わからなかった。

何てことはない。彼女にしかできない力業だ。

奥空《おくそら》には驚異的な人脈がある。浅くても広い友人関係を用いて、俺の目撃情報を片っ端から集めて、いかなる暗躍をしていたか把握したのだ。

たとえば、体育倉庫に奥空を閉じ込める計画を立てた日の放課後。陸上部が使用中のため開け放たれていた体育倉庫に忍び込み、俺はせっせと下準備をしていた。

その姿を、誰かに目撃されていてもおかしくはない。そんな風に、無数の情報をパズルのピースのように組み合わせて、奥空は俺をペテン師だと暴き立てた。

「まったく、してやられた。奥空め……」

つい苦笑する。見事な手腕だ。この俺を出し抜いたことは褒めてやる。

だが、おかげで俺も光明が見えたぞ。良いヒントをもらえた。

「情報提供をありがとう。ボンクラ刑事。もうお帰りいただいて結構」

「オレたちの用件は、まだ済んでねぇぞ」「……俺たち？」

聞き返すと同時に、廊下から教室にぞろぞろと大勢の男女が入って来る。

その誰もが、俺に敵意ある視線を向けていた。目をぱちぱちと瞬かせ、それが現実の光景であると信じたくない気分で眺める。

「抜き打ちで学年集会でも始まるのかな？」

「奥空千陽《ちはる》に二度と関わらないと約束しろ。でなきゃ、おめぇを絶滅させる」

「命を取る上で最上級に物騒な文句を、平和な現代日本で聞くとは思わなかった」

彼ら彼女らは怒っていた。友達を傷つけられて奮起したのだ、さながら弔い合戦だな。

俺はスマホを取り出して、何度か画面をタップした後で、再び懐に戻す。

「君たちの意思はよくわかった。奥空千陽を……大事な友人を無下にされて、そのツケを支払わせないと気が済まないんだな？」

『そうだ！』

大勢の声が音圧となって肌をびりびりと震わせる。

「そんなに奥空が大事か？　知っているぞ、大して仲良くはないんだろう。ここにいる誰も彼もが、彼女のことを忘れて、別の友達と仲良くやっている」

今度は打って変わり、連中は顔を見合わせて静まり返る。

俺が指摘した事実は否定できない。だが、ここで本当に何も言えないなら……。

「そうか――……残念だ」

せっかく光明が見えたかと思ったが、厳しい賭けをしなくてはならないかもしれない。

◆

奥空《おくそら》の友人御一行から逃げ出して、俺は学校を早退していた。

命の危険を感じたのもあるが、第一の理由は奥空に会いに向かうためだ。

先日に奥空の家を訪問できたのは不幸中の幸いだった。おかげで、彼女の居場所がわからず手の打ちようがないという最悪の状況だけは避けられた。

「……よし」

奥空の家に到着して、緊張をほぐすそうと深呼吸する。

二度と同じ過ちは繰り返さない。前は、奥空を恋に落とせる予感を抱いたおかげで作戦成功を急ぎ、墓穴を掘ってしまった。冷静に、落ち着いていこう。もう失敗はできない。

家の玄関前に立ち、不在でないことを祈りつつ、インターホンを押した。

「はーい！　……あらぁ？」

玄関扉が開かれて、姿を見せたのは奥空の母だ。間違えて告白した記憶が脳裏に蘇《よみがえ》り、相当の気まずさを覚える。

だが、先日帰る前に残した伝言がある。きっともう誤解は解けているはず……。

「ま、また、きみぃ？　何度来られても、私は応えてあげられないからぁ！」

俺の顔面が愛想笑いのまま硬直して、心のなかで絶叫した。

奥空のやつ、頼んだ伝言届けてくれてないじゃないか！　誤解が解けてない、最悪だ！

というか、そのせいで奥空の母からすれば、俺がめちゃくちゃ怖いストーカーみたいに見えちゃうだろ。今まさに目に涙を溜《た》めているじゃないか。かわいそうに……。

こうなったら自力で誤解を解くしかない。最後に信じられるのは、やはり自分だけだ。

「お母さん、俺の目を見て、よく聞いてください！」

奥空の母の手を取って、両手で包み込むように握った。

事実をありのまま、端的に伝えるのだ。誤解する余地など与えない。

「俺は――あなたの娘さん目当てです！」

俺が堂々と言い切ると、奥空の母は、ぽかーんと呆《ほう》けた。

ここまで力強く断言しておけば、誤解は間違いなく解けたはずだ。

「奥空に……千陽《ちはる》さんに、会いに来ました。上がらせてもらいます、構いませんね？」

尋ねると、奥空の母はこくりと緩慢に首肯した。

許可を得られたところで早速お邪魔する。奥空の部屋へと真っすぐに向かった。

すれ違いざま、奥空の母は腰砕けになったかのように、その場にへたり込む。

「……真っすぐな子……素敵だわぁ、うちの息子にならないかしら……」

何か呟《つぶや》きが背後から聞こえた気がしたが、振り返ることはしなかった。

階段を上って、二階にある奥空の部屋へとたどり着く。

俺が来たことを知れば、奥空は扉を開けないかもしれない。だから、顔を合わせた後で詫《わ》びるつもりで、ノックせずドアノブに手を掛ける。

「っ⁉」

だが、扉が開かない。すでにロックが掛けられていた。

すると、部屋の内から、扉越しに声が届く。

「……初瀬《はつせ》。どうして来たの？」

覇気に欠けるが、確かに奥空《おくそら》の声だ。俺が来たことに気づいている。さては、家に入る瞬間を、部屋の窓辺から見られていたのか。

「奥そ……っ、千陽、話がしたい」「嫌だ、帰って‼」

取り付く島もない。だが、ここで引き返したら、それこそおしまいだ。

部屋の扉に掌《てのひら》を付けて、中にいる千陽《ちはる》へと語り掛ける。

「往生際の悪い言い訳はしない。千陽が友達から聞いて知っている通り、俺は君を騙《だま》していた。偶然仲良くなったわけじゃない、俺がそうなるように立ち回った」

「……やっぱり」

諦観の滲《にじ》んだ呟《つぶや》きが返ってくる。

心に爪を立てるような事実を肯定した上で、矢継ぎ早に言葉を続ける。

「間違った手段だった、俺が悪いんだ。ごめん……ただ、千陽と仲良くなりたかった気持ちは本当なんだ！　弄んで笑おうなんて不純な気持ちはない、信じてくれ！」

「……無理よ。もう誰も信じられない」

必死に言葉を重ねたが、千陽の声色には深い失望が感じ取れた。

「――みんな、あたしが大事じゃないんだ。だから平気で忘れるし、平気で傷つけられるんでしょ……だったら、もう誰とも一緒にいたくない。ぬいぐるみを喋《しゃべ》り相手にしているくらいで、あたしは満足するべきだったんだ……っ！」

上擦った声、洟《はな》をすする音。

千陽にとって自分の存在を忘れられることは最大級のトラウマだ。そんなトラウマを日常的に刺激されて、心に負荷がかからないはずがない。むしろ、今までが気丈過ぎた。

長年蓄積してきた不満もあっただろう。だが、最後の致命的な後押しは、俺のせいだ。

千陽はついに、他者と深い間柄になれたと思ったのだ。そんな彼女の切実な希望を、最も残酷な形で裏切ってしまった。

だから、最も憎いだろう俺の言葉に、千陽が耳を傾けないのは無理もない――なら。

「千陽、君は思い違いをしている」

彼女の心の扉を開かなくてはならない。そのための鍵を、俺は懐から取り出した。

「君の友人が、誰も君を大事に思っていないと言ったな？　大間違いだ」「……？」

扉越しに伝わる困惑の気配。

懐から取り出したスマホを操作して、俺はとある録音データを再生した。

『君たちの意思はよくわかった。奥空千陽《おくそらちはる》を……大事な友人を無下にされて、そのツケを支払わせないと気が済まないんだな？』

『そうだ！』

俺の挑発的な台詞《せりふ》と、直後に爆発音のように大気を震わす肯定の声。

ガタ、と間近から物音が届く。扉の向こうにいる千陽も驚いたらしい。

一度再生を止めて、俺は補足説明を入れる。

「この俺が、君を不登校になるほど追い詰めた張本人だという噂《うわさ》が流れたんだ。数えられないくらいの人数から集団リンチに遭いかけたよ、うまく逃げたがね。続きを流そう」

録音データを再生する。

『そんなに奥空が大事か？　知っているぞ、大して仲良くはないんだろう。ここにいる誰もが、彼女のことを忘れて、別の友達と仲良くやっている』

『……』

『そうか――……残念だ』

長く静寂が続いた末に、俺の落胆がぽつりと漏れる。その直後だった。

『……オレたちだってわからねぇよ。悪気はないのに、ちーちゃんを忘れちまう』

先陣切って文句を言いに来た、ボンクラ男子の声色だ。

その告白を皮切りに、他の面々からも次々に想《おも》いが吐露される。

『初めは居たのに気づいたら居なかったり、居ないと思ったらいつの間にか居たり……それで謝る度に、気にしてないって笑ってくれるの』『うん……その気遣いが、すごく心苦しいんだ』『千陽は素敵な子なんだよ。ちゃんと大好きなんだよ、千陽のこと』『……ああ。仲良くないなんて、簡単に言われてたまるか！』

録音データの音声を聞きながら、俺の脳裏では教室での光景が思い返される。

誰も彼も、俺への敵意を強め、千陽への友情で強固に結束していた。

『オレたち全員が、ちーちゃんが傷つけられたから今こうして集まったんだ。大切に思っていない友達のために、そんな行動はしねぇよ！』

『——……そのようだな。大した友情だ』

俺の余分な呟《つぶや》きまで流してしまったが、そこで再生を止める。

そして、扉を挟んだ先にいる千陽に、揺るぎない事実を突きつけた。

「君が、友達と広く浅い関係しか築けていないなんて、とんでもない。彼ら彼女らの言葉と行動は、千陽への思いやりに溢《あふ》れている。大事にされてないなんて、大層な思い違いだ」

「……」

「千陽の胸に、途方もない寂しさや不安があることは否定のしようもない。けれど、君が目を向けるべきは、部屋いっぱいに溢れるぬいぐるみなんかじゃない。その数と同じだけいる、君を大切に思う現実の友人たちにこそ、向き合い続けるべきだ」

「……」

「心淋《こころさび》しさは、千陽《ちはる》次第で乗り越えられる。だって、現状でこれほどの友人関係を築けたんだ。これから先、誰も千陽を忘れたり無視したりできなくなる日は必ず来る！」

懸命に言葉を畳みかけた後、上がっていた息を整える。

もし、この鍵で扉が開かなかったとしたら、万策尽きる。じっと正面を見据えた。

――カチャ。小さな金属音が鳴り、開かずの扉が開く。驚きに目を見張った。

扉は数センチだけ動いて静止した。緩慢な挙措でドアノブを握り、部屋へと入る。

「……千陽」

こちらに背を向けて、長い金髪を下ろした千陽が佇《たたず》んでいた。

近くまで歩み寄る。手を伸ばせば届く程度の距離で立ち止まった。

そして、俺が声を掛けようとした直前――。

「一番星みたいに輝いて、大勢の目を釘付《くぎづ》けにする人になるのが昔から夢だったの」

千陽が言葉を紡ぎながら、アイドルグッズに溢《あふ》れる自室を見回す。

寂寥《せきりよう》感の漂う横顔を眺めて、俺は遅ればせながら理解する。彼女は単なるアイドルのファンではなかったんだ。憧れを持ち、そちら側に行きたい願いがあったのか。

俺へと向き直った千陽は、目元を赤く腫らし、まだ少し洟《はな》をすすっていた。

「あたし、才能ないのに……絶対なれっこないのに、なりたくてたまらないんだ」

◆

世の中には、ステージ上で歌と踊りを披露して、何万人もの視線を集める人がいる。

幼いあたしは、そんな『アイドル』の姿をテレビ画面越しに一目見たとき、あぁなりたいという想《おも》いがこみ上げて、直後にぼろぼろと泣いた。

なりたくてもなれはしないと、直感的にわかったからだ。

あたしは昔から、家族や友達にすら存在を忘れられるほど影が薄かった。アイドルなんてもってのほか、誰の目にも留まらない黒子のような人間にしかなれない。

それでも未練がましく、歌や踊りの練習を始めたこともあった。

子供なりに頑張って、それなりに上達した。それでふと、成果を人に見せたくなった。

人気アイドルの歌と踊りの振り付けを覚えて、友達に披露したんだ。

これで自分を変えられるかもしれないと、心のどこかで期待していた。

けれど、最初に予感していた通り、あたしにそんな力はなかった。どうにか周りに集めた友達は、あたしが精一杯に歌い、踊り、笑みを振りまいても、少しずつ散っていった。

みんなは悪くない、悪気がないのは見ればわかった。あたしに魅力がないせいだ。

歌も踊りもまだ途中だったけど、友達はもういなくなっていたから、あたしはお披露目《ひろめ》を最後までやり切れなかった。笑みを浮かべられず、泣き顔を晒《さら》すのは惨めだった。

それ以降、アイドルになりたいという憧れを、心の奥底に沈め込んだ。

——沈め込んだ、はずだった。なのに、近頃になって……初瀬純之介《はつせじゅんのすけ》という男の子と話すようになってから、胸中にある鉛のような想《おも》いが、少しずつ浮上していた。

なぜかはわからないけど、純之介はあたしを見てくれている。いつだろうと呼びかけに応じて、懸命に駆け付けてくれる。かつてないことだった。

今のあたしには、たった一人でも、自分を見てくれる人がいる。

その事実が、知らず知らずのうちにあたしを変えていた。

初めは、都合のいいお喋《しゃべ》り相手くらいのつもりだったのに、このままずっと見ていてほしいと、彼への気持ちが不思議な温かみを帯びていた。

いつ忘れられるかもわからない。不意に、あたしに無関心になるかもしれない。

そう思うと、心臓が凍るような恐ろしさで震えたけれど……それだけじゃなくて。

あたしを見てくれる人が一人でもいるのなら、いつかは大勢を惹《ひ》きつけるアイドルになれるかもしれない。夢は完全に断たれたわけじゃないのかもしれない。

そんな切ない期待に、胸を締め付けられた。

子供の頃みたいに、自分を変えられるかもと期待して、失敗するのが怖い。

憧れを追いかけた先で、夢に思い描いた自分に、きっとなれると信じたいのに。

どうしたら、自分を信じられるのか、あたしにはわからないままだ……。

◆

「──千陽《ちはる》なら、なれるさ」

涙の跡を色濃く残したままの千陽に伝える。彼女の瞳が頼りなく揺れていた。

「……薄い慰めはやめて……」

「いいや、本気でそう思う。千陽はきっと、自分の本当の才能をまだ知らないだけだよ」

「……どういう意味よ。嘘《うそ》ばっかり、初瀬の嘘つき」

わけがわからないと困惑で眉を下げられる。

けれど、俺の言い分はまるっきり適当でもない。前任の天の神がミスしたせいで『手芸の才能』が分配されてしまったが、千陽が本来授かるべき才能は他に存在する。

夢でレイが言っていた──天賦の才は、その才能を誰よりも使いこなせる選ばれし人間に与えられる。何となくわかったつもりでいたが、今、ようやく意味がわかった。

つまるところ、天賦の才というのは技能だ。授かれば誰でも使える、単なる能力だ。

そんな神業的な力を制御し、誤った使い道をさせないためには、持ち主の精神に頼るしかない。力には責任が伴うともいう、職業倫理のような話に近いかもしれない。

裏表なく純粋に、突き動かされる心を持つ者が、本物の天才になれるのだろう。

……まあ、どうやら俺は、大量の天賦の才を長年に亘《わた》って所有したせいで性根が歪《ゆが》んだらしいから、自分の才能が『恋愛の才能』というのは相変わらずしっくり来ていないが。

千陽《ちはる》は明白だろう。彼女は光り輝く一番星になりたいのだ。

なればこそ、俺は思う。彼女の真の才能は——『アイドルの才能』ではないかと。

根拠もある。彼女を苦しめている影の薄さ、それが真の才能を持たない『弊害』ではないかと推測していた。レイいわく、『弊害』とは、真の才能の対極にある欠点だ。

脚光を浴びて燦然《さんぜん》と輝くのがアイドルなら、その対極とは、どう足掻《あが》いても目立てない黒子のような存在ではなかろうか。

常識では考えられないほど存在感が無い奥空《おくそら》千陽は、まさしくそんな状態だろう。この推測が正しいか、天界にいるレイには直接聞けないのが残念だ。

けれど、俺は己の思案に疑念を挟まず、確固たる意志を乗せて言葉を紡ぐ。

「慰めでも嘘《うそ》でもない。千陽だったら輝くスターになれる」

「……あたしは、そんな風には思えない」

無理解を瞳に宿らせ、迷子のように不安げな顔を伏せた。

きっと、いまの千陽は確固たる信頼を置けるものがないのだ。千陽を大切に思う友人が数多くいると伝えても、彼女の心はまだ、宙ぶらりんのまま揺蕩《たゆた》っている。

他にどんな根拠を提示すれば、千陽の心を掴《つか》み取《と》れる？　前を向かせられる？

俺ができることは――……。

「……えっ？」

彼女の目端に溜《た》まった涙を、指先で拭う。

そして、柔らかく温かい頬《ほお》に手を添えた。俯《うつむ》く顔を上に向かせ、視線を合わせる。

「千陽が好きだ」

「……っ⁉」

「決して君から目を離さない。俺には、千陽が他の誰よりも輝いて見えている」

一切の臆面なく、真剣な眼差《まなざ》しで伝えた。

「この俺が惚《ほ》れるくらいだ、千陽の魅力は他の大勢にだって覿面《てきめん》に効くさ。君の友人たちの声だって聞いただろう、奥空千陽を好いている者は現にたくさんいる」

「……」

「千陽には才能があるよ。人から好かれる才能が」「……ぁ」

千陽が唇を震わせ、万感の思いを込めたような熱い息を漏らした。

こぼれ落ちそうな瞳は、俺の姿を映しながらも、どこか遠くへ焦点が結ばれている。

「……そっか」

どこか強張《こわば》っていた千陽の表情が、徐々に脱力していく。

「自分を見てもらいたいとか、存在を忘れられたくないとか……それだけじゃなくて、あたしは……注目してもらえて、愛される人になりたかったんだ」

「――……」

「みんなと仲良しだと思っているのはあたしだけで、本当は何の興味も持たれてないんじゃないかって、ずっと怖かった。でも……」

揺れていた瞳が落ち着きを取り戻し、千陽《ちはる》がこちらを見つめる。

先ほどまで涙していたことへの興奮か、彼女の頬《ほお》には朱が差していた。

「えっと……その、さっきの言葉、信じていいの？」

「疑われる方が心外だ。恋の告白を、二度もさせようとしないでほしいな」

「………」

ほう、と息を漏らす千陽。それから下唇を噛《か》んでみせる。

「〰〰〰っ！　悔しい、絶対許さないつもりだったのに」「――！」

頬に添えられた俺の手を外し、千陽が思い切り胸に飛び込んできた。

思わずたたらを踏むが、きちんと抱きかかえる。俺の腕の中で彼女は泣いた。

けれど、千陽の表情に悲しみはない。心から嬉《うれ》しそうな、泣き笑いだった。

「ありがとう。あたしも、純之介《じゅんのすけ》が、大好き……！」

雫《しずく》を散らす笑顔は、雨上がりの虹のように美しく燦々《さんさん》と光り輝いていた。

そのときに感じた胸の高鳴りを、俺は永久に忘れないだろう。

第二章

千陽《ちはる》と和解した当日の夜。自室にて。

ベッドで仰向《あおむ》けに寝そべりながら、俺はスマホの液晶画面を眺めていた。

そこには、千陽とのメッセージのやり取りが残されている。

『今までみたいな無理な呼び出しはしないから安心してね』『もう一人でも怖くないよ。周りにいる人をもっと信じることにする』『でも、もし寂しくなったら来てほしいな』

と、その後には、ハートの絵文字を連投している。デレッデレだな。

出会った当初の刺々《とげとげ》しい印象が、一周回って素直になったようである。

スマホを傍らに置き、深く息を吐いた。奥空《おくそら》千陽と恋仲になれた実感に浸り――

「……フ、フフ、フハハハハっ！　計画通り、記念すべき初めての標的を見事に落としたぞ！　この高揚、胸の高鳴り、才能を再び我が物とした達成感……！」

ベッドの上で大笑いし、全身で喜びを露《あら》わにする。

千陽には気の毒だが、俺は才能目当てで彼女を恋に落としたに過ぎない。語った言葉もすべて打算だ。一挙手一投足、何もかも『恋愛の才能』によるテクニックだとも。

常に己の利益のためにのみ行動するのが俺の主義、才能さえ利用できれば満足だ！

「ハーハハハ！　ハハ！　ハ、ハ……」

段々と高笑いが勢いを無くしていく。疲労が予想以上に響いたのだろう。笑う元気すら尽きたのだ。再び大人しく横に寝ころんで、俺は明日からの行動指針を思い描いた。

差し当たり、天賦の才を所有するターゲットは二人いる――深海《ふかみ》渚《なぎさ》と陸門《むつかど》栞《しおり》。

もはや勢いづいた俺に恐れるものはない、二人も篭絡《ろうらく》してやるのだ。それまで新たな天賦の才の捜索は一旦休止せざるを得ないだろうが、なに、早々に片付ければ問題はない。

必ずや喪失した一〇八個の才能を掌握し、完璧な天才として人生を歩み直すのだ！


翌日。昼休みを迎えた瞬間に、俺は教室を飛び出した。

無論、深海渚と陸門栞の二人を恋に落とすためだ。前に軽く接触した際には、二人とも俺の悪評を真に受けて、まともな会話すらできなかった。無策のままでは勝機がない。千陽《ちはる》の時みたいに、俺の方から恋する気概を持つことさえできれば、きっと『恋愛の才能』を発揮できるはずだ。何としてでも好きになれそうな要素を探る必要がある。

まず、こちらで掴《つか》んだ情報を整理する。実は、千陽を恋に落としている最中にも、間隙を縫って深海と陸門の動向をそれとなく探ってはいた。とはいえ、活動の大部分は千陽を落とすことへ注力したため、本格的には調べられなかったが……少なからず収穫はある。

行動パターンが変わりなければ、深海は学食、陸門は中庭で昼食を摂《と》るはずだ。

現状、どちらのターゲットも優先度に差はない。注意すべきことがあるなら、すでに恋人関係である千陽に、他の女を口説いている姿を目撃されないことだ。今頃、千陽は教室で他の友達と一緒に昼食を摂っているだろうから、ある程度なら自由に行動できるはず。既存の恋仲を壊さない程度に慎重かつ、新しい恋路を進める場面では大胆に、複数交際を実現させるのだ。恋の天才である俺になら、必ずや成し遂げられる……！

己を鼓舞したところで、ひとまず、学食に張り込むことにした。

さて、深海が訪れるのを待ちながら、彼女のプロフィールを想起する。

二年四組、深海渚。

細長く均整の取れたスタイルに加えて、肩口に触れる程度の黒髪ショート。

大人っぽく、唇の隣に官能的なホクロを飾り、超然としたオーラを漂わせた美人。

どんなことでもそつなくこなす完璧なクールビューティーと評され、高嶺《たかね》の花《はな》のごとく近寄りがたい存在とされている。あと、かなりモテるらしい。

以前に少し話をした際には、余裕たっぷりの自信家という印象を抱いた。

……この際はっきり言おう。深海渚は、俺が大嫌いなタイプの女だ。

いくら顔と身体《からだ》が一〇〇点でも、性格は落第点と言わざるを得ない。気が強い上にプライドが高く自信過剰で、己の尊厳を守るために他人を見下し、威張り散らしているのだ。

あれほど嫌味《いやみ》な女は見たためしがない。前の会話を思い出すだけで腹が立ってきた。

だが、この俺にかかれば、かの高嶺《たかね》の花《はな》を恋に落とすのは容易《たやす》い。ついでに地にも落としてやろう。真の天才とは何かわからせてやるのだ！

「来たな。……深海渚《ふかみなぎさ》」

混雑している食堂で、人混みを真っ二つに割りながら彼女は現れた。

深海の持つ近寄りがたいオーラを浴びて、生徒たちが自《おの》ずから道を譲っているのだ。

全盛期の俺ならば遥《はる》か遠目の豆粒みたいな距離から人を散らすこともできたし、深海のそれは別段大した影響力ではないと言えよう。凡人にしてはやるがね……。

なんて、張り合っている場合じゃなかった。表情を引き締め、深海をよく観察する。

俺の見立てが正しければ、深海は自分が周囲よりも格上の存在だと、当然のごとく考えている。あまり認めたくはないが、才能喪失前の俺に似た思考かもしれない。だとすれば、深海から自身に釣り合うだけの相手と認められなければ、会話にもならないだろう。

だが、今度こそ俺には勝算がある。満を持して、深海のいるテーブル席に腰かけた。

深海が柳眉をぴくりと動かして、こちらを見ながらまざまざと溜息《ためいき》をつく。

「……きみ、もう二度と会わないかと思ったのに。懲りないのね」

「何か勘違いしているようだから言わせてもらうが、深海を口説く気はない」

「私に気がある男の子は、みんな最初はそんな態度を取るわ」

「そこいらの凡夫と比較されること自体、屈辱の極みだよ。君は以前、この俺を学校一の嫌われ者と言ったが、その噂《うわさ》を知っているということは、もう片方の評判も聞いたことくらいあるだろう。何でもできる完全無欠の天才、それがこの初瀬純之介《はつせじゅんのすけ》だ」

「……」

「孤高の天才の気持ちは誰よりもわかる。俺と君は同類だから」

深海の切れ長な瞳を見つめる。そこに宿る怜悧《れいり》な光が、微《かす》かに揺れた。

これぞ俺の勝算、今は無き一〇八個の才能を所有していた頃の俺に勝る天才など他にいない。俺が孤高の極みにいた事実は、過去の俺を知る者なら納得せざるを得まい。

俺だけが、深海渚の理解者になれる可能性があるのだ。

もし本当に俺と思考が似ているとしたら、深海は多少なりとも親近感を抱くはずだ。俺は無能な凡人が大嫌いだが、有能な天才には好感が持てるからな。

これで仲良くなる糸口を掴《つか》めたら最後、一気呵成《いっきかせい》に恋に落としてみせよう。

「──違うわ」「……ん？？」

ずるりと肩が落ちる。目を瞬かせる俺へと、深海が冷ややかに告げた。

「私は、きみとは違う」

「……ほ、ほお？　それは何か。まさかとは思うが、自分の方が優秀だと思っているわけじゃあるまいな？」

頬《ほお》がひくひくと引《ひ》き攣《つ》る。そんな俺の眼前で、深海は退屈そうに呟《つぶや》く。

「きみだけには、私の気持ちはわからない。同類でもない」

「…………」

「今度こそ、もう構わないで頂戴。食事の席を変えるのが手間だから」

日替わり定食のトレイを持ち上げて、深海《ふかみ》は颯爽《さっそう》と立ち去った。

仏頂面で押し黙ったまま見送る。腹が立ち過ぎて言葉が出なかったのは初めてだ。

「やっぱり大嫌いなタイプだ……俺とは違うだと、何様のつもりだぁ～!?」

食堂を飛び出して廊下をずかずかと早足で進みながら、俺は腹の底から怒声を上げた。


深海渚《なぎさ》とは相性が悪かっただけで、俺の恋愛術は通用するはずだ。

それを証明するべく中庭へと向かった。陸門栞《むつかどしおり》はここで昼食を摂《と》っている。

今思えば、ターゲット二人を恋に落とす優先度に差はないが、難度でいえば差があったかもしれない。深海には手こずるだろう、だが陸門栞は御しやすいと考えている。

なぜなら、陸門は授業の合間での休み時間にも昼休みにも独りぼっちでいる。

彼女のそれは孤高ではなく孤独なだけだ。人目を避け、外敵に怯《おび》える小動物のように安全な縄張りに逃げ込んでいるに過ぎない。

「見つけた！」

陸門は中庭のベンチで昼食を摂っている最中だった。アホ毛がそよ風に揺れている。

　少々可哀想《かわいそう》だが、俺のような狡猾《こうかつ》な獅子《しし》に目を付けられたのが運の尽きだ。以前に一度話したときは逃げられてしまったが、今回は逃走を許しはしない。

　気弱な相手なら動揺を誘うのも容易《たやす》い。けれども、まずは優しく振る舞うのだ。

　陸門は悪名高い俺を怖がっていた。俺が決して怖くない人間だと示して、そこから強気な攻めも織り交ぜ、確実に恋の主導権を握っていく。これぞ陸門を落とすテクニックだ。

　いざ、陸門の前に姿を見せようとした瞬間――……俺は、地面に蹴躓《けつまず》いた。

　気持ちが前のめりになる余り、足下の段差に気づかなかった。何とか、倒れはしない。靴底で大地にブレーキ痕を刻み、図らずも陸門の眼前に躍り出る形になった。

「……ヴっ⁉」

　すると、陸門が可哀想なくらい驚愕《きょうがく》した。小さな口で頬張《ほおば》っていた卵焼きを一気に飲み込むと、血色のいい肌がみるみる青ざめて、もがき始めた。……し、しまった⁉

「お、おい。大丈夫か⁉」

　陸門が傍らに置いていた水筒に、俺は慌てて手を伸ばした。カップ代わりになる蓋にお茶を注《つ》ぎ、彼女の両手に持たせる。陸門は、ぐいーっと一気に飲み干した。

　さらに、ベンチの真隣へ腰かけて、俺は陸門の背中をさする。

　陸門の顔色が、少しずつ健やかな肌色に戻っていく。安堵《あんど》の息を漏らした。

　ややあって、陸門は落ち着きを取り戻して大きく深呼吸する。そして、ゆるゆると緩慢な挙措で、俺の方を見上げた。

「……ひぃ」「ああ、すまない。驚かせるつもりじゃなかったんだが——」

「ひぃ、ひとごろし……！」

「驚かせたどころじゃない誤解をされているな」

こんな回りくどい手口を使う殺人犯はいない。常識的に考えればわかるだろうに、陸門《むつかど》の怯《おび》えようは真に迫っていた。すぐさま弁当箱を仕舞《しま》い、走り去ろうとしてしまう。

が、その前に立ちはだかった。前回と同じ轍《てつ》は踏まない。陸門に対して敵意がないことを示して、過剰なまでの警戒心を解くのだ。

「落ち着け。騒ぐことはない」

ずいっと前に出ると、陸門は「ひっ!?」と後ずさり、再びベンチに座り込む。

おっといかん、威圧感を放つのはよくない。さらに精一杯の笑顔をつくり、膝を曲げて目線の高さを合わせ、なるべく陸門を怯えさせないように言った。

「……怖がらせるつもりはない。ほら、まだ食事の途中だったろう？　俺のことは気にしなくていい。この場所が落ち着くから居るだけだから」

そうは言いつつ、笑顔の裏で思う。本当に何も手出しせずに終わるつもりは毛頭ない！

事前に陸門をリサーチしていたとき、彼女がノートに少女漫画風の絵柄でラクガキを描いている姿を目撃した。アニメや漫画といった娯楽方面の話題に食いつくかもしれない。

俺としてはその手の文化には疎いが、陸門に気分よく語らせてやるだけでも、緊張感をほぐして警戒を解かせることくらいはできるだろう。聞き役に徹するのだ。

と、完璧な筋書きを思い描いていた――が。

「……し、死ぬんだぁ……短い人生でした……」

陸門は栗色《くりいろ》のお下げ髪を揉《も》みながら、固く瞑《つぶ》った目からほろりと涙を流していた。俺は笑顔から真顔になる。こっちの話を聞いちゃいないな、これ。

魂がどこかへ抜け出てしまいそうな気配だ。彼女の耳元で何度も指を鳴らして、意識を呼び戻そうとする。

「気を確かに！　自分だけの世界に入るな、現実に戻ってこい、まだ助かるぞ！」

「……救いが、ありますか……？」「そうだ、だから――ん？」

いまだに瞑目《めいもく》したままの陸門であるが、手近にあった俺の制服の裾をつまんだ。

「そ、そうですか……まだ諦めるには早いですか……そうかもしれません」

肩を震わせながらではあるが、陸門は薄《う》っすらと瞼《まぶた》を持ち上げる。

瞬間――なぜだろう、追い詰められたネズミが猫に噛《か》みつく様が幻視された。

小枝のような腕が伸びてきて、襟首を掴《つか》まれる。

「む？　……ぎにゃあっ!?」

陸門を収めていた視界が、突如としてブレた。情けない声が喉から飛び出す。

直後、背中に衝撃が走る。気が付けば、俺は地面で仰臥《ぎょうが》させられていた。

心臓がバクバクと脈打っている。咄嗟《とっさ》に起き上がれず、首だけを動かして陸門《むつかど》を探す。

すると、近くで仰向《あおむ》けになっていた陸門が、慌てて立ち上がるところだった。勘違いでなければ……俺は陸門から、目にも留まらない動きで巴投《ともえな》げを決められた。

手に付いた土汚れを払いながら、陸門がこちらを見下ろして叫ぶ。

「び、びっくりさせないでください!?」「……」

こっちの台詞《せりふ》じゃない？　鈍い痛みを感じながら、冷静にそう思った。

「うう、もうわたしを殺そうだなんて思わないでくださいね！　し、失礼します！」

「ぐっ、不名誉の極みか!?　せめてその誤解を解いていけ！」

逃がしてたまるものか。気概で腕を伸ばして、どうにか陸門の足首を掴《つか》んだ。

だが、足首を捻《ひね》るだけで手を外される。さらに、陸門に手首を取られたと思ったら、そのまま腕を彼女の両股で挟み込まれて、再び二人して地面に倒れ込んだ。

陸門の内腿《うちもも》から温かさが腕に伝わる。つつましい胸に、手の甲を押し付けられた。

だが、そんな悩ましい感触は、すぐに頭から吹き飛ぶ。

「ぎゃー!?　腕がもげそうだ、ギブギブギブ!?」

ただ、しがみついたわけではない。腕挫《うでひしぎ》十字固という関節技だ。

俺の絶叫を聞いて、まるで落雷を怖がる子供のような顔で陸門はびくびくと震える。

どう考えても恐怖しているのは俺の方なのだが、何度も地面をタップしていたら解放された。己の右腕を抱きかかえて、ごろごろと地面をのたうち回る。

今度こそ抵抗の意思を摘まれてしまった。俺を野晒《のざら》しにしたまま、陸門が走り去る。

みるみるうちに小さくなる後ろ姿に、決して届かないと知りながら腕を伸ばした。

「……こ、こんな馬鹿な。この俺の恋愛術が……ここまで通用しない、だと？」

ガクッと腕が落ち、俺は地面に額を擦《こす》りつけた。

◆

その日の放課後。

とぼとぼと校門を出る。項垂《うなだ》れた姿勢で歩きながら、思案を巡らせていた。

一体どうしろというのだろう。深海《ふかみ》と陸門を恋に落とす方法が、まるでわからない。

深海には、決して心を許さない堅牢《けんろう》な城壁をもってして簡単に弾《はじ》き返《かえ》された。ハッタリくらいしか有効な武器がない歩兵の俺が、どうやったら牙城を崩せる？

陸門に至っては、会話すら不成立だった。一方的な被害妄想を展開されるし、小さくて非力そうな外見から想像もつかないような格闘技で打ちのめされた。

仔犬《こいぬ》との戯れを想像していたら、グリズリーに強襲されたような気分だ。深海よりも難度が低いどころか、より難しいと考えざるを得ない。

俺には『恋愛の才能』があり、相手の良さを塵《ちり》ひとつ分でも見つけようと気配りをしているのに、どうして恋に落とせない女がいるのだろう？

「千陽《ちはる》のときと何が違うのか……さっぱりわからん」

顎先に指を添え、ぶつぶつと呟《つぶや》く。そのとき、後方から軽い衝撃がぶつかってきた。

後ろからお腹《なか》に手を回され、ハグされている。慣性でふわりと舞う金髪が見えて、そこにいるだろう相手に目星がついた。

「千陽？」「えへっ、純之介《じゆんのすけ》〜！」

表情を綻ばせた千陽が、俺の脇腹の横から顔を出す。

喉元をゴロゴロと鳴らす猫のように頬《ほお》ずりされ、ふわふわの金髪を思わず撫《な》で返した。

「どうしたんだ。千陽の家は別方向だろ。それに、他の友達はいいのか？」

「……純之介と一緒に帰りたいんだけど」

拗《す》ねたように唇を尖《とが》らせ、さらに強くハグされる。

もし感情が目に映るとしたら、千陽からは大量のハートが発散されているに違いない。

深海《ふかみ》と陸門《むつかど》も、ここまでとは言わないから、心に隙を見せてくれたらと頭によぎる。

「いま、別の女のこと考えた？」

瞬間、千陽が焦げた鍋底みたいに黒い眼《め》で詰問してきた。こ、怖っ……何でわかるの？

咄嗟《とっさ》に『恋愛の才能』を持つ天才たる自分を信じて、自信満々な笑みを見せつける。

「いぃや、まッたく？」

少し声が裏返ったが、千陽は笑みをぱぁっと咲かせた。

「そ？　ならいいんだけど」

「う、うん。じゃあ、家まで送るよ。一緒に帰ろう」

「はぁ、あたしの彼氏、良すぎるぅ〜……！」

こぼれ落ちそうなほど弛緩《しかん》した頬を、千陽は両手で支えていた。

それから腕を組んできて、にこにこと上機嫌で歩き出す。動きづらいが、仕方ない。

そうして、千陽と他愛《たあい》のない世間話をしながら帰路をゆっくりと歩く。

彼女の無垢《むく》な恋慕をひしひしと感じる内に、俺のなかで不可解の色が濃くなっていく。

「千陽、ひとつ聞きたいことがあるんだ」「……うん？」

雑談の腰を折られ、千陽が小首を傾《かし》げる。

「答えづらいかもしれないけど、恥ずかしがらず正直に言ってほしい」

心の奥底まで見透かしたくて、まじまじと彼女を凝視しながら訊《き》いた。

「どうして俺を好きになったんだ？」

「悪そうに見えて意外と優しいし、すぐムキになるところが男の子らしくて可愛《かわい》いし、自分のやりたいことに素直で正直なところは素敵だし、わがまま言っても何だかんだ許してくれるし、あと他にも――」「多い多い多い!?」

　羞恥で躊躇《ためら》う素振りとか一切なかったぞ。無敵か？

　どんな些細《ささい》な感情でも取りこぼさないよう全開だった観察眼に、脳がショートするほどの好意が流れ込んできた。危うく、何かしらの情緒が壊れるところだ。

　衝撃を受けた俺に言葉を遮られてしまい、千陽《ちはる》は不満そうに頬《ほお》を膨らませた。

「聞かれたことに答えただけなんだけど」

「ひ、ひとつに絞ってほしいな……？」「えぇー。難しいこと言わないでよぉ」

とは言いつつも、千陽はピンと立てた人差し指を、己の頬に添える。

　ムムムと唸《うな》りながら、懸命に頭を悩ませているようだった。

「うーん、強いて言うなら、気持ちが通じ合った気がしたから？」「気持ち……？」

　抽象的というか、掴《つか》みどころがない曖昧な言葉だ。現状を打破するヒントでも引き出せたらと、淡い期待を抱いた俺が甘かったか。

　けれども、気落ちする俺をよそに、千陽は言葉を続けていた。

「純之介《じゅんのすけ》がさ、あたしのことを誰よりも輝いて見えるって言ってくれたとき、本当に嬉《うれ》しかったんだ。ずっと、誰かに見つけてほしかったから」

「……」

「ああ、この人はあたしの気持ちに寄り添ってくれる……そう思ったら、最初は嫌いだった純之介のことも、すごく愛《いと》おしく思えてきちゃった」

千陽は頬を染めてはにかみ、最後まで堂々と言葉を紡いでくれた。

そんな姿を見て、口から自然と言葉が漏れる。

「……ごめん。いや、ありがとう……その、答えてくれて」

「いいって。でも、恥ずかしいこと答えさせたんだから、貸しひとつね～？」

千陽が小悪魔的に、にひひと笑う。

その生意気で憎らしい表情がどうにも眩《まぶ》しく見えて、俺には直視しづらかった。

「……気持ち、か」

千陽を恋に落とす際には、俺もどうにか恋をする気になろうと必死だった。それは『恋愛の才能』を発揮させたいがためで、脳内の大部分は打算が占めていたはずだ。

――奥空《おくそら》千陽が好きか？　と、自問自答したとして。

嘘《うそ》偽りなく答えるなら、好きだと明言はできない。目当てはあくまでも天賦の才だ。千陽は感じたという気持ちの通い合いに、俺は共感できない。

共感できないが……何も感じるものがなかったか、と言われるとそれも違う。

俺にも人の心くらいある。それこそ赤の他人と比べれば、千陽に親しみを覚えているのは確かだ。けれど、この好意が果たして恋と呼べるものなのか、その実感が持てない。

人は自分自身の気持ちすら、正しく汲《く》み取《と》れるとは限らない。不明瞭で、不安定で、信用に値しないのが『気持ち』だ。ましてや、他者の気持ちなんてわかりようがない。わかったような気になることしかできない以上、考えるだけ無駄だと思ってきた。

だが、俺には無い視点だからこそ――……欠けていた要因は、それかもしれない。

相手を好きになろうと意気込むだけではなく、相手が何をどう感じているのか、その気持ちをもっと大切に扱うべきだった。他でもない千陽《ちはる》の助言なら、そう信じよう。

千陽が目に見えて俺を好いてくれるからこそ、自分には『恋愛の才能』があるのだという実感と自信が湧いてくるのだ。失敗続きの傷心までも、どことなく癒《いや》される。

そして、天才として歩むはずだった将来を取り戻すために、ここで決心を固めよう。

今の俺のままでは標的を恋に落とせないというのなら、何としてでも、人の気持ちがわかる男に変わってみせようじゃないか。この初瀬純之介《はつせじゅんのすけ》に不可能はない……!

◆

翌日。俺は各教室へと出向いて、多くの生徒たちに聞き込みを行っていた。

深海渚《ふかみなぎさ》と陸門栞《むつかどしおり》の二人について、より入念に調査し直すつもりだったのである。

さて、散々な失敗に終わった恋のアプローチだが、無駄ではなかったと今なら言える。

一方のターゲット――深海渚。俺の中に記憶された彼女の実態と、もう一段階深い調査で得た情報を照らし合わせたところ、それぞれ看過できない違和感があったのだ。

去年に深海渚とクラスメイトだった生徒たちから聞いた話によると——。

『一年生の頃の深海さん？　当時も自分から他人を遠ざけるところがあったけど、雰囲気は違ったかなぁ……隣の席で見ている分には、どっか抜けている子だったよ』

『ボクは深海と化学の教科委員でペアだった時がある。彼女は仕事の要領が恐ろしく悪かった。ドンくさい人だと思っていたけど、今を思えば手を抜いてサボっていたんだな』

……などという情報を、隣の席だったり同じ委員に所属していたり、友達ほど親しくはないにしろ一定以上の近さにいた者たちから得られた。

個人の所感といえばそれまでだが、今の深海とは評価が明確に矛盾する。

ただ、最も興味深い話が聞けたのは、つい最近で深海に失恋した男子生徒からだ。

『あんな人だとは思わなかった……俺は何度玉砕しても諦めずに告白し続けたんだ。深海みたいなハイスペックな彼女を今のうちに捕まえておけば、将来的に逆玉の輿《こし》に乗れることと間違いないと思った。なのに、深海は完璧な子なんかじゃなかった。幻滅したよ！』

愉快なほど欲望に忠実なクズ男子だったが、肝要なのはそこじゃない。

この逆玉男のように、深海に告白をする男子はかなり多い。けれど、彼女から徹底的な無関心を受けて大半の連中は心折れている。それでも諦めの悪い男はいるもので、そんな少数のモラルなき精鋭から話を聞くと、おおよそ先と似た内容を話された。

完璧なクールビューティーには、隠された裏の顔があるかもしれない。
そこに勝機があると賭けて——俺は、次に落とす標的を深海渚《ふかみなぎさ》と決めた。

とはいえ、噂《うわさ》は噂。自分の目で確かめなくては、恋の駆け引きは始まらない。

作戦を練った末に……放課後になったら、深海を尾行することにした。

完璧なクールビューティーと評されるよりも以前の深海なら、一定以上近くにいれば隙が見えたらしいが、現在の彼女はその程度では裏の顔を見せない。この目で深海の本性を確かめるには、登校から帰宅まで張り込むくらい徹底的にやらなくてはならないのだ。

「……！」

四組の教室から深海が出てきた。つかず離れずの距離を空け、深海の後方を歩く。

深海を見て改めて思うが、すらりと長い肢体が映える。ただ歩行するだけでもモデルのようだ。艶《つや》やかな黒髪の隙間から切れ長の瞳と目が合えば、男ならイチコロだろう。

と思っていた、まさにその時だ——深海の眼前に一人の男子が飛び出た。

「深海渚さん、今日はヒマ？　この後、一緒に映画館に行かない？」

「興味ないわ。そもそもきみは誰？　気安く話しかけないで」

一撃だ。自信満々に誘い文句を謳《うた》った男子は、生気が抜けて背中からぶっ倒れた。

深海は足を止めず、一瞥《いちべつ》することもなく、男子の横を通り過ぎる。

驚くことに、彼女に告白する男子の出現は、これに留《とど》まらなかった。

校門を出るまでに六度、深海は恋の告白を受けた。そして、そのすべてを一息の台詞《せりふ》で切り捨て、男どもは廃人と化している。イチコロどころじゃない。連続殺人鬼だった。

深海は眉一つ動かさず、涼しい顔で髪を払う。男として背筋が震える光景であった。

……あいつ、男を再起不能にする才能とか分配されてないよね。怖すぎる。

学校の敷地を離れて、他の生徒の姿は見なくなった。恐れ知らずの男子諸君が学校外でも突貫してくるかと思いきや、杞憂《きゆう》だったようだ。

「ここは……」

電柱の陰に隠れながら、怪訝《けげん》に呟《つぶや》く。

俺が『第六感』を発現させ、深海が天賦の才の所有者だと突き止めた際の場所だ。

思い返せば、あのとき、なぜ彼女はあんなところにいたんだろう？　下校時間から大分経《た》っていたし、彼女が歩み出てきた路地の先に何があるのか、俺は知らない。

すると、まさにその路地へと、深海が足を踏み入れていった。

「……もし折り返して来たら、鉢合わせるかな」

後に続いて路地を進むべきか、逡巡《しゆんじゆん》した。……いや、やはり進もう。

仮に見つかったとしても、ストーカーの汚名を着せられるだけだ。普通に嫌だな……その時は名誉のために徹底抗戦しよう。開き直り、ずかずかと路地を進んだ。

逡巡《しゅんじゅん》のせいで深海《ふかみ》の姿を見失っている。早いうちに見つけておかなければ——と。

そう思った矢先、足を止めざるを得なくなった。

「行き止まり？　いや、これは……」

シャッターが下りた店ばかりの路地で、軒先の看板に照明が灯《とも》っている店がひとつ。

その看板には『うらないや』と記されていた。

「うらないや……占い屋、か？」

「おやおや。若い人が続けて来るとは珍しいね」

胡乱《うろん》な眼差《まなざ》しを向けた瞬間に、店から人が出てきた。

店の正装なのか、漆黒のローブに、フードを目深に被《かぶ》っている。山羊《やぎ》とかを生贄《いけにえ》にして悪魔召喚する系の黒魔術師かと思う風貌だ。顔が見えないし、怪しすぎる。

声のトーンと、唯一露出している口元の肌の張りから、二十代前後の女性と思われた。

「あなたが店主か？」「いかにも。この店で一番偉いバイトさ」「店主じゃないのかよ」

「いやいや。本来の主《あるじ》はウチの祖母なのだけど、うっかり水晶玉を踏み砕いて入院しちゃってね。孫娘であるウチが代理で営業しているのさ」

「ふぅん……ところで」

こんな寂れたところにある胡散臭《うさんくさ》い店の内情に興味はない——が。

出会い頭の発言については、詳しく聞きたいところであった。

「——さっき、『若い人が続けて来るとは珍しい』って言いましたよね？」

「？？　言ってないよ」「本気で覚えてなさそうなことある？　言った、間違いなく！」

信じがたい鳥頭のバイト店主に、俺の方が懸命に記憶を喚起する。

すると、バイト店主は「あっ」と声を漏らして、ぽんっと掌《てのひら》を叩《たた》く。

「思い出したよ。確かに、今さっき新進気鋭の新人ちゃんが来たところさ」「……えっ？」

「ちょうどいい。ぜひ占っていってもらいなよ。あの子は凄《すご》いよ。一か月くらい前にウチの祖母が、通りで見かけたところをスカウトした占術の申し子だ」

思わぬ方向に話が転んで、当惑する。

てっきり、深海渚《なぎさ》が客として店に入ったのだと推測していた。けれど、そうじゃない？

「ま、待ってくれ。その子の名前は——」

「さあさあ。初回は無料だから安心するといいよ。ただし、開運の数珠、未来を見通せる水晶、その他にも霊験あらたかな品を販売しているから後で案内しよう！」

「お、おい、ぼったくりの気配しかしないぞ⁉　高校生をカモにするなーっ⁉」

背中をぐいぐいと押されて、俺は無理矢理《むりやり》に入店させられた。

薄暗い部屋に放り込まれて、当のバイト占い師が現れるまで待つように言われる。

部屋の中央には水晶玉が載った円卓、それを間に挟んで対面できるように椅子が二つ置かれている。いかにも、これ以上ないくらい占い屋らしい空間だ。

とりあえず、帰りの経路は頭に入っている。もし何かあれば、全力で逃走できる心の準備もしておいた。だから、様々な疑惑を晴らすまでは、ここで大人しくしておこう。

一方の椅子に座る。しばらく待機していると……背後から扉が開く音。

俺の脇を通り抜けて、漆黒のローブを羽織った占い師が、正面の椅子に腰かけた。

やはりフードを目深に被《かぶ》っていて、素顔は見えない。

けれど、お互いに目が合っている気配だけはある。

そこで俺は、わずかに覗《のぞ》ける口元……唇の隣に、見覚えのあるホクロを確認した。

「…………」「…………」

今この瞬間、俺と占い師――深海《ふかみ》は、荒野のガンマンのように互いの出方を窺《うかが》った。

直後、ほとんど同時に口を開く。

「な、ななっ⁉　なんで、きみがこんなところに――」

「占い師さん！　俺、どうしても解決したい悩みがあるんですっ！」

俺の方が、わずかに言い切るのが早かった。

そう、俺は目の前の相手が誰だか一切わかっていない、という体で言葉をぶつけた。

発言の意味を正しく汲《く》んでくれた深海が、咳払《せきばら》いをする。

「ん、んんッ……そう、わかったわ」「……よしっ」

テーブルの下でガッツポーズする。危なかった、面倒な混乱はこれで避けられた。それに、この状況は利用できる。みすみす壊すべきではない。

眼前にいる新進気鋭の新人占い師へと、さも切実そうに悩みを打ち明けた。

「好かれたい女の子がいるんです」

「……恋愛の占いね。はぁ、いいでしょう。どんな子？」

「完璧なクールビューティーって評判な、すごくモテモテの女の子」

「けふ……っ!?」

深海《ふかみ》が思い切りせき込んだ。

それから何となく、疑惑と怒りが入り混じった鋭い視線が注がれている気がした。

「その恋は諦めるが吉と出たわ。お帰りはあちらです」

「まだ占いの小道具に触れてもいないようですが？」

「わ、私くらいになると、見るだけでわかるのよ」

「ほう。……すみませーん、店主のお姉さーんっ！」「ええっ!?」

慌てた様子の深海を放って、俺は扉の外へと大声で何度か呼びかける。

すると、よほど暇だったのだろうか、バイト店主が携帯ゲーム機片手に姿を見せた。

「ん？　どうしたのかな」

「この店は、客を一目見ただけで占いを終えられるのですか？」

「そんなことはないよ。水晶やカードを使ってこそ、確度の高い占いはできるものさ」

「それはおかしいな。こちらの占い師さんは、見るだけでわかるとおっしゃったのに」

「ええ？　こらこら、駄目じゃないか新人ちゃん、お客さんに嘘《うそ》ついちゃあ。ウチはクリーンな占い屋で通っているんだからさ」

「…………でも」

渋る深海に、バイト店主はあっけらかんと宣《のたま》った。

「ウチも店を預かっている責任があるからね、適当な仕事はさせないよ。今度ちゃんと占わなかったら、ウチの小道具はもう貸し出さないぞー？」

「そっ、それは困ります!?」

なぜだか、深海は露骨に狼狽《ろうばい》した。……占い屋の小道具を使えないと困る、か。

引っ掛かるものを感じつつ、俺は切実に恋に悩む演技を再開した。

「どうしても占い師さんの力を借りたいんですぅ〜！」

「……く、この男……」

間延びした語尾に神経を逆撫《さかな》でされたのか、深海が拳を握り固めていた。

無論だが、俺は占いの結果に関心があるわけではない。占いなんぞ信じる価値もない観察法と話術による詭弁《きべん》に過ぎず、そんなことで一喜一憂する愚民とは精神力が違うのだ。

俺の狙いは、占い師へと相談する体で、深海当人から普段は聞けないパーソナルな情報を引き出すことにある。バイト店主をそばに立たせておけば、彼女も先のような適当な発言はできないだろう。

「……はぁ。わかったわ」

諦観が滲《にじ》む嘆息を落とし、懐からタロットカードの束を取り出した。

机の上にカードを並べてシャッフルし、星形やV字形など様々な形にカードを展開していく。なかなかどうして、堂に入った挙措に思えるが、決して雰囲気には呑《の》まれない。

胡乱《うろん》なものを見る目で占いの様子を眺めながら、深海《ふかみ》へと質問をする。

「ところで、俺が好意を向けている子は、執拗《しつよう》に人を遠ざけようとしているんです。なぜだと思いますか？」

「さあ？　私に聞かれても」

お茶を濁された。素直に答える気がないとあれば、後方のバイト店主を指差す。

「先ほど店主のお姉さんから聞きました、あなたは占術の申し子だと。立派な霊験がおありのようなので、ご助言を賜りたいのです。これも仕事の一環ですよね、お姉さん？」

「うんうん、任せときなさい！」

「こら、そこっ！　安請け合いしないでよ!?」

プレイ中の携帯ゲーム機に視線を固定したまま親指を立てるバイト店主に対して、深海はらしくない慌てぶりで泣き言を叫びながら「うぅ～」と歯噛《はが》みした。

それから、カードを捌《さば》く手は止めないまま、渋々といった口ぶりで言葉を紡ぐ。

「……け、気高いので、周りと慣れ合いたくないのでしょう」

「正直にお願いします」

「どうして嘘《うそ》だって決めつけるのよ!?」

「占い師さんが何か誤魔化《ごまか》しているように見えたので」

「はぁ……本当に最悪」

こめかみに手を添えて、今度こそ深海はきちんと答えた。

「距離が近いと、嫌でも人の欠点が見えてしまうものだから……人間同士には、理想の距離感があるのよ」

「——……なるほど。では、もうひとつ」

「まだあるの？　占いに集中させてよ……」

恨みがましい半眼を向けてくる。

そんな不満を受け流して、俺は沈痛な面持ちをつくった。

「実は、俺はかつてこそ完全無欠の大天才でしたが、一時的に壊滅的な不調を患っているのです。それを心無き周囲はあざ笑い、計り知れない精神的苦痛に日々悩んでいます」

「なら片思いに浮かれている場合じゃないでしょ」

「自信を取り戻したいのです。何かありませんかね、他人から『完璧な人』だと思わせることができるような、上手《うま》い方法が？」

俺から質問を受けて、深海《ふかみ》のカードを捌《さば》く手が止まる。

どうにもわからないことがあった。完璧なクールビューティーと呼ばれる以前、彼女は要領が悪くて抜けている子とまで言われていたのに、どうやって脱却したのだろう。

単なる努力か、それとも他に理由があるのか。俺は後者だと考えた。

なにせ……深海が注目され始めた起点は、およそ一か月前だったから。聞き込みをした際に、誰も彼もが口を揃《そろ》えて、ここ一か月の内に深海の虜《とりこ》になったと言うのだ。

つまり、天の神から天賦の才を分配された時期と重なる。分配で得た才能が、絶大な人気を稼ぐ起爆剤になった可能性は高いと言えよう。

なお解せないのは、仮に天賦の才があっても『完璧な人』と言わせるのは難しいということだ。分配により各々が所有する才能は一つだけ、神業的な技能を発揮できる分野も一点のみに限られるはずだ。天才にはなれても、完全無欠の超人にはなれない。

人間なら大なり小なり不得手はある。さらに言えば、深海は『弊害』という大きすぎる欠点を背負わされているはずだ。なのに、深海は『完璧な人』と評されている。

どんな天賦の才を授かれば、そんな芸当ができる？

言い逃れはさせないという眼差《まなざ》しで見つめ、深海の返答を待った。

「……うん」

「うん？」

相槌《あいづち》ともつかない、わずか二音の返事に当惑した。

すると、深海は手を再び動かし、タロットの内の一枚——運命の輪を俺に見せつける。

「運よ。運も実力の内。幸運の到来を知るのよ」

「は？　ハハハハ、そんな馬鹿な。運だけで完璧になれるものか」

「昔は、私もそう思ってた。占いなんて観察法と話術だけのペテン、信じる人たちの気が知れないって」

「……今は違う、というのか？」

「ええ。私には才能があった。この身で経験したなら、もう信じる以外ないでしょ」

深海はそう嘯《うそぶ》くが、なお疑いの目を向ける俺に、背後からバイト店主が補足する。

「新人ちゃんをスカウトした祖母もさ、今はこんな寂れた場所に店を構えているけど、若い頃は名の知れた占い師だったのよ。そんな祖母が太鼓判を押した天才が、この子。全盛期の自分すら軽く凌駕《りょうが》する才能の持ち主で、神様の気配すら感じたってさ」

「ふ、ふぅん。どうだか……」「——はい、だいたいわかったわ」

盤面のタロットを見下ろして、深海が戸惑い口調で言う。

「けど……こんなの初めてだわ。きみ、運命がぐちゃぐちゃになっていて、すごく読みづらい。私の間違いだと思うけど、恋の到来が一〇〇以上……一〇八かな、重なって見えるわ。でも、流石《さすが》にあり得ないわよね」

「……！」

瞠目《どうもく》した。ええ、当たってる、すごーい……いや、なんで？

目の前の光景が信じられない俺をよそに、深海《ふかみ》は顔をしかめる。

「あと、きみが話していた相手との恋は――……はぁ、良くない流れだわ」

「そ、そうなの？」「このままだと成就しちゃうかも」「良いことじゃないか!?」

「……本当に最悪。私に見えていた予兆、これかぁ……どうなってるんだか……」

「何だって？」

「……こっちの話。気にしないで頂戴」

深海は長々と溜息《ためいき》をつく。その表情は窺《うかが》えなくとも、こちらをジトーっと見つめる気配がある。まだロマンスの予感はないが、焦ることはない。俺には活路が見えた。

そして、俺の脳裏では、深海に対する数々の疑問に筋が通る。

理屈の上では、というのも変な話だが……もし幸運を高めることや凶兆を見通すことが可能だとしたら、外面くらいは『完璧な人』を取り繕うことができるかもしれない。

そう、天界由来の――『占いの才能』をもってすれば、あるいは。

「……くっ、昔の俺にそんな才能が眠っていたとは気づかなかった……！」

「急に頭を抱えて、何なのかしら」

心底悔しがる俺を前に、深海は椅子ごと引いていた。

だって仕方がない。本当に現実で運勢を操作したり未来を予言したりできるなら、いくらでも利用価値があるじゃないか。もったいないことをした、くそぅ！

けれど、かなりの収穫があったぞ。おかげで深海を落とす計画が思いついた。

「失礼、取り乱した。話ができて良かったよ。そろそろ帰る」

「え？　まだ初めの部分しか話してないわよ？」

「なら、いずれ続きを聞くよ。お互いの仲が深まった頃にでも」「……？　？」

盛大に混乱していそうな深海に背を向ける。あと、帰る前に——。

「店主のお姉さん。店の幸運グッズ、買えるだけ買おう！」

ぼったくりと思っていた数珠やら水晶やらを、ご機嫌に買い占めたのだった。

◆

情報を整理しよう。深海渚《なぎさ》の本性、その片鱗《へんりん》は見えている。

深海渚の正体は、完璧なクールビューティーなどではない。ごく平凡な、得手不得手がある人間だろう。ただ、その不得手を巧妙に隠しているのだ——圧倒的な幸運で。

深海は天賦の才の分配で『占いの才能』を得たと見える。その恩恵で、完璧なクールビユーティーという外面を維持しているのだ。

普段から占い屋に通いつめて、自分自身を占っているのだろう。バイト店主に頭が上がらないのは、店の小道具を借りなくては占いができず、外面を保てなくなるからだ。

以上を踏まえて、深海《ふかみ》を恋に落とす計画を考案した。

まず、第一に彼女に接近する必要がある。これは心理的にではなく、物理的に。

深海は常に他人を遠ざけている。『距離が近いと、嫌でも人の欠点が見えてしまうものだから』と、言葉少なくも理由を語っていた。

それを聞いたとき、俺は「他人の嫌な面が目について不快だから」という意に解釈して納得しかけたが、そうではない。正反対の意味合いだったのだ。

昨日、学食の席で、深海が言っていた――。

『私は、きみとは違う』『きみだけには、私の気持ちはわからない。同類でもない』

……なるほど確かに、俺とは違う。彼女は天才の自負心など持ち合わせていなかった。

深海が他人を遠ざける理由は――自分の目を汚さないためではなく、自分の欠点や嫌な面を他人に見せないためだ。つまり、彼女は根底のところで自信がなく、自己評価が低い人間と推察できる。そこまでわかれば、もはや恋の糸口を掴《つか》んだも同然だった。

占い屋での件から一夜明け、翌日。

一時限目の授業が終わった直後。短い休み時間の内に、俺は校舎裏に来ていた。

絶対に人がいない状況が必要だったため、このタイミングを選ばざるを得なかった。念には念を入れて周囲に誰もいないことを確認した上で、しばらく待っていると——。

「うわ……」

深海が現れた。露骨に嫌そうな顔をしている。

「思春期の男子相手に、その反応はひどいな。下手をすれば死人が出る」

「……この手紙はきみの仕業？　私を騙《だま》したのね？」

深海が掲げたのは薄桃色の便箋だった。俺は肩をすくめる。

「さて、何のことだろう？　ところで、知っているかね、最近はタチの悪いイタズラが増えているようだ。実在しない人物を騙《かた》ってラブレターを送り届けるんだよ。難攻不落のクールビューティーを呼び出すには、純粋無垢《むく》な一年生の後輩女子あたりか。男相手ならいざ知らず、可愛《かわい》い後輩女子の告白を無視するのは心が痛むらしい」

「くだらない。帰るわ」

「ちょっと待った！　ちょ……ま、待てー!?」

深海は絶対零度の視線を注ぎ、軽蔑の表情を浮かべた。すぐさま踵《きびす》を返して去ろうとするのを制止したが、ちっとも歩行を止めない。

ダッシュで前へと回り込んで、深海の行く手を阻む。

「わかった、謝ろう！　確かに、その恋文をしたためたのは俺だ。すまなかった」

「救いようのない外道ね。人を傷つけて何とも思わないの？」

「君にだけは言われたくなかった。傷つくどころか心を粉砕された男は多いぞ!?」

つい反論するが、こんな口喧嘩《くちげんか》をするために深海《ふかみ》を呼んだわけではない。

俺は背筋を伸ばし、表情を引き締めて、凛然《りんぜん》と言い放った。

「深海渚《なぎさ》、大切な話がある！」

「なにかしら？」

「君のことが好きだ！」

「今日は空が淀《よど》んでいて汚いわね」

「一世一代の告白が天気に負けた!?　虹とか綺麗《きれい》なものに興味を奪われるならまだしも、薄汚い曇天に……この俺が？」

壮絶なフラれ方だった。……正味、予想通りの反応ではあるが。

俺自身にしても、まだ深海の良さを見つけられていない……だから、今ここで『恋愛の才能』を発揮できるだけの、恋をする気概を持つことができていないと思われる。

だが、それも想定済みだ。俺の真の目的は、段階を踏んで深海に近づくことにある。

モテまくる深海からすれば、男なんて取るに足らない、どれも同じ塵芥《ちりあくた》に見えているのだろう。だが、この初瀬純之介《はつせじゅんのすけ》は一味違うということを教えてやらなくてはならない。

それを伝えるのは意外と簡単だ。言葉ではなく行動で示せばいい。

「……わかったよ」「？　聞きわけがいいのね」

「深海が誰の告白も受け入れないのは知っている。俺もその例に漏れないだろうと、悔しいけど予想はしていたさ」

「失敗するとわかっていたなら、どうして告白を……？」

深海は髪を耳に掛けつつ、怪訝《けげん》な表情を浮かべる。

真意を掴《つか》みかねている彼女に、俺は朗らかな笑顔で伝えた。

「だって、好きな気持ちはずっと変わらないからな。深海が本当は完璧じゃなくても」

「……待ちなさい。今、なんて？」

「俺が君を好きな気持ちは変わらない」

「そこはどうでもいい。その後よ」

「深海が本当は完璧じゃなくて、実は昔から要領が悪くてドジなのを今なお隠して、過剰な威嚇としか思えない態度で外面を守っていたとしても」

「……。そこまでは言ってなかったわよね？」

深海の表情は微塵《みじん》も揺るがない。けれど、ほんの少しだけ顔色が悪くなっている。

目を凝らせば、首筋には冷や汗が一滴伝っていた。微《かす》かな指先の震えを隠すように、彼女は胸の下で腕を組む。そして、ツンと顎を持ち上げた。

「適当な出まかせを言わないで。私の評判については、あなたも知っているくせに」

「……完璧なクールビューティー、か」

ここまではっきりと事実を突きつけても白を切るとは、鋼のような外面だ。

かろうじて動揺が見えはしたが、彼女に裏の顔があると前もって意識していなければ気づけないくらい、最小限にしか表れていなかった。

深海《ふかみ》の本性については、あえて言いふらしたり調べ上げたりする者がいないだけで、知る人ぞ知る秘密ではあるのだが……それを公然と認めるつもりはないようだ。本当に厄介なのは天賦の才よりも、外面を死守しようとする深海の意志と精神力なのかもしれない。

でも、難攻不落だろうと、俺のやることは変わらない。必ずや深海を恋に落とすのだ。

一歩前に歩み出て、無機質な表情の彼女へと告げた。

「俺が見たいのは、聞こえの良い評判に飾られた外面なんかじゃない。本当の君を、いずれ必ずこの目に収めてみせる……！」

「ふん。勝手にしなさい。無駄だけどね」

髪先を払って、深海は悠然と去って行った。取り付く島もないように見えても、計画はまだ始まったばかりだ。

俺もまた、闘志を燃やしながら教室へと戻る。……二時限には遅刻し、叱られた。

◆

私──深海渚《なぎさ》には、悩みがある。

それは、小学生から高校二年の現在に至るまで学校の成績がドベだったことや、運動すれば必ず怪我《けが》をして病院や保健室に運ばれることや、歌を口ずさめば小鳥が気絶して空から落ちて来るくらい音痴なことや、料理を作ればキッチンに異臭が立ち込めることや、友達を何人か無くしてきたくらいチャットやメールの文章入力が遅いこと──ではない。

ここ一か月で、そちらは解消……いや、解決できたから。運を味方につけることで。

そうではなくて、私の悩みは、あまりにしつこい厄介な男がいることだ。

「深海！　おはよう、今日も偶然、朝の登校が一緒になったな！」

初瀬《はつせ》純之介《じゆんのすけ》。

五日ほど前に、急に告白してきたかと思えば、以降事あるごとに顔を合わせに来る。

毎朝日課のランニングをするらしい。それで、たまたま登校のタイミングが私と重なったという言い訳を聞かされたけど、連日繰り返されると気が触れそうになるわ。

「どうして、こうも私が家を出る瞬間に通りかかることがあるのかしら？」

「運が良かったのだろうな」

──私にとっては運勢最悪だわっ、そもそもどうやって家を突き止めたの!?

と、叫び返してやりたい。けど、そんな醜い姿を晒《さら》さないのが、私のポリシー。

私には『理想像』がある。

それは、何を頑張っても上手《うま》くいかない私とは正反対の……完璧な人だ。

私は今、『理想像』を体現した。たまたま遭遇した占い師のおばあさんに、胡散臭《うさんくさ》い数珠や水晶を売り付けられそうになった時は運の尽きかと思ったものだけど、とんでもない勘違いだ。私の人生最高の幸運は、まさにそれだった。

おかげで、私は自分に占い師の才能があるらしいと気が付けた。

最初は占いなんて信じていなかったけれど、押し売りの最中で急に「これほどの逸材逃してなるべきか！」と豹変《ひょうへん》した占い師のおばあさんに、無理矢理《むりやり》に占いの手ほどきをされたことも結果的には良かったわ。

でも、占い屋に、急に初瀬《はつせ》が来たときは驚いた……私だってバレてないわよね？

初瀬は私のことが好きらしい。本当かどうか疑わしい気はするけど。

けど、私は恋愛なんて……興味がないとは言わないけど、向いていない。

昔から容姿だけは人から褒められる。でも、親からもらった顔と身体《からだ》で私が何かしたわけじゃないから、あまり喜びを実感できない。

そして、私が努力して自分で掴《つか》んだものは、今までに何もない。

人からはよく、中身が外見を裏切っていると言われた。何もかも失敗する私は、美形で優秀そうなルックスの私と、釣り合いが取れていないという。

私も、そう思った。胸が痛かったけれど、おかげで私のなりたい『理想』がわかった。

——人から失望されないような、人から幻滅されないような、そんな完全無欠の完璧な人。

今の私は理想像そのものだ。中身は伴ってないから、形から入っただけだけど。

何ひとつ不満のない、幸せな日常を送っていたのに……初瀬ときたら。

「四組は今日の一時限目、世界史の小テストがあるだろう。対策は万全か？」

「誰にものを言っているの？　それに、きみの方が成績も授業態度も将来も絶望的だわ」

「人の将来を勝手に絶望視するな！」

初瀬は怒りに吠《ほ》える。けれど、私も内心で憤っていた。

——ていうか、私の隣に並んで、当たり前みたいな顔で通学路を歩いているの、再三やめろと言ったのにどうしてやめないのよ。怒りたいのは私の方だわ！

でも、なぜか学校が近づいてきて他の生徒の数が見え始めると、まるで特定の誰かから目撃されるのを避けるように勝手に消えるから、多少の我慢で済むわ……。

世界史の小テストだって何の心配もない。精一杯、自分の運気を高めてきたから、通し番号を振った鉛筆を転がして、その出目の通りに書けば満点だわ。

「四組は午後に体育があるが、体操服は忘れずに持ってきたか？」

「きみ、私の保護者かなにか？　さっきも思ったのだけど、四組のカリキュラムがどうして頭に入っているの？　きみは別のクラスでしょう」

「深海《ふかみ》が困っていたら、どんな時でも助けられるようにさ」

――私を一番困らせているのはきみよ、放っておいてくれた方がありがたいわ！

と、声を荒らげられたら、どれほど気が楽かしら。

顔を背けて溜息《ためいき》をつく。諸悪の根源が呑気《のんき》にしているのが、心底腹立つわ。

……初瀬《はつせ》がどうして私を好きと言ったのか、本当にわからない。

告白されたときに、私のダメダメな黒歴史を面と向かって指摘されて、暴れ出したいくらい恥ずかしかった。でも、必死に羞恥心を押し殺して、知らぬ存ぜぬを貫いた。

口では否定したけど、初瀬のなかでは、私はきっとダメな子という認識に違いないわ。だって、さっきから手助けや心配ばかりしてくる。こんなの、完璧な人に対する扱い方じゃない！　だから、私は初瀬が嫌い。

私が必死につくっている理想の外面を、彼は見ていない。そんなの納得できないわ。外面を維持するのだって楽じゃないんだから。頑張った分、きちんと報われたい。

成果が実らない努力を続けることは、つらいもの。

「もし困っていても、きみの助けなんて必要ない。自分の力でどうにかするわよ」

「そうか？　深海は前向きな頑張り屋だな。ハハハハ！」

格の違いを痛感させるつもりで言ったのに、初瀬に涼しい顔で受け流された。

——だからっ、違うっ、私の完璧な外面そのままを見てほしいのっ⁉

心のなかで募る鬱憤を晴らすために、鋭い視線で初瀬をぐさぐさ刺した。その剣幕《けんまく》が伝わったのか、初瀬は胃の辺りを手で押さえていた。ふふん、いい気味だわ。

……いけない。ついカッとなったわ。こんな男に、心を乱されるもんですか。


それから、数日経ても相変わらず、初瀬は頻繁に私に会いに来ることをやめない。

日に日に実感していくけど、彼は発想や言動が常識から外れすぎ。異常者だわ。

今まで私に告白しにきた男子にもストーカーまがいの人がいたけど、群を抜いて執念深い。それだけじゃなくて、私が本気で怒りを爆発させる寸前で逃げるのもムカつく。

ただ、なぜかしら、どこか今まで私がフってきた男子と違う感覚もある……かも？

それが良い感覚なのか、悪い感覚なのかは、占いでも判然としなかった。

私には才能があるみたいだけど、自分自身のコンディションはもちろん、他にも色々な要因が複雑に絡み合って占いの成功を決定するから、言うほどの万能感はない。

私個人に関する占いが最も的中率が高いけど、最も成功率が低いのは初瀬が絡む占いだった。彼の運命は、なぜだか読みづらい。できることなら凶兆を占って避けるのに。

でも、今日は土曜で休みだし、いつもみたいに登校を待ち伏せされることもないわ。

家でお昼ごはんを食べた後、近所の図書館に向かう。図書館での自習は、私が決めた週末の日課。平日もたまに、学校帰りに寄り道して図書館へ自習しに向かうことがある。

知人からの目を気にせず、家にあるような誘惑もなく、ひたむきに頑張れる。

報われない努力はつらいけど、外面を取り繕うために頑張るだけではなくて、中身の私も成長したくて陰で努力を重ねていた。やっぱり成果はまるで実らないのだけど。

図書館に入って、いつも通りに自習スペースへと移動すると――足が止まった。

「え？」

自習スペースには初瀬《はつせ》がいた。

彼を図書館で見かけたことは無い。今回が初めてだ。

思わず眉が吊《つ》り上《あ》がった。また私のことを追っかけて来たんだ。わざわざ休日に、こんな場所まで、非常識にもほどがある。やる気に水を差された気分だわ。

苛立《いらだ》ちを隠しきれず、荒々しい足取りで、初瀬のもとまで歩み寄った。参考書とノートが広げられた机上に、私は掌《てのひら》を叩《たた》きつける。

「うわぁっ!? ふ、深海《ふかみ》？」

今気づいた、という白々しい態度を取られる。騙《だま》されないわよ。

「いい加減にして頂戴！　無遠慮に人に付きまとって、私にも我慢の限界が――」

「お、おいおい、ひとまず落ち着け……！　な、何もしてないぞ、どうして怒ってる？」

「どうしてって、それはきみが――！」

と、そこまで言いかけ、遅れて私は気が付く。

自習スペースは私語厳禁だ。私の怒声は、部屋の隅々まで響き渡っていた。

顔見知りのいない一般利用者ばかりとはいえ、多くの人たちから視線を集めてしまい、途端に恥ずかしくなってくる。耳が熱い。

「……ちょっと来てもらうわよ」

初瀬に耳打ちして、彼の袖口を引く。

周囲の利用者に平謝りしながら、初瀬を図書館の休憩スペースまで連行した。


「ほ、本当に、ただの偶然なの……？　いつもの嘘《うそ》じゃなくて？」

顔から火が噴くような気持ちで、私は何度も聞き返していた。

休憩スペースのテーブル席。そこで初瀬と二人で向き合って椅子に腰かけている。

初瀬はさぞ不満そうな横顔で、視線だけ動かして私を一瞥《いちべつ》した。

「この俺とて、四六時中、深海を追い回したりはしない。自意識過剰だ」

「だっ、誰のせいだと思っているのよ！」

「大声を出すと休憩スペースの外にまで届いてしまうぞ」

「……きみのせいだわ。あんな恥を晒《さら》すなんて、私らしくない」

声量を落としながら、恨み言を呟《つぶや》く。

言われた通りに私が素直に静かにしたのが可笑《おか》しかったのか、初瀬《はつせ》は微笑を浮かべている。私の方が絶対に彼よりも常識があるのに。屈辱的な気分……。

「でも、そうだな。勘違いさせたのは俺が悪かった」

「殊勝な態度ね。反省したなら私に近づかないで、ブラジル辺りに行きなさい」

「日本の裏側へ追いやって最大限に遠ざけようとするな！　まったく、可愛《かわい》げがない……」

――きみだって私の良さがわかっていないくせに、不愛想なのはきみも同じだよ！

頬杖《ほおづえ》をついている初瀬に、心のなかでムキになって無言で睨《にら》む。

でも、どれだけ辛辣に接しても初瀬は諦めてくれない。正直、意外な一面……。

初瀬はきっと、必死に足掻《あが》くことを絶対に許容できないタイプで、自分のことしか頭になくて、他人を好きになる純情なんて皆無だと思っていた。

なのに、恋愛に対してここまで熱いとは……私の偏見、ちょっと酷《ひど》かったかも。

人生が懸かっているみたいに頑張っているのは、いくら初瀬を嫌っている私でも伝わってくる。目標が何にせよ、人の努力を否定したくはない――とは思うのだけど！

初瀬が頑張る理由は、私と……恋人になることだし。

やっぱりダメ、全然想像できない。人を好いたり好かれたりが、私には難しい……。

内心では呻吟《しんぎん》しているけれど、表面上は冷静沈着な外面を貫き、席から立ち上がる。

「はぁ。一応謝っておくわ。私こそ勉強の邪魔をしてごめんなさい。それじゃあ」

「ああ、俺のことは気にしないでいい。今日は変に絡まないと約束しよう！」

「どうもありがとう。今後一生そうしてくれると嬉《うれ》しいわ」

にべもなく言い返す。自習スペースに向かう私に、初瀬は苦笑しながら手を振った。

しつこく追い回してきたと思えば、たまに一歩引いて見守ったり……真っ向から好意を伝えたかと思えば、人に可愛げがないと言ったり……よくわからない男の子。

でも、人目を一切気にしない彼の自由さは、少しだけ羨ましい。

「……きっと自分のことが好きなのね。私と違って」

かぶりを振った。自習スペースにこもって勉強に集中しよう。

鞄《かばん》から参考書を広げて自習を始める。ほとんど全部わからない。いつものこと。

二時間かけて解いた問題集は不正解だらけ。先週も同じ問題集に挑んでいて、復習のつもりだったのに、ちっとも成長してない。

どんな優れた人間でも、最初は誰しも下手だという一般論がある。

そして、努力で人は成長する。成長のペースとか、練習法の向き不向きとか、質の良い努力ができるとか、個人で差がつく要素はあるけれど、成長のために努力は欠かせない。

ふと、その摂理から、私だけが切り離されていると思うときがある。色々なことが下手なのは、結局のところ、私が何ひとつ成長できないからだ。

「……ふぅ」

集中力が切れて、参考書から視線を上げる。

時計を見る。勉強を始めてまだ二十分しか経過してないわ。時の流れが遅すぎる。

そのとき、視界の端で見覚えのある顔が目に映る。

自習スペースの斜め前の席で、初瀬《はっせ》が黙々と勉強していた。

私は机に肘をついて両掌《りょうてのひら》に顎を乗せ、何となく、その様をじっと見てしまう。

他にもたくさん、勉強に集中して頑張っている人はいるのに、初瀬にばかり目を惹《ひ》かれるのは……どうにも似合わない姿に見えるからだわ。

休日にわざわざ図書館で勉強するなんて、そんな真面目な人に見えなかったのに。

でも、素敵なことだと思う。頑張る人は好きだわ。……こ、これはもちろん、個人を褒めているわけではなく、誰に対しても言える賞賛として！

「……私も頑張ろ」

普段だったら、集中力が切れたら、即座には復帰できなかった。でも、どこかの誰かから元気をもらえたのかな、私は再びペンを握ることができた。

二時間後。流石《さすが》に、疲労感を覚えてきた。

一息つこうと休憩スペースに移動して、空いていた席に座った——そのとき。

図書館の入り口側から現れた人影に、急に声を掛けられる。

「あれ？　深海《ふかみ》さんだ。わー、偶然！」

「……！」

片眉を持ち上げて、そちらをジロリと眺める。……び、びっくりしたぁ。

私の視線に射抜《いぬ》かれて笑みを引き攣《ひっ》らせたのは、どうにも見覚えのない男子だった。

「誰？」

「ひ、酷《ひど》いなあ。告った男のことを忘れるか、普通？」

「……同級生？　悪いけれど、きみみたいなの、いちいち記憶に残らないのよ」

どうやら過去、私に告白したことがある人らしい。一度壮絶にフった後は、もう二度と話しかけてこない男子が大半なのに、たまにこういう懲りないのがいる。

そういう少数派ほど、厄介でしつこい。その頂点にいるのは初瀬だけど。

思った通り、その男子はどうも離れる気配がなく、あまつさえ私と同席した。

「深海さんって図書館にはよく来るの？　オレは家じゃ授業の課題が捗《はかど》らないから、仕方なく来たんだけどさあ、本読むのって疲れない？　ああ、良かったら飲み物奢《おご》ろうか？」

言うが早いか、彼は席から立ち上がって休憩スペース内にある自動販売機に向かった。

一方的に喋《しゃべ》りかけて、私の返事を待つ気もないし、強引に話を進められて、私の表情は自然と無表情で凍りついた。片や、心では怒りがマグマのように煮えたぎる。

……ムリ。やっぱり恋愛、ムリ。いくらモテても全然嬉《うれ》しくない！　そもそも、私は自分の理想像を体現したいだけで、モテるのは狙ってない。男子からこうも人気が高まったのは、理想像に形から入った副次的な効果だわ。

男には興味ないアピールしているつもりなのに、どうしてこうなるのよぉ……。

怒って嘆いて哀《かな》しんで、移り変わる感情をそれでも表には出さない。ここまで来たら、完璧なクールビューティーの外面を保つのは、私の譲れない矜持《きょうじ》だ。

あの男子が戻ってきたらキツイ一言で追い返してやるわ。

「お待たせ。深海《ふかみ》さん、ブラックコーヒーでいいよね」

「……いいわけが」

ない、と突き放そうとした――そのとき。

男子の後ろから、ひょいと伸びてきた腕が、コーヒー缶をひったくる。

「凡夫にしては気が利くじゃないか。いただこう」

「……はっ？　だ、誰だよ!?」

男子の肩がビクッと跳ねる。振り返ると、ぎょっとして、さらに後ずさった。

初瀬純之介《はつせじゅんのすけ》だ。彼は躊躇《ちゅうちょ》なく缶コーヒーを開け、一息に飲み干してしまう。

「生まれて初めて予習復習というものをやってみたが、やり始めれば造作もないな。この俺の天才的な頭脳は、これまでの努力不足を埋めるポテンシャルがあるらしい」

「な、何を言っていやがる？」「本当にきみは何を言っているの？」

「おい。深海までそっちに乗るな」

私も一緒になって当惑を伝えると、初瀬から心外な顔をされる。

それから、初瀬は視線を私から隣の男子に移して、フッと鼻で笑う。

「浅はかな恋愛素人の君に、この天才から助言を与えよう。しつこい男は嫌われるぞ！」

――助言、浅っ!?　しつこい男の筆頭にいるきみが言う台詞《せりふ》じゃないわ！

唖然《あぜん》とする私をよそに、男子が敢然と言い返す。

「バカ言うな。オレはこの上なくスマートだった！」

――どこがよ、めちゃくちゃ押し付けがましかったわ！

呆《あき》れてものも言えない。心の中でしか叫べないのが、ここまで歯がゆいのは初めてよ。

半眼をつくる私の前で、初瀬は男子へと指を突き付けた。

「この俺にあって、君にないものが何かわかるか？」

「前科か？」

「誰が犯罪者だ、バカ、違う！」

初瀬は気を取り直して、もう一度指を突き付けた。

「才能だよ。君のような凡夫が、深海渚《なぎさ》を落とせると思い上がるな。この俺ですら、どれほど苦労していると思っている。たまたまの出会いで距離を縮めようとするなど言語道断だ。相手の趣味嗜好《しこう》も把握せずにモノを贈るな。会話は言葉のキャッチボールだぞ、一方的にまくしたてるな、相手にも返事をする余裕を持たせてやれ！」

「……!!」

一方的にまくし立てられて、男子は反論の隙すらも与えられずに立ち尽くした。

それから、目元を腕で覆って、スンッと洟《はな》をすする音を鳴らす。

「ごめん、深海《ふかみ》さん。オレ、ダサかった」

「……あ、うん。でも、素直に謝れて偉いと思う、わよ？」

「ありがとう。さようなら、オレの初恋……っ！」

男子は図書館を出ていった。悪い人ではなさそうで良かった、のかな……？

目の前で起きた光景をどう消化したものか難儀して、私はこめかみに手を添えた。それをよそに、初瀬《はつせ》は空になった缶コーヒーをゴミ箱に捨てて、その後で財布を取り出す。

「？」

首を傾《かし》げる。そんな私の前で、彼が自動販売機に向かった。

ドリンクをひとつ購入して戻ってきたかと思えば、私にそれを差し出してくる。

彼が寄こしてきたのは、ミルクココアだった。つい目を丸くする。

「ブラック、飲めないいんだろう？　甘党らしいな」

「──っ！」

驚きで息が詰まった。ど、どどど、どうして、私の好みを知っているの⁉

声に出してはないのに、動揺が微《かす》かに伝わったのか、初瀬は疑問に答えてくれた。

「朝のランニング中に、ゴミ出し中だった深海のお母さんにたまたま会ったんだ。君の話題でお母さんと話が弾《はず》んで、その時に好みを聞いていたんだよ」

──そ、そんな偶然があるかーっ！　絶対に狙ってやったでしょう⁉

──外堀から埋めているなんて、油断も隙もあったものじゃないわ。普通にストーカーよ、まだ捕まっていないだけの犯罪者よ、私が通報すれば本当に前科つくからね！

思い切り咎《とが》めたい気分で、初瀬を針のように鋭い視線で射抜《いぬ》いていたら──……。

「それにしても、深海は頑張り屋だな。日頃から人知れず勉強しているのもそうだが、小さい頃から多くの苦手を克服するために奮闘する姿が健《けな》気だと、君のお母さんが」

「っ……やめなさい。それ以上何か言うなら、強硬手段で黙らせるわ」

「？　いやいや、からかう意図は無いよ？　本当に感服したんだ。深海を見ていたら、人が何かを頑張る姿というのは、存外良い……と思い直すようになった」

初瀬は同じテーブル席に腰かけて、私へと無邪気に笑いかける。

あ、あれ？　初瀬が何だか妙に……甘いルックスになっている気が……。

「深海は自分を変えようと、今までたくさん努力してきたんだろう──……すごいな」

「……っ……」

──う、うぅ………嬉《うれ》しいぃ〰〰〰〰〰〰〰〰〰〰〰〰〰〰〰………!!

それに、どうしてかしら、今まで見てきた姿とは別人みたいに初瀬《はつせ》が格好《かっこ》良い……!

いやっ、違う……こんな瞬時に容姿が端麗になるわけがない。まさか、初瀬が変わったのではなくて、彼を見る私の目こそが変わったというの……!?

一体何がそうさせたのか、何度も他人から告白されてきた私にはわかってしまう。この感情の正体は──……恋愛感情。この私が、恋をする時が来るなんて……っ。

羞恥で頬《ほお》が熱くなるのを感じて、冷たいミルクココアを当てて冷やす。

「…………うぅ」

周囲から『完璧なクールビューティー』と呼ばれる私の外面が、少しでも気を抜けば瓦解してしまいそうだった。……いえ、そんなのダメ、私は『理想の自分』を保ちたい。

それなのに、初瀬は、外面ではなくて中身の私に合わせて接してくる。

私の理想像にミルクココアは、そぐわない。さっきの男の子みたいに、ブラックコーヒーで喉を潤しているのが、私の外面に一致した解釈……私ですらそう思うのに。

「……あ」

そうか。ずっと、そうだった。

今さらになって理解する。そういえば、初瀬は告白の時点から言っていた。

『俺が見たいのは、聞こえの良い評判に飾られた外面なんかじゃない。本当の君を、いずれ必ずこの目に収めてみせる……！』

初瀬がずっと恋しているのは、外面の理想像じゃなくて……内面の私なんだ。

それから、ぽくぽくぽくと、思考が停滞した。――な、な。

「な――なんでぇ!?」

心の叫び……のはずが、喉を飛び出した。私の大声で、初瀬がビクッと飛び上がる。

「うわあ!?　お、驚かせるな……！」

「あっ。ご、ごめんなさい!?」

謝った後で、私は両手に握るミルクココアを、頬に強く押し付ける。

さっきより頬が熱い。冷たい缶が、瞬く間に温《ぬる》くなってしまいそう。

一方で、初瀬は心臓の辺りに添えていた手を離す。それから一呼吸おいて。

「なあ、深海《ふかみ》。勉強会しないか？」「――……はい？」

突拍子もない提案をしてきた。

◆

「――ついに来た、俺のターン！」

図書館での大立ち回りを終えて、その日の夜。

俺は自室にて、計算通りに事が運んでいる手応えに調子を良くしていた。

さて、順を追って整理しよう。まず図書館の自習スペースで深海《ふかみ》と出会ったのは、当然ながら偶然を装った計画だ。

深海がたまに図書館に通うのは、連日のストーキング……いや、観察で把握した。早朝から家の前で張り込み、図書館に向かうのを確認次第、全力疾走で先回りしたのだ。

毎度、うまく偶然に見せかけても見破られるため、今回はより力を入れて偽装した。その甲斐《かい》あって、深海は今回こそは本当に偶然だと思ってくれていたな。

そして、俺らしからぬ、勤勉な一面を見せつけた。これこそ、俺と深海とで気持ちを通わせる橋渡しになったはずだ。

なにせ深海渚《なぎさ》の本質、それは――努力家なところなのだから。

図書館での一幕においても確認できた。深海が息抜きのために休憩スペースに移動した際のこと……悪いとは思いつつ、彼女の自習席に置かれたままの問題集やノートを少し確認させてもらった。誤答と迷走の数々は、まさに努力の足跡そのものだ。

彼女が上辺だけで満足するような人間なら、そうはならない。天賦の才を得て、完璧なクールビューティーの外面を築いても、深海はまだ満たされてはいないのだ。

貪欲な向上心を持ち、ひたむきに頑張り続ける。口で言うのは簡単だが、誰にでもできることではない。そういう意味では非凡な存在である彼女を、少しばかり好ましく思う。

あと、図書館では深海に見せつけるためのポーズとして勉強したところ、やればやるだけ普通に解けて俺の学力が図らずも向上した。フ、校内テストで赤点回避は固いだろう。我ながら些細《ささい》な成長と言わざるを得ないが、深海の本来の実力と比較すれば、これだけでも教え役くらいはこなせるはずだ。

……ああ、そういえば、途中で何か知らない凡夫が現れたか？　記憶に薄いけど、あれはアクシデントだ。即興で計画に巻き込んだが、うまくいったかは正直判然としない。

ともかく、みなぎる自信を根拠に、深海に対して勉強会を提案したのだ。

当初の計画では俺の家で開催する予定だったが、深海が「絶対にダメ。私の理性が持たない」と言い出し、彼女の家で行われる運びとなった。我が家のどこに理性の危機が？

とはいえ、一番の賭けであった、勉強会の誘いに乗るかどうかをクリアできたことには心から安心した。そこが鬼門だと考えていたが、日々の計画的な出逢《であ》いで地道に彼女を知ろうと励んだからこそ、あのとき、俺は『恋愛の才能』による後押しを得ていたのかもしれない。深海と喋《しゃべ》り始めた当初を思えば、彼女に対する心証も良好になったことだし。

そんな成功の余韻に浸った後、表情を引き締める。明日の日曜日、深海渚を落とす。

彼女の堅牢《けんろう》な外面――その内側に隠れている本性と、ご対面させていただこう。

翌日。俺は深海の部屋……に招かれたはずだった。

壁にはロックバンドのアーティストポスターが貼られており、部屋の隅では手入れが行き届いているとみえるギターが綺麗《きれい》に飾ってある。一方で、ベッドの下には片付け忘れたのか、大胆なヘソ出しのコーディネートに合わせるショート丈のパーカーが落ちていた。

「……………」

俺は鋭い眼光で部屋の内装を見回して──呆《あき》れ顔《がお》で、隣の深海《ふかみ》を流し見た。

緩さのある白のニットソーに、くるぶしまで隠れるロングスカート。

スカートに付いたサスペンダーが、胸元の膨らみを迂回《うかい》して肩へとかかっている。

大人びた彼女に似合う服装ではあるが、どうにも違和感があった。

「ここ、本当は君の部屋じゃなくないか？」

深海がス……と顔を逸《そ》らした。おい、こっちを見ろ。

内装を見れば、部屋主の性格や内面がある程度見えるかと踏んだが、どうやら対策されたようだ。学習机に放置されている張り替えた弦や削れたピックを見るに、本来の主《あるじ》は日常的にギターを弾いている。にもかかわらず、深海の指にはギタリスト特有の皮膚の固さが見られない。数々の違和感から考えるに、部屋の主は彼女ではないだろう。

ともすれば、ここは深海の姉妹か誰かの部屋かもしれない……いや、そこの仔細《しさい》はどうでもいいか。アテを外されたものの、どうしても部屋を見たいというほどでもない。

全力で白を切っている深海を変に刺激せず、ここは適当に流して計画に準じよう。

「と思ったが、気のせいか。さて、勉強会を始めようか」「……ほっ」

俺の言葉に、深海は胸を撫《な》でおろしていた。

……微《かす》かに、本当に微かにだけど、昨日以降、深海の気が緩んでいる感じがする。堅牢《けんろう》な外面に、小さな亀裂が走っていて、そこから素が漏れかけているような――？

もしそうだとすれば、どうにか外面を決壊させて、素の彼女と話す機会を生みたい。それが叶《かな》えば、きっと恋の駆け引きに決着がつくだろう。


ところで、勉強会の正しき姿というものが俺にはわからない。

自主的な勉強は昨日初めてやったし、『会』と名の付く全ての集団行動には意義を見出《みいだ》せなくて忌み嫌ってきた。今までまともに誰かと一緒に何かに取り組んだ経験はない。

他人と協力するが必要なく、何でもできてしまう天才ゆえの経験不足……けれど、それすらも超越してそつなくこなすのが真の天才だ。何もわからないが、何も問題はない！

二時間後、深海との勉強会は白熱していた。

「数学の最終設問、俺の計算は完璧だ。答えは『マイナス2』！」

「私の計算だと『2』になったわ」

「努力は買うが、君の計算が合っているわけがないさ」

「仮にも告白した相手に容赦ないこと言うわね」

「さあ、答え合わせといこうか！　……おい、解答では『49』となっているぞ」

「二人とも掠《かす》りもしてないけど、どこを間違えたの？」

「さっぱりわからない」「これ勉強会の意味ある？」

深海《ふかみ》が冷たい目でこちらを見る。俺に責任があるとでも言いたげだ。

俺の学力が他人を指南できるほど向上していなかったことは認めよう。でも、俺の本当の狙いは勉強会ではないのだ、ここで活躍できなかったとしても別に痛手じゃないし……。

内心で開き直っていると、深海が双眸《そうぼう》を細めてジトっと見てくる。

「……きみを過大評価していたようね。もっと、できる人だと思ったのに」

「前言撤回しよう！　わからないとは言ったが、俺にかかれば学習は実に容易《たやす》い。この俺の天才的な潜在能力を舐《な》めるなよ、目にもの見せてくれるわ！」

問題集をひったくってノートに筆を走らせる。矜持《きょうじ》を傷つけられて黙っていられるか！

闘志を燃やす俺の横顔を、深海はジーっと眺めながら「……ふふっ」と微笑《ほほえ》んでいる。

そんなこんなで、俺としたことが深海そっちのけで、しばし勉強に集中してしまった。

おかげで誤答した問題を何とか理解するに至り、その解法を深海に教え終える。

「どうだ、完璧な解説だったろう。俺が天才だということを理解したかな？」

「問題の解き方については理解したわ」

「俺が天才かどうかという一番大切な点がおろそかにされている!?」

ここまで頑張った甲斐《かい》がない。これだから成功が保証されない努力は嫌いだ！

徒労の虚無感で横に倒れた。見上げた先で、深海がくすくすと笑う姿が視界に映る。

もう、十分に緊張がほぐれた頃合いかと思いつつ、俺は上体を起こす。

「……今更だが、よく許してくれたな」「え？」

「この勉強会のことだよ。どんな心境の変化があったのか、君に告白した男として聞く権利はあるだろう」

「……か、勘違いしないでほしいわ。そのつもりで家に上げたわけじゃないわよ」

深海は顔をぷいと背ける。耳に掛かけていた髪がはらりと下り、目元に翳《かげ》を落とした。

分厚い外面の奥にいる彼女の気持ちを知るために、俺は視線を逸《そ》らさない。

「いつまで、そんな外面を守るつもりなんだ」

「……何ですって？」

「君は今努力している。必死に頑張って外面を保っている。だけど、本当に納得しているのか？　現状維持のために頑張ることに不満を感じてはいないか？　どれだけ上辺だけを整えたところで、肝心な君の中身は何一つとして成長していないのだから」

俺の言葉は、狙い通りに深海の心に食い込んだのだろう。彼女が柳眉をゆっくりと逆立てて、眼光を鋭くしていく。

「きみに、私の何がわかるの？」

「わからないなりに伝えている。その答え合わせができるのは君しかいない。ここ最近で慣れない努力をして、わからないまま放置するのは後味が悪いと知ったものでね」

「……先に質問させて」

ムスっと不機嫌に顔をしかめながらも、居住まいを正される。

彼女の頬《ほお》に微《かす》かな朱が差している気がしながらも、棘《とげ》のある口調で訊《き》かれる。

「どうして『私』を好きになったの？」

その直球の質問に、俺は虚を衝《つ》かれて目を瞬かせた。けれど、それから真剣みを帯びた言葉を返す。

「それは君が——君の内面が、魅力的だったからだ」

「……本気で言っているの？」

「当然だ。もちろん、君の外面のように美しくて完璧な女の子だって魅力的だろう。俺として最初に惹《ひ》かれたのは上辺からだった。けれど違う、君の真の魅力はそうじゃないと、近くで見ていて気づかされた。……君は頑張り屋で、自分の足りない部分を補う努力から逃げない。その真摯な姿勢は、俺にだって真似《まね》できない、尊敬するよ。だから君が好きなんだ」

「……〰〰〰〰っ！」

深海《ふかみ》の瞳が揺れる。

　俺の目当てはあくまで天賦の才だけれど、尊敬に値するという言葉は真実だ。できることしかやらないか、できるかわからないけど挑むか。俺は前者だが、深海は後者だろう。一〇八人の少女たちを利用して順風満帆な将来を取り戻すという俺の目標も、決して不可能ではないと思うからこそ叶《かな》える自信があるし、全力を出すことを厭《いと》わない。

　しかし、深海は自信がなくとも、いくら報われなくても頑張り続けている。彼女に煙たがれるくらい付きまとう最中で、よくそこまでやるものだと、半ば呆《あき》れながらも感心を抱かせられるほどだった。それは間違いなく、深海の持つ人間的な美点だと俺は言おう。

　そんな俺の心緒が込められた言葉を、彼女がどう思ったのか、それは知れないが……。

「……っ」

　下唇をきゅっと軽く噛《か》み、睨《にら》んでくる。

　深海の表情――完璧にクールな外面は、崩れかかっていた。

「聞くんじゃなかったわ。そこまで言わせて正直にならなかったら……私が卑怯者《ひきょうもの》みたいじゃない」

　自らの肩を抱いて、泣き言を漏らすように呟《つぶや》かれた。

◆

人一倍に努力をしようと――その努力を、誰にも認められたことはない。

私がいくら頑張っても成果は結実しないからだ。必死に足掻《あが》く様を見ていた周囲には、ドジで要領の悪い落ちこぼれだと冷笑されてきた。

深海渚《ふかみなぎさ》はダメだ――と、他人から何度も諦められてきた。

だけど、私は……私だけは自分を諦めたくはなかった。努力をやめたくはなかった。それに、私はみんなと同じように私がダメだとは思わない。

だって、私はどんなことがあろうと、頑張ることを諦めない。努力を怠らないことが、いくら頑張っても成長できない深海渚の存在価値――そう考えるようになった。

今は無理でも、いつかはきっと成長できると信じて、己の理想像を思い描いた。

何でもできる完璧な、格好《かっこ》いい女の子になりたかった。

何にもできないドジな私から脱却できると思えば、いくらでも頑張れる力が湧いた。

可能性を信じて、前向きに努力してきたけど――……本当は違ったのかもしれない。

私は最初から、意地と見栄《みえ》を張っていただけ。周囲から貶《けな》されて悔しくてたまらないのに、少しも上達できない自分自身が許せなくて、努力家という価値をこじつけた。

それでも……結局、私は自分の成長の余地を見限った。私という人間が抱える課題や問題の解消は放って、手っ取り早く結果が見える手段に飛びついてしまったんだ。

理想像に形から入って、そのハリボテを懸命に取り繕った。これでもう十分に理想を体現できたと、心のどこかで、それ以上の成長を諦めようとしている自分がいた。

そんなの、今までの私の努力を否定したのも同然なのに。

初瀬《はつせ》のせいだ……彼が執拗《しつよう》に言うものだから、私も気が付いてしまった……。

幸運に頼る方法では、私は理想を体現できない。私が努力して変えたかったのは、上辺だけの評価や価値ではなくて、中身の私自身だったんだって。

◆

悲壮な気配を漂わせていた深海が、ややあって溜息《ためいき》を絞り出す。

「前に言った、きみには私の気持ちがわからないって言葉……撤回するわ」

「――」

「きみは、思っていたよりも話が通じる人だった。私が外面通りの人間ではないことも知っているし、どれだけ罵詈雑言《ばりぞうごん》を吐いても隣にいるし……むしろ、逆だった。ごめんなさい……私の方がよっぽど、きみの気持ちをわかっていなかった」

「天才とは孤高なものだ。せめて、この好意が伝われば十分さ」「……それは困るの」

精一杯に格好つけた渾身《こんしん》の口説きを拒否される。表面上こそ平静を保ったが、膝から頽《くずお》れそうだ。頬《ほお》の内側を噛《か》んで耐える。口の端から出血がちょっと漏れた……。

それを手の甲で拭っていると、深海《ふかみ》が声音を震わせながら言葉を紡いだ。

「私は、自分が嫌い。人より優れたところも、誇れるものも何もない。私だけが成長のスタートラインから一歩も前に進めていない。思い描く理想像に形から入っただけで、本当は実力のない自分が……悔しくて情けなくて、たまらないの」

それを聞いて、俺は思うところがあって思案を巡らせた。

薄々思っていたことだが、深海の要領の悪さは常軌を逸して根深い。俺がこの目で確かめた彼女の不器用さなど、ほんの一部だ。

以前に深海の母親と話をして、彼女が甘党であるという情報を得た際に、幼い頃から勉強、運動、歌、料理など様々な分野がヘタクソだったとも聞いていた。

……妙な話だ。天賦の才は一人一つ、極められる分野も一つだけのはずだ。

天賦の才能を所有しないことで生じる『弊害』も、一つの分野で壊滅的な欠点を背負わされるのが摂理だ。それが前提、例外はないと信じるとするなら——もっと俯瞰《ふかん》して考えるべきだったのかもしれない。

つまり、数は一つでも、天賦の才が影響を及ぼす分野には広狭の差がある。

だとすれば、深海渚《なぎさ》が本来授かるべき天賦の才にも、ある程度の推測が及ぶ。

「深海。君の志は非凡なものだ。結果が伴わないのは、今だけだろう」

「？　どういう意味かしら……？」

「いずれ努力が報われて、理想通りの完璧な人になれる。そういう意味さ」

肩を竦《すく》める。深海は眉を八の字に傾けて当惑していた。

俺は思う、深海渚の真の才能とは——『努力の才能』ではないだろうか。

それを所有していない『弊害』で、現在は要領が悪い上に、努力の継続力も持ち合わせない。それで成長を妨げられて、実力が停滞していると思われる。

けれど、俺の推測が正しいとして……いつか深海が『努力の才能』を取り戻したら、努力次第で完全無欠にも成熟できるかもしれない。そう考えると、大層な才能だ。

かつてこそ俺が所有したモノだが、一〇八個分の才能を余計に持ち合わせて努力要らずの天才だったおかげで、その真価を発揮させることはなかったのだ。

きっと深海なら、誰よりもひたむきに努力して、天賦の才を使いこなすのだろうな。

苦笑が浮かぶ。それを収めて、深海に尋ねた。

「君が俺の好意を受け取らないのは、どうしてだ？」

「それは……だって、きみが、そばにいると——……」

言葉にして認めることを躊躇《ためら》うかのような、そんな一拍を置いて。

「私の理想が、揺らぐのよ。心が落ち着かなくて、本性が隠せなくなってきている……」

深海が築いてきた外面は、自分の理想像そのものだ。

ただただ、憧れの自分になりたい。そんな願いを曲がりなりにも叶《かな》えている。ただ、それを守りたいばかりに、深海《ふかみ》はどうも思考が固くなっている気がするのだ。

完璧なクールビューティー……結構なことだが、そこには大事なものが欠けている。

「深海ならそれ以上の理想を目指せると思う」

「えっ……？」

「泥くさいまでに努力家な君は、外面に負けず劣らず美しい。玉《たま》に瑕《きず》とは言うが、人間生きていれば何かに躓《つまず》いて転ぶものだ。できないことをできるようになるために、懸命に挑んで付いた傷なら立派じゃないか。隠す必要なんてない、その失敗は努力の証《あかし》だ」

深海は双眸《そうぼう》をぱちぱちと瞬かせる。その華奢《きゃしゃ》な肩に手を置いて、視線を合わせた。

「自分の力不足への悔しさは、今の俺には痛いほど理解できる。でも、たとえ凡人以下に落ちぶれようと、俺は自分を嫌いにはならない。深海はそれをどう思う？」

「…………い」

彼女の瞳がじわりと潤んだ。俺の胸元に優しく触れて、繊細な指使いで撫《な》でる。

「いいなぁ……私だって、自分を好きになりたい……好きになる努力をしたい」

「……うん。やっぱりすごいよ、君は」

素直な賞賛を伝える。己の至らない点を克服して理想へと近づきたい、向上心の塊。

俺は想《おも》いを紡ぐ——気高い彼女が、傷つくことを恐れずに再び頑張れるように。

「君の頑張りを、俺にも見守らせてもらいたい」

「……え？」

「もしも深海が、自分の価値を見失うようなことがあれば、俺が何度でも伝え直すよ。君の努力は決して無駄なんかじゃない、必ず実を結ぶって」

どこか確信めいた物言いに、深海は当惑の面持ちを浮かべていた。

そんな彼女へと、かつては一蹴された恋の告白を、再び伝えようとする。

「深海。俺は君が――……君の、不器用でも頑張り屋なところが……」

俺らしく格好《かっこ》良くスマートに言おうとしたのに――なぜだか、急に言葉に詰まった。

わずかに脈が速まり、掌《てのひら》には汗が滲《にじ》んでいる。……緊張しているのか、この俺が？

以前、千陽《ちはる》へ告白した時には、何も動じることはなかったのに。

これは、多分……努力家な深海を讃《たた》える気持ちに、思いのほか感化されていたのかもしれない。彼女を追う内に、この俺には無い実直さを目にしてきたせいだ。

でも、言えるはずだ。たった二音の、たかだか言葉ひとつ。

「す……好き、だ」

どうにか言い切る。ぎこちない呂律《ろれつ》で、心臓は早鐘を打ち、血潮が熱かった。

目の前にいる深海もまた、そんな俺の身体的異常が、まるで伝播《でんぱ》したかのようだった。

「～～～～～～～～～～……っ！」

深海が胸元に手を添えつつ、くらりと重心を崩す。でも、眼差《まなざ》しだけは、お互いの姿を捉えて離さず……今この瞬間、俺と彼女は心が繋《つな》がっているような気配を感じた。

やがて深海《ふかみ》の瞳が潤みを増し、片方の目端から一筋の雫《しずく》が頬《ほお》へと伝う。

彼女自身もそれに驚いたように指先で拭う。指に載る涙粒を眺めて、微笑を漏らした。

「……こんなに言葉に詰まった告白は、初めてだわ」

熱っぽい吐息を漏らす深海を前に、俺まで言葉が出なくなってしまう。

どうにも波立つ心に反して、告白の手応えは確かに感じる。二人して見惚《みと》れ合うような静謐《せいひつ》が落ちた一室で、どちらのものかわからない鼓動の音が、この耳に届いていた。

それから、ふと我に返り、たまらなく面映《おもは》ゆい気分になって目を逸《そ》らす。

「……贅沢《ぜいたく》者だな。君に玉砕させられた男たちが、なおのこと不憫《ふびん》だよ」

「初瀬《はっせ》もその一人だったのにね」

「ああ、だが、最初の告白で言った通りだろう？　君の内面をようやく見られた」

「……そうね」

清々《すがすが》しいほどに爽やかに、深海がはっきりと笑う。

「初瀬が隣にいてくれたら——……私、今度こそちゃんと頑張れる気がする」

彼女は腕を伸ばし、髪を梳《す》くように俺の頭を撫《な》でてくる。

「私も……初瀬が好きよ。そんなに頑張る私が好きなら、ずっと近くで見ていなさい」

上から目線の言葉だけれど、声色は柔らかく、触れる手つきは優しい。

凛々《りり》しい冷たさの内にある確かな温《ぬく》もりが、俺の胸中に沁《し》みていた。

第三章

週明けの月曜日。昼休みになって、俺は学食に訪れていた。

混雑している食堂内を見回して辟易《へきえき》とした折に、ふと気が付く。

「深海《ふかみ》？」

目を惹《ひ》かれるほどに麗しい少女が、やや遠方の席にいた。

ぬばたまの黒髪を耳に掛けて、気品漂う挙措で昼食のうどんを啜《すす》っている。だが、彼女がいたこと自体に驚いたわけではない。

あの深海渚《なぎさ》が、数名の女子たちと昼食を共にしていたのだ。まだ関係が固まっていないような、どこか初々しい緊張は見られたが、和やかな雰囲気だった。

見れば、深海も微笑を浮かべている。他人を寄せ付けずに孤高を貫いていた、今までの彼女なら考えられない光景だ。昨日の今日で、何をどうしたのかは知らないが。

「……ふ」

目を細め、しばらく眺めてから嘆息した。

席が埋まっていて座れそうにない。今日は購買で何か買って、別の場所で食べよう。

わざわざ割り込んで良い雰囲気をぶち壊すほど、俺は暇ではないのだ。

購買で一番リッチな海老《えび》カツサンドイッチを買って、学食に背を向けた。

屋外のテラス席にて、サンドイッチにかぶりつきながら、反対の手でスマホの液晶をスワイプする。この俺が真剣な眼差《まなざ》しで読みふける姿は、手に持つのがスマホ端末であろうとも、さぞ知的な文献を読んでいるのだと見る者に思わせることだろう。

と、そのとき、スマホにふっと影がかかる。

「それ、少女漫画？」「うわぁ!?」

急に声を掛けられて、驚きが喉から飛び出た。

椅子ごと跳ねる勢いでのけぞる。顔を上げると、深海《ふかみ》が目を丸くしていた。

「ふ、深海か。驚いた……！」

「食堂に来ていたのが見えたから。それにしてもビビり過ぎ。可愛《かわい》いわね」

彼女は涼しげな顔で、こちらを覗《のぞ》き込《こ》みながらくすりと微笑《ほほえ》む。

理想像なりきりプレイは継続中らしいが、やや砕けた印象に変化している。以前までとは違う意味で、彼女に心を射抜《いぬ》かれる男が現れるのも必至な笑顔だった。

「ところで、意外な趣味ね」「ああ。これは……」

少々言いよどむ。なにせ、次なるターゲットを落とすための下準備だ。

実は数日前から、古《いにしえ》から最新まで数々の名作少女漫画を電子でしこたま購入して読破していた。骨の折れる読書ペースだったが、予定していた作品は今読んでいる分で最後だ。

おかげで今の俺は、それなりに少女漫画を語れる有識者になれただろう。

そして、次に狙い定めている相手とは――天賦の才を保有する三人目、陸門栞《むつかどしおり》だ。

事前のリサーチにより、陸門が漫画やアニメといった方面に造詣が深く、特に少女漫画をこよなく愛しているようだと情報を掴《つか》んでいる。

そのための話題作りとして、俺はその手の娯楽について知識を付けていた。

「つい最近読むようになったんだ。退屈しのぎにな」

無難な返答をしておく。

すると、深海は面白いものを見つけたような興味津々な表情をつくる。

「へえ。私も読むのよ。どの作品が好きとか、あるの？」

「そうだな、男の俺が読んでも良いと感じたのは……『冬の木枯らしと怪物』『キュートな彼氏』『スキップとベアフット』『青髪のシンデレラ』だろうか。特に良かったのは二十年前から続いている『とびはねミュージック』だな。古い作品だが結構楽しめた」

「ハマり具合が退屈しのぎの範囲を超えていたわ……私より読んでいるわね」

深海は軽めに楽しむ読者だったようで、俺との熱量の差に若干戸惑っていた。

彼女の反応を見るに、俺の少女漫画知識は十分に蓄えられているようだ。その手応えで得意げに口角を持ち上げると、ふと深海が思い出したように遠くへ視線を送った。

「そうだわ、人を待たせているの。すぐに戻らなくちゃ」

「ああ、食堂で一緒にいた女子たちか？」

「……私からお昼を誘ってみたの。前々から何度か、向こうから声を掛けてくれたことがあったのだけど、ずっと断ってきたから」

「そうか。友人ができそうで何よりだ」

俺にとっては他人事《ひとごと》だし、適当なお世辞のつもりだったが、深海《ふかみ》は神妙に頷《うなず》いた。

「うん。きみの――……純之介《じゅんのすけ》くんのおかげよ。感謝するわ」

途中で呼び方を改めた彼女に、軽く目を見張る。

そんな俺を、深海はどこか期待したような瞳で、そっと横目に見てきた。

「それは、何よりだ。……渚《なぎさ》」

「――ふふっ。うん、ありがとう」

ご満悦に微笑《ほほえ》まれる。どうやら、期待には応えられたらしい。

それから彼女は、視線を左右へ彷徨《さまよ》わせて、周囲の目を気にする素振りを見せた。

直後、こちらへ顔を寄せたかと思うと――俺のおでこに唇を触れさせる。ほんの一瞬、誰も見ていない間隙を突いていた。あまりにも流麗な所作で、反応が遅れてしまう。

顔を離して、渚は悪戯《いたずら》っぽく笑う。

「ごちそうさま。それじゃあね」

唖然《あぜん》とする俺を置いて、渚はひらひらと手を振って去って行く。表情こそ余裕があって大人びた女性っぽさを感じられたが、耳元が真っ赤だ。

詰めの甘さは相変わらずらしい。気が抜けて肩をずり落としつつ、思わずぼやく。

「……恋を主導するのは俺の役回りだというのに。調子が狂うな、どうも」

昨日の告白の場面のように、平常心ではいられなくなる。それに、さほど悪い気がしない自分自身が、何よりも不可解なのだった。

◆

さて──陸門栞《むつかどしおり》を恋に落とす計画は、その日の放課後に決行した。

学校の敷地外に出て、陸門が普段使っている帰り道で待ち伏せをする。

すでにいる二人の恋人から疑いを持たれないように、陸門との接触には、細心の注意を払いながら行動する必要がある。千陽《ちはる》と渚の二人とは普段から連絡を密に取り合うようにして、意図せぬ鉢合わせやブッキングが起きないように制御をしていた。

だから、相当忙しいことにはなっているが、この俺にかかれば恋人たちの目を盗み、陸門を恋に落とすことが可能なはずだ。今後ますます恋人関係が複雑になることを思えば、このくらい容易にこなさなくては話にならない！

……懸念があるとすれば、陸門《むつかど》の臆病すぎる性格と、体格に見合わない格闘技術だ。

「どう考えても、あの体術は天賦の才な気がしてならないな……最悪だ」

痛いのは嫌いだ。誰だって嫌いだろうが、その誰よりも俺が一番嫌っている。

なにせ誰かに痛めつけられる経験なんて今までになかったのだ。小中学校と、俺を恨んで実力行使に及ぶ凡骨がいたところで、降りかかる火の粉はあっさりと払ってきた。

一〇八個の才能を喪失する以前なら、武闘においても隙はなかった。だが、今の俺は貧弱もいいところだ。この俺を屈強な男たらしめていた天賦の才があったと考えられる。

以前の情報収集により、陸門は現在に至るまで運動部に所属した経験はなく、どこかの道場やクラブで身を鍛えた過去も一切ないと調べは済んでいる。

努力の痕跡もなく、あんな体捌《たいさば》きができるようになるわけがない。つまり、あれは分配により得た天賦の才——思うに『格闘技の才能』と言ったところか。

「……む？」

遠目からこちらに近づいてくる小さな人影。

栗色《くりいろ》のおさげ髪、同年代とは思えない童顔、小動物を彷彿《ほうふつ》とさせる躯体《くたい》——陸門栞《しおり》だ。

彼女との前回の接触は、思い返したくないほど散々な有様だったが、これだけ時間をおけば頭も冷めたことだろう。今度こそ彼女を怯《おび》えさせないように配慮しつつ、事前に仕入れてきた少女漫画知識でトークに花を咲かせて親睦を深め、恋に落とす足掛かりとするぞ。

ひとまず、この辺りは俺の通学路とは違う方面だが、最寄りにある書店へ寄り道しに来たという体で、偶然にも陸門と遭遇した——という言い訳を思案していた折に。

陸門が曲がり角を折れて、自宅へのルートから外れる。

その進行方向には、俺が言い訳に利用しようと目を付けた書店があった。

しかし、陸門は書店の手前で曲がり、隣の家電量販店へと入店する。外で待っていてもよかったが……少々気になり、俺はこっそりと後を追うことにした。


陸門が小学生と見紛《みまが》うような容姿であるためか、まるで幼子の初めてのおつかいを見守る父兄のような心境にさせられる。実際やっていることは同級生の追跡なわけだが……。

ともかく、陸門は視線を前に向けたまま家電量販店のなかを歩んでいく。きっと通い慣れているのだろう、迷いない足取りだ。

やがて陸門は立ち止まると、さながらショーウィンドウ越しにトランペットを眺める貧乏な子供のような、きらきらと輝く瞳で眼前の商品を見つめた。

そこで販売されていたのは、ペンタブレット——イラストや漫画をデジタルで描くための機材だ。なかでも、彼女が眺めているのは、それなりに高額な代物だった。

商品棚の陰から半身を出して陸門の横顔を見つめながら……俺は思案する。

以前に学校で、陸門がノートにラクガキしている姿を見かけた。その程度なら誰もが一度くらいしているだろう。けれど、ひょっとしたら彼女は、人並みよりも高いモチベーションを持ち合わせているのかもしれない。

それを頭に留《とど》めたところで、陸門《むつかど》が深く溜息《ためいき》をつき、踵《きびす》を返した。

まだ五分ほどしか滞在していないのに、もう家電量販店を出ていく。あれを一目見るためだけに立ち寄ったらしい。いや、むしろ家電量販店の方がついでだったのだろう。

今度は隣の書店へと入って、陸門は少女コミックコーナーをウロウロとし始めた。平台の新刊を数冊胸に抱えると、棚の方へ視線を彷徨《さまよ》わせる。

その視線が、棚の最上段で止まった。どうやら気になる品を見つけたらしい。

陸門はつま先立ちになり、精一杯に胸を張って、限界まで右腕を上へと伸ばす。

息が止まるくらい矮躯《わいく》を力ませ、顔が赤く上気しているが、ちっとも届いていない。

……なぜだろう、ずっと見ていたくなる。

いかなる感情か、つい口角が上がりそうになるが、俺は表情を引き締めた。そして、陸門の横合いからすっと近づいて、彼女が手を伸ばす先にある本を棚から抜き取った。

「これでいいのか?」「……ぴッ!?」

俺を見て、陸門が小鳥の断末魔のような鳴き声を出した。

その目にどう映っているのかは知れないが、やはり好印象ではないな……。

「ぁ、あなたが、ど、どうしてここにいるんですかっ!? やっぱり、わたしの命を――」

「こんな場所に来て、本を買う以外に何があるというんだ」

「え？　あ、それはそうですね……」

あたふたと狼狽《ろうばい》していた陸門は、途中から冷静になる。ていうか『やっぱり』って、未《いま》だに俺は人殺しの容疑をかけられているの？

心配になりながらも気を取り直す。彼女を落ち着かせつつ、会話を進めよう。

「困っている様子だったからな。ほら、これが欲しかったんだろう？」

柔和な笑みを湛《たた》えて、コミック本を差し出す。高所まで手が届かない女子に代わり、イケメン男子が目当ての代物を取ってやるなんて、まるで少女漫画のような状況じゃないか。

これには陸門も、琴線に触れるものがあるのではないか——と、思ったが。

「た、確かに、わたしが欲しかった本です。それを目の前で奪って悦に入ろうだなんて最低ですね……！」

「あれ？　君から見た俺の性悪さが留まるところを知らない」

何もしていないのに、被害者ヅラを浮かべるまでが早すぎる。誘い受けの当たり屋か？

だが、まだ弁解の余地はあるはずだ。どうどうと手で陸門を制して、誤解を訂正する。

「違う。取ってあげたんだ、横取りの意思はないよ」

「そ、そうでしたか……ごめんなさい、わかりました」

どうやら会話が通じたようだ。胸を撫《な》でおろす俺の前で、陸門は今にも泣きそうな顔になりながら、財布から取り出した千円札を差し出してきた。

「これで勘弁してください……」「何の金だ!? いつ俺が金銭を催促した！」

「ふぐ……うっ、ううぅ、うっうっ……すんっ、びえぇ……！」

「号泣するな！ 余計に人目を集めているだろう。金を仕舞《しま》ってくれ、頼むから！」

俺は本棚に手をついて陸門《むつかど》へと懇願する。図らずも、壁ドンの姿勢になった。

ただこの場合、小さな女の子を泣かすという外聞が悪すぎる姿を、少しでも世間から隠そうという醜態なわけで、少女漫画的な状況とは似ても似つかない冒涜《ぼうとく》的な状況である。

ここにきて疑念が確信に変わったが、この子、ぶっちぎりでクレイジーだ。どんな思考回路をしているのか、徹頭徹尾、俺を極悪人だと信じて疑っていない……！

と、そのとき、背後から俺の肩を叩《たた》く者がいた。

「はい、ごめんね。ちょっといいかな」「――やかましい。今取り込み中だ！」

叫びつつ振り返ると、そこには二人組の警察官がいた。

ちょうど近くを巡回中だったのだろうか。ずいぶんと早いご到着だ。

「おっと……ご苦労様です。事件ですか？ 事故ですか？」

「それはこちらの台詞《せりふ》だよ、きみ」「そんな小さい子に何をしているんだい。まさか恐喝じゃあないだろうね？」

あまりにも鋭利な疑惑の目が向けられている。冷や汗が頬《ほお》を伝った。

「まさかそんなわけないじゃないですか。彼女は高校の友達ですよ。ほら、同じ制服を着ているでしょう」

「……こんなに小さな子が高校生？　どう見ても小学生だが」

「キミが着ている制服の方が、本当は小学校のモノと言われた方がまだ信じられる」

「だとしたら丈が足らずにハチ切れるわ！　そっちの方が信じられませんから!?」

二人の警察官は易々《やすやす》と納得してはくれなそうだ。動かぬ証拠を見せるしかない。

俺は背後へと振り返り、すすり泣いている陸門に救いを求めた。

「陸門！　何が悪かったかまるでわからないが、全面的に俺が悪かったと認めよう。だから頼む、学生証を出して弁明に協力してくれ！」「……うぅ……はいぃ……」

陸門は涙が溢《あふ》れる目元を両手でぐしぐし拭いながら、自らの学生証をかざす。

すると、警察官たちは驚きを顔に張り付けながらも、どうやら納得してくれたようだ。

「……わ、わたしが、泣き虫なだけで……そこの、人は……な、何もして、ません」

「そうなのかい？　何なら、家まで見送ろうか？」

「い、いえ……けっこうです。もう、落ち着《つ》いたので！」

心配そうな警察官に、陸門は目に涙を溜《た》めながらも顔いっぱいに笑顔をつくった。

——意外だ。俺を貶《おとし》める絶好の好機に便乗して、人殺しだのストーカーだの強盗犯だのと適当な罪を言いふらす可能性が無くもないと思っていたのに……。

警察官からは注意に留《とど》まり、署に連行されることはなかった。でも、去り際の警察官二人が最後まで俺の顔をジッと眺めていたのが釈然としない。アレ、顔憶《おぼ》えられたな……。

この窮地を招いたのは陸門《むつかど》だが、救ったのも陸門だ。きちんと非難と礼をしておこう。

「おい。陸か——ど？」

声を掛けようとして、首を傾《かし》げた。

何やら陸門の様子がおかしい。俺からすれば彼女は常に奇行の最前線を走っているが、それは措《お》いといて……視線の焦点が合っておらず、冷や汗をだらだら垂らしている。

「だ……だ……騙《だま》されませんから！」「な、何をかな？」

「あのお巡りさんも、あなたの仕込みですね！　危険人物に襲われている時に、いかにも安心させるタイミングでの登場……こ、こんな簡単な罠《わな》に、わたしは引っ掛かりません！」

「…………」

「ぁ、あなたの目的は、わたしですか!?　そうですか、でも絶対に、あなたの思い通りになんてなりませんからぁっ！」

陸門は瞳に恐怖を宿しながらも、小さな勇気で上塗りするように叫んだ。

それから、相変わらずの逃げ足の速さで——俺が棚から取ったコミックを申し訳なさそうに回収してレジで会計を済ませてから——足音をぱたぱたと鳴らして去って行く。

だが、俺は愕然《がくぜん》と棒立ちしていて、彼女を追うことができなかった。

「う……疑《うたぐ》り深《ぶか》すぎる」

陸門の底を見誤っていた。ちっとも打ち解けさせない対人恐怖、正義の象徴である警察すらも疑う人間不信、聞く耳を持たずに爆発的に膨れ上がる被害妄想……！

小さく愛らしいナリをしているが、とんでもない猜疑心《さいぎしん》の化物だと認識を改めた。

このままでは駄目だ。共通の趣味でトークするどころじゃない。喋《しゃべ》りかけても仲良くなるどころか、悪印象が加速することが目に見えている。

陸門を恋に落とすためには──まず彼女に他者を信じる心を得てもらうしかない。

早急に計画を立て直す必要がある。俺は颯爽《さっそう》と踵《きびす》を返して……電子で読んで気に入った少女漫画を紙媒体でも購入しておいてから、帰路に就いた。

◆

翌日から、どうにも奇妙なことが起こり始めた。

授業の合間の休み時間、移動教室のため廊下を歩いていた。そのとき、視線を感じ──ガバッと背後へ振り返る。直後、曲がり角へと消えた小さな人影があった。

うまく隠れているつもりらしいが、見覚えのあるアホ毛だけが飛び出している。

「……陸門か？　何の真似《まね》だ」

彼女の考えは読めない。陸門《むつかど》の真意を当てようとするくらいなら、徳川《とくがわ》埋蔵金の在処《ありか》を探す方がまだ望みを持てる。ただ事実のみを挙げると、陸門は俺をストーキングしていた。気がついたのは、学校に到着した直後だ。俺には恋の標的を何度も追跡してきた経験がある。あと、陸門の尾行が下手だったこともあり、すぐに気づくことができた。

授業が始まれば追跡は消えるし、四六時中張り付かれているというわけでもなさそうだが……ともかく、陸門からジ～っと観察され続けた。

たまに俺と目が合うと、三回に二回は慌てて逃げていくが、一回はジッと見つめ続けられる。若干の恐怖を覚えたが、この俺が尻尾を巻いて逃げるわけにもいかず、互いを観察し合うという、美術の授業における対面デッサンのデッサン抜きみたいな時間が流れた。

そんな観察の応酬はひたすら続いて、放課後を迎える直前に——ふと、閃《ひらめ》いた。

「そうか……考えてみれば、簡単なことだったんだ」

観察してくるということは、目的や動機はともかく、この俺に興味が湧いているサインなのだ。あれほど怯《おび》えていたのに、こんな行動に及んでいる時点で、恐怖と天秤《てんびん》にかけて興味が勝っていると雄弁に物語っていた。これまでのアプローチで、何が陸門の関心を釣ったのかは知らないが、まったくの進展ナシではなかった事実に救われた気分になる。

さて、となると俺に妙案がある。まず陸門に対して後手に回ることは避けよう。想像力が豊かな彼女に時間を与えれば、その分よからぬ被害妄想を拗《こじ》らせてしまう可能性が高い。

ゆえに有効な手段はひとつしかないだろう——正直、嫌で嫌で仕方がないが。

いざ放課後へ突入して、俺はというと、陸門とつかず離れずの距離で並んで帰路に就いていた。もっとも、こちらは陸門の帰り道に合わせて歩いているだけだが。

というのも、執拗《しつよう》に俺を追う陸門といえども、逆に俺が追う素振りを見せれば逃げていくのだ。いつまでも受け身でいては恋愛の主導権は握れない。

そこで放課後からは俺の方から、陸門を追う側に立たせてもらったわけである。

落ち着かない様子で通学鞄《かばん》を固く握りしめている彼女へと、いよいよ声を掛けた。

「……なあ、陸門」「な、ななな、なんですかっ⁉」

やや遠い間合いから、さらに五歩分ほど距離を置かれた。加えて、陸門は両手を掲げて威嚇しながら叫んでくる。上げた両腕の分を足しても俺より小さいが……。

「け、決して近づかないでください。というか、いつまでついてくるんですか。どうせ寄り道とか適当な理由をつけて、わたしを尾行しているだけですよね！」

「そんなわけがあるか。どんな非常識人だ。普通に帰る方向が同じだけさ」

俺は大嘘《おおうそ》をついて、珍しく的中している陸門の被害妄想を否定する。

もちろん彼女は俺の言い分を聞いているようで聞いていないので、ぷいと顔を背けた。

「いくら追って来ようと自宅は特定させませんよ。それに、わたしはこれからアルバイトがあるので、この後もずーっと家には帰りません！」

「ふぅん」

「それならわたしのアルバイト先でしこたま暴れてやろうだなんて最低です！」

「相槌《あいづち》ひとつで、よくもそこまで被害妄想が浮かぶな？」

「もし来たら店長さんに追い出してもらいますから！　店長さんすっごく筋肉もりもりで強いんですからね！」

「多分、今は陸門《むつかど》の方が強いと思う」

「わけのわからないこと言わないでください！」

「お願いだから、その言葉は自分へ語り掛けてほしい」

割と本気の懇願だったが受け入れられず、陸門はそっぽを向いて狭い歩幅で歩きだした。

そして、陸門はその足で、すぐそばの喫茶店へと入っていく。

俺はきょとんとして、屋外に立ったたまま、そちらを注意深く眺めた。

ガラス製の入り口扉越しに、服の上からでもわかる筋骨隆々な男性と、他の女性スタッフに挨拶している陸門の姿が見え、カウンター奥のスタッフルームへと入っていく。

どうやら、ちょうど彼女のバイト先とやらの間近まで来ていたらしい。

彼女がアルバイトをしているという情報は掴《つか》んでいたが、俺が調査した時は、たしかファミレスで働いていたはずだ。初めて陸門に『第六感』が発現したとき、彼女はそのファミレスでバイトした帰りだったと突き止めている。

あれは約ひと月前のことだが……もうバイトを辞めたか、それとも掛け持ち？　どこか引っ掛かるが、まあ今はいい。それよりも——眼前の喫茶店の前に張り出された『アルバイト募集中』の張り紙を凝視して、俺は口角を吊《つ》り上《あ》げた。

「フッ。ハハ、ハハハ、ハーハハハハハ！　覚悟しておけ、陸門！」

高笑いをしながら、俺のなかで完璧な計画が練り上げられた。

陸門の被害妄想を暴走させない手段——……それは、常に彼女の隣に立ち、妄想が勘違いだと指摘し続けていくことだ。

読めない心を読めるようになる必要があるが、それしか拗《こじ》れた関係を修復して、恋へと発展させていく道筋はない。幸い、そのための舞台は今しがた発見できたところだ。

学校だけではなく、放課後も常に一緒にいられる格好の場所が……。

喫茶店へと駆け寄って、俺は元気いっぱいに扉を押し開いた。

「すみませーん！　バイト募集の張り紙を見たのですが——」

◆

四日後。俺は純白の制服にスカーフとエプロンを身にまとい、スマイルを浮かべた。

「今日からこちらのお店で働くことになりました、初瀬純之介《はつせじゅんのすけ》です。そちらの陸門栞《むつかどしおり》さんと同じ高校に通っている同級生です。どうぞよろしくお願いします！」

店長の隣に立ち、四名の女性スタッフへ向けて自己紹介をする。

制服の意匠は男女とも似たようなものだが、男性がパンツスタイルなのに対して、女性はスカートなのが大きな違いだろう。フリルがあしらわれており、可愛《かわい》らしい造りだ。

眼前の四名の内、三名の女性スタッフは、大学生とのことらしい。高校生とは違う垢抜《あかぬ》けた雰囲気を持ち合わせ、大人らしい余裕が感じられる。

そして、残る一名は、まるで喫茶店に住み着いた小妖精のごとく慎《つつ》ましい体躯《たいく》で、魂が抜けた表情のまま固まり、頭上に大量の疑問符を浮かべているのが幻視できた。

「……え、ええええっ!?」「どうかしたかい、陸門さん？」

俺を指差して悲鳴を上げた陸門に、店長がきょとんと立派な僧帽筋を傾ける。

口をパクパクと開閉させるばかりで二の句が継げない陸門を、店長はやや困った目で見下ろしながらも掌《てのひら》をポンっと叩《たた》いた。

「そうそう、陸門さんもつい最近入ったばかりで新人教育中なんだ。初瀬くんは同じ教育係の下についてもらうよ。緑川《みどりかわ》さん、初瀬くんも一緒にお願いできるかい？」

「は～い。よろしくね、初瀬くん。緑川ハルカでぇす」

眠そうな垂れ目をした女性スタッフが、おっとりと間延びした口調で挨拶をした。

見るからに優しそうな人だ。もし厳しそうな人と当たったらどうしてやろうかと思ったが、これなら余計な心配は要らないだろう。心置きなく、恋の標的に集中できる……！

「はい！　よろしくお願いします、緑川さん」

「お～、元気だねぇ。実は緊張の裏返しだったりするかな～？」

「フ、ご冗談を。生まれてこのかた緊張したことがありません。この俺の、天才の御業《みわざ》を疾《と》くご覧にいれよう！」

「あは、すっごい自信。面白い子だねぇ」

当然の所信表明をしたつもりが、なぜか他スタッフと一緒に可笑《おか》しそうに微笑《ほほえ》まれる。笑いものにされるなど度し難いが、女子大生のお姉さん方に喜ばれたと思って溜飲《りゅういん》を下げよう。その間も、背中側の陸門からは針のような視線がチクチクと注がれているわけだが、この程度で音を上げていたら今後を耐えられまい。なにせ、陸門の近くに居続けるということは、あの殺人的体術を間近で浴び続けるということなのだから……。

「――ギブギブギブ!?」

およそ似つかわしくない絶叫が、喫茶店のフロアに響き渡った。

俺が陸門から裸絞めに遭っているのだ。裸絞めといっても、一糸まとわぬ姿で締め技を極《き》めているわけではないぞ。そういう技名なだけで、双方とも制服は着用している。

陸門《むつかど》は背後から俺の首に回した片腕を固定し、もう一方の手で俺の後頭部を押すことで絞めているのだ。男女で力の差があるはずなのに、どうやっても外せる気がしない。

だが、そんな体勢のおかげで、背中では陸門の慎《つつ》ましい胸がぴったりと密着し、首筋を熱い吐息がくすぐっている。身も心も天に昇りそうだった。

「はいそこ～、お仕事中に同僚を殺そうとしちゃダメでしょ～」

「お仕事中じゃなくてもダメだと言ってください……!?」

呑気《のんき》な緑川《みどりかわ》さんに文句を返しつつ、注意が逸《そ》れて力が緩んだ陸門の腕から脱出する。

陸門はといえば、余裕のなさそうな焦り顔でたらたらと汗を流していた。

「うう……初瀬《はつせ》さんがいけません……」「って言ってるけど～?」

「バカな!?　俺はただ、休憩に入れるようにという店長から陸門への言伝《ことづて》を頼まれて、それを言いに来ただけだ!」

「ほ、本当ですか?　休憩にホイホイ釣られたわたしを連れ去って、ベーリング海のカニ漁の下働きとして売り飛ばそうとしたわけではありませんか?」

「軽々と文脈を超越するな!?　どうしてそうなるんだ、言葉通りに受け取れ!」

「は、はい……わたしの勘違いでした。ごめんなさい……!」

「わかればいい」

「殺されかけたのに許せる初瀬くんも、ちょっと変な子よね～?」

深々と頭を下げる陸門と、鷹揚《おうよう》に頷《うなず》く俺に、緑川さんが呆《あき》れ顔《がお》を向けていた。甚だ不名誉な評価をされた気がするが、俺が断じて暴力と被害妄想を許容しているわけではない。あんな暴挙を許すことのできる人類などいてたまるか。

すべては陸門を恋に落とし、天賦の才を我が物とするためだ！

と、そんな俺の決意を試すかのように、過酷なバイト生活はここからが始まりだった。

「いらっしゃいませー！」

「い、いらっしゃいませ……！　十五名様でよろしいですか……？」

「後ろに並んでいる客を全員足して団体にするな！　よく一日で計算できたな!?」

「ごっ、ご注文は、スフレチーズケーキでよろしかったですか？　……本当によろしいですか？　お間違いありませんか、お求めの味は他にないと言い切れますか？」

「注文確認で過剰に詰めるな！　一回でいいんだ、不安にさせるだろう!?」

「陸門。俺は手が離せん、代わりに会計の対応を頼む！」

「わ、わかりました！　みぃ、皆さまーっ！　お食事を中断して、一組ずつお会計レジにお並びください！」

「誰が店中の客を追い出せと言った⁉　会計待ちの分だけでいいから！」

「ぁ、ありがとうございました！　またお越しくださいませ……！」

「あっ。いま入店したところです」

「大変申し訳ありません！　陸門《むつかど》、こちらのお客様を五番テーブルへご案内を！」

「陸門、店長から言伝《ことづて》で休憩に入ってもいいと――」

「こ、今度こそ、わたしを騙《だま》して新薬の治験バイトをさせようとしていますね？　やっぱり身売りさせたいんだ、ましてや薬漬けにするなんてひどいです！」

「ひどいのは君の被害妄想だけどな⁉　くそぅ、人聞きが悪すぎるその口、しまいには力ずくで黙らせるぞ……！　あっ待て、やっぱり話し合おう、ギブギブギブ⁉」

◆

あっという間に二週間が経過した。

俺は陸門に合わせて、週に三日から四日ほどの頻度でシフトを入れている。今日までの労働日数は両手で指折り数えられるくらいだが、すでに満身創痍《まんしんそうい》であった。

勘違いゆえの失敗が多い陸門《むつかど》のフォローに加えて、庇《かば》っている陸門当人から加えられる肉体的苦痛……何度命の危険を感じたかわからない。

これからまた、バイトが始まる。――だが、もはや以前までの俺ではなかった。

「陸門。客は、四名、二名、一名、三名の順で並んでいる。団体じゃないぞ」

「陸門。三番テーブルの客の注文を聞いてきてくれ。注文確認は一回、客は自分の食べたいものを素直に頼んでいる。疑うな、客を信じるんだ！」

「陸門。会計の対応を頼む。レジ前に並んでいる分だけ、順番にな」

「陸門。今しがた入店した客を一番テーブルへ案内頼む。左手の組だ、そうだ！」

「陸門、店長から休憩の伝言だ。無論、これは嘘《うそ》ではないし、君を攫《さら》ってロリコン趣味がある特定のマニアに売り飛ばしたりとかは、これっぽっちも考えてなあぃっっ!!」

陸門栞《しおり》の誤解や心配、疑念を先読みし、彼女が突拍子もない勘違いをする前段階で、それが勘違いだと指摘できる特技を習得したのだった。

「ふ……はは……流石《さすが》は俺だ……」

スカーフとエプロンを外し、疲労でふらつきながら休憩に入る。

先ほど陸門を休憩に向かわせたところだが、運よく客の入りが落ち着いたため、一息つく余裕ができた。賄いのサンドイッチを片手にスタッフルームへと向かう。

と、その途中で、店長に声を掛けられた。

「お疲れ様、初瀬《はつせ》くん。陸門さんのフォロー、いつも助かるよ」

「ああ、いえ。当然のことです」

「はは、そうか。友達を手助けするのは当たり前か」

「この俺に不可能はありませんから。陸門の尻ぬぐいとて造作もないのです！」

「自分ならできて当然って意味だったんだ……」店長は後ろ頭を掻《か》く。「それでも、ありがとう。陸門さんは難しいかと思ったけど、君のおかげで安心できるようになったからね」

ただ、俺は最後の一言に少々考えさせられて、気づけば逞《たくま》しい背中を呼び止めていた。

讃《たた》えるように俺の背をぽんと叩《たた》き、店長がキッチンへと歩いていく。

「すみません。さっきの発言、訂正します――……俺一人だけではなくて、陸門が頑張った成果でもあるかと」

「！　そうだね……君がそう言うなら、陸門さんにも後でお礼を言っておくよ」

店長は朗らかに笑うと、歩み去った。俺の方も心なしか胸が軽くなりながら、スタッフルームへと足を踏み入れる。当然、そこには先んじて休憩中の陸門がいた。

「……もが？」

俺の存在に気づき、こちらを向いた彼女は、賄いのサンドイッチを口いっぱいに頬張《ほおば》っていた。さらに行儀の悪いことに、サンドイッチを持つ反対の手にはペンを握っており、机上に広げたノートへと何かを書きこんでいたところだ。

ノートに描かれていたのは、絵だ。より正確に言えば、コマ枠で区切られ、フキダシに台詞《せりふ》が添えられた漫画だった。

「い……い、嫌ーっ!? 見ないでください!?」

それを食い入るように見つめる俺に、陸門《むつかど》が悲鳴を上げた。サンドイッチのハムが宙を舞う勢いで、机に突っ伏してノートに覆《おお》い被《かぶ》さる。そして、陸に打ち上げられた小魚のように、ぴちぴちと小刻みに震えて虚《うつ》ろな目をしていた。

俺は深々と嘆息する。

「バカ。恥じるなら普段の己を恥じろ。それはむしろ堂々とすればいいものを」

長方形のテーブルの、陸門の対面にある椅子へと移動して腰を下ろす。

頬《ほお》を机上に擦りつけたまま、陸門はもぞもぞ動いてチラと一瞥《いちべつ》をくれる。値踏みするような視線を受けて、やや居心地の悪さを感じつつも押し黙っていると、

「……笑いませんか。そうですか」

陸門は気が緩んだかのように安堵《あんど》の表情を浮かべた。

今の俺ならわかるが、今回は邪推されていないようだ。むしろ、良い方向に認識を改められたような気がする。こんな風に素直でいる分には、愛嬌《あいきょう》があって微笑《ほほえ》ましい。

陸門はいそいそとノートを鞄《かばん》に仕舞《しま》うと、居住まいを正して賄いを食べ直した。

そんな彼女を眺めつつ、慎重な口ぶりで尋ねた。

「昔から描いているのか？」

「え？　……そうですね。まだ誰にも見せたことありませんけど」

陸門は内腿《うちもも》を擦《こす》り合わせ、恥じらいつつも答えてはくれた。

小さな手応えを感じながら話題を進める。

「そうか。ちなみに、俺はかなりの漫画愛好家を自負しているんだ。陸門が描いているのも気にな――」「絶対に読ませませんよ？」「……るが、それなら仕方がないな！」

陸門がサンドイッチを握る手に力をこめるのを見て、背筋が凍る思いで身を引いた。

彼女の思考を先読みすることはできるようになっても力関係は変わらない。その気になれば肉塊にされると頭に留《とど》めておかなければ命に係《かか》わる。気分は猛獣担当の飼育員だ。

尊い命を守るために、仕方なく話題を逸《そ》らす。

「ところで、バイトをしているのは画材のためか？　金がかかりそうだな」

「……そうでもないです。趣味で書くだけなら、ペンとノートがあればできますから」

「ん？」

そこで俺は顎先に手を添え、記憶を手探った。

以前、放課後に陸門をストーキングした際のことだ。彼女は家電量販店に入っていき、そこで高価なペンタブレットを物欲しそうな顔で眺めていたはず……。

「デジタルには興味がないのか？」

「――わたしを尾行して機材を買おうか悩む姿を見たんですね？」

いつも突飛な被害妄想しかしないくせに、たまに的中するのが一番怖い。主に常識から外れた俺の行動のせいではあるのだが。

全力で顔を逸《そ》らして、陸門《むつかど》の確信めいた疑惑の視線から逃れる。

「ち、違うよ？」

「否定しなくても、もういいです。全部わかっていますから」

「君の理解は九割九分が事実無根だから、常に自分の正気を疑ってくれ」

「……わかっています。でも、わからないんです」

と。

不意に、陸門は悲哀を思わせる表情で目を伏せた。

「ごめんなさい。さっき、嘘《うそ》つきました。実は、一度だけあるんです……わたしの漫画を誰かに見せたこと。知り合いに見られるのは恥ずかしくて、ネットに投稿しました」

「……反応が芳《かんば》しくなかったのか？」

陸門の様子を見るに、何かがあって、他者に作品を見せたくないという思いが強まったのかもしれない。慣れない気遣いをする俺に、彼女は言葉を続けた。

「……結構バズったんです」「結構バズったんだ」

意表を突かれた。だとしたら何が不満なんだ。

「期待と違っていたんです。わたしは胸キュンする少女漫画を書いたのに――……『人類には早すぎるギャグ漫画』だの『何も解明されないヒューマンミステリー』だのと見当違いな感想から、『画力低いどころか画力無い』だの『漫画の皮を被《かぶ》った無意味な線の集合体』だのと！　寄せられた感想は全部、わたしの表現を貶《けな》していました……！」

陸門は天を仰いで、わっと泣き出した。

しかし、なるほど……考えてみれば、斜め上の妄想力が逞《たくま》し過ぎる陸門が、まともな人間――キャラクターを描けるかと問われたら、疑問を抱かざるを得ない。それに、俺の目から見ても、陸門の技術が拙いのは否定しようのない事実だ。

だが、それはそれとして、情熱だけはあるようだ。でなければ、絶対に人に見せたくないと言っておきながら、人目に触れる可能性がある学校の教室や店のバックルームでノートに筆を走らせたりはしない。好きなのだろう、漫画を描くことが。

……ん？　待てよ。

俺はひとつの疑問にぶち当たる。陸門の驚異的、あるいは単純に脅威といえる人間不信ぶりや被害妄想は、本来の天賦の才を持たない『弊害』のせいかと薄々考えていた。

けれども、ここにきて、彼女にとって深刻な別の悩みが判明した。どれほど意欲的に取り組もうと、思うように漫画を描くことができないことだ。

ならば、それこそが『弊害』だと考えることもできよう。そもそも天賦の才を授かるのは、その才能を誰よりも使いこなせると神に認められた者だけだという。その選定には、その者の人間性や精神性が多分にかかわっているはずなのだ。この俺は例外として、千陽《ちはる》や渚《なぎさ》を見れば、才能は無くても身を突き動かす想《おも》いがあるのだと知れた。

つまり、陸門《むつかど》の真の才能は、創作にまつわる才能……と推定したいところだが、それでは人間不信ぶりや被害妄想の激しさが、どこから発生したのかという疑念が氷解しない。

すぐには答えが出せず、疑念を胸に留《とど》めたまま、深々と息を吐いた。

「君の漫画を読んだネットの読者は、忌憚《きたん》なく意見しただけだろうさ」

「わかっています。なのに、どれだけ気にしても、たくさん考えても、わたしには他の人の考えがわからないから、どうにもできなくって……胸が苦しいです」

陸門はやるせない表情で、拳の上にぽたぽたと涙粒を落としていた。

「……わたし、本当は漫画の機材が欲しくてアルバイトしているんです。色々な人と喋《しゃべ》ったりしなくちゃいけないと思うと、すごく怖くて嫌だけど……」

「何を恐れることがある。人なんて、俺以外は大した存在じゃないぞ」

「初瀬《はつせ》さんは自信過剰です。どうかと思います」「そこだけハッキリと言うな」

「実は……アルバイトも、このお店が初めてじゃないんです。お父さんからはアルバイト自体反対されていて、お母さんにこっそり協力してもらって始めたのに、何度も何度もクビになって、今まで同じ職場で一週間以上働けたことがありません」

「悪い意味で稀有《けう》な職歴だな」

「お母さんからも愛想を尽かされそうで焦っていました。……だから、嬉《うれ》しいんです」

陸門は少しだけ笑みを持ち直す。

「ここで今も働けているなんて、夢みたいです。わたしだけの力じゃとてもできなかったと……あれ？　ひょっとして、これって、初瀬さんのおかげですか……？」

「今気づいたのか!?　だけど偉い、でかしたぞ、よく気づいてくれた！」

普通に考えれば鈍すぎたが、それは措《お》いて、俺は陸門の発見に太鼓判を押す。

スマートに『俺は何もしてないよ』と返せる手合いなら、ここまで苦労しない。直球で言葉を投げても変幻自在な受け取り方をされるのだから、手柄は素直に主張させてもらう。

それはそれとして、陸門に何も言わないわけにもいかないだろう。

「ああ——……けど、一番の功労者はやっぱり陸門だよ。何だかんだ、最後には俺の言うことを信じて、懸命に動いてくれただろう。頑張ったな」

「っ……〰〰っ！」

俺だけの手柄ではないと伝えると、陸門がわかりやすく赤面する。

「わ、わたしなんて……初瀬さんを困らせてばっかりで、ご、ごめんなさい……！」

「いいさ。これでもう、理解できたんじゃないか？」「？？　な、何をでしょう？？」

陸門《むつかど》は小さな身体《からだ》ごと首を傾けて当惑する。

ぽわっと不思議そうな顔をしている彼女に、俺は笑みを浮かべた。

「世の中、陸門が思うほどには複雑怪奇じゃないってことをさ。シンプルに感じた通りでいいんだ。何でも素直な気持ちで見聞きすれば、変な憶測に惑わされることもない」

「素直な気持ち……」

自身の胸元に手を添え、陸門が呟《つぶや》く。

詰まるところ、他者への恐怖心が逞《たくま》しい想像力を煽《あお》り、事実とはかけ離れた作り話を際限なく発展させて被害妄想を膨らませてしまう……それこそが陸門の抱える悩みだ。

お悩み解決の方法は二つある。

ひとつは、本来の天賦の才を取り戻させること。彼女が生まれ持つべき才能はいまだ判然としないが、致命的な『弊害』は解消され、恐らく改善の余地は生まれるだろう。

だが、その手を下せるのは天の神だけだ。即座に解決はされない。

なので、もうひとつの、陸門自身に心を制御してもらう方法が頼りだ。

暴走必至の頭で理解しようとするよりも、陸門の場合は感性に判断を委ねた方が良い気がする。彼女は別段、喜怒哀楽や善悪の価値観までは歪《ゆが》んではいない。

だから、余計な想像力は働かせずに、素直に感じたことこそ信じたらいい。

とはいっても、そう上手《うま》くはいかないだろうな。言い換えれば思考停止、単なる応急処置に過ぎない。天の神の働きを信じて、いずれは前者で解決されることを祈るばかりだ。

「――……わたし、初瀬《はつせ》さんのこと、ずっと気になっていたんです」

突拍子もなく、陸門がそんなことを言い放った。面食らって彼女を凝視する。

彼女もまた、こちらをじっと見つめていた。ぼやけた瞳で、自らの気持ちを探るように訥々《とつとつ》と言葉を紡ぐ。

「何度も構ってくるから、あるとき、ふと何を考えているのか知りたくなったんです。後を追っかけて観察したけど、やっぱり全然わからなくて……」

「それで付け回してきたのか……。というか、素直になれと言ったばかりだぞ？」

「そ、そうですね。なので、えっと、つまり、わたしが言いたいのは」

陸門の焦点が、俺へとカチリと定まる。

「こんなにも誰かが気になること、わたしにとって初めてで……ですから、ひょっとしたら、これって初瀬さんのことが好きになったのかもしれないな――……って、ぇ？」

「――――」

いきなりの告白を受けて、硬直せざるを得なかった。一方、陸門は今しがたの自分の発言を、じわじわと理解したのか、みるみるうちに顔が赤くなっていく。

「わ、わたしなに言っているのかもう休憩あがりなのでお先に戻ります失礼します!?」

陸門が早口でまくし立て、流星のような速さでスタッフルームから飛び出していった。

その場に残され、しばし放心した後……慌てて椅子から立ち上がって頭を抱えた。

「お、俺としたことが！　不意打ち過ぎて何の言葉も出なかった……!?」

いやっ、けれど、おかしいぞ。多少なりとも気を許してもらえた様子こそあれ、恋に落ちた様子はまだ見えなかった。それだけは確かだ。

さては陸門《むつかど》のやつ、今の会話の最中に、『恋愛の才能』を持つ俺の目にかけて、俺への純粋な興味関心を、恋心に違いないと思い込んだのだ。またも斜め上に発想を飛躍させたのか。きっと
どこまでも行動に予測がつかない女だ、陸門栞《しおり》……。

けれど、この不測の事態は利用できる。今はまだ仮初の恋心でも、それを糸口にすることは可能だろう。この俺の手で本物の好意へと昇華させればいいだけだ。

「フ……ハーハッハッハ！　そうだ、勝利は近いぞ。この初瀬《はつせ》純之介《じゅんのすけ》に不可能はない！」

高笑いして、もはや才能を手中に収めたにも等しい達成感に浸った。

そのうちに休憩が終わる。スタッフルームを後にしてフロアに戻ると、違和感に気づいた。

「あれ、陸門は……？」「栞ちゃんなら、ついさっき早退したよ～」

俺の独り言を聞いて、そばに歩み寄ってきた緑川《みどりかわ》さんが教えてくれる。

――って、早退!?

「なっ、どうして？」

「急に体調が悪くなったって店長と話してたよ～。顔が真っ赤っかでね、許可もらった途端に店から飛び出して行っちゃった。荷物も置きっぱで、店長困ってたなぁ」

くっ、やられた！　恐らく体調不良は仮病だろう。

呑気《のんき》な口調の緑川さんが、俺の脇腹を小突く。

「もしかして、告白したの～？」

眠たそうな垂れ目が、妙に勘のいい光を放っている。見かけによらない鋭さに驚きながら、俺は頭を振った。

「まさか。違いますよ」

嘘《うそ》はついていない。俺は告白された側だし、そもそも告白未満だったと言えよう。

否定すると、緑川さんは退屈そうに唇を尖《とが》らせた。

「な～んだ。でも、もし初瀬くんさえ良かったらさ」「？　なんですか」

「お仕事が終わったら、置き去りの荷物、栞ちゃんの家まで届けてくれないかな～？　あの子の家、わかったりする？」

緑川さんは返答がわかり切っているかのような微笑《ほほえ》みを湛《たた》える。

意外な恋のキューピッドからの援護射撃に、俺はそれ以上の笑顔で返した。

「はい！　ばっちり特定しています！」

「あれ～……お姉さん、ちょっと心配になったかも」

緑川《みどりかわ》さんがどんな誤解をしているのかは知らないが、まだ陸門《むつかど》の警戒が本格化するよりも前の初期調査で、彼女を追跡して自宅は把握していた。

決着をつけに行こう。とはいえ、どうあっても失敗する気はしないが。

悠長に構えてせっせと働いていると、ふと思い出す。

そういえば、陸門に質問し損ねたが……なぜ彼女は、あれほどまでに他者を怖がっているのだろうか？

◆

バイトを終え、俺は夜道を歩いていた。

陸門が職場に置いていった荷物を片手に提げて、彼女の家へと向かう。やがて到着した先の『陸門』と表札が掲げられた民家の前で、深呼吸をして、身だしなみを整えた。

この時間なら、陸門の両親も家に帰っているかもしれない。こと恋愛において、相手の親に好かれておいて損はない。好印象をいたずらに下げるのはナンセンスだ。

「……よし」

家のインターホンを鳴らす。しばらく待つと、スピーカーから女性の声が届いた。

『はい。どちら様でしょうか？』「……栞《しおり》さんと同級生の、初瀬純之介《はつせじゅんのすけ》と申します」

『栞の？　そう。ちょっと待っていてくださる？』

応答したのは、どうやら陸門の母のようだ。

やがて玄関扉が開く。姿を現した陸門の母は、俺の知る陸門栞の面影を感じさせる相貌——けれど、高身長かつ身体《からだ》付きも豊満という、比較にならないサイズ感の女性だった。

「……あの、失礼ですが、本当に陸門栞さんのお母様ですか？」

度肝を抜かれて思わず訊《き》いてしまうと、陸門の母は無垢《むく》な表情で首を傾《かし》げる。

「ええ、そうよ。おかしいなあ、よく似ていると言われるのだけど？」

「申し訳ない。お顔がそっくりなのは一目見てわかったのですが、その一部以外のスケールが大きく違っていたもので……おっと、ご挨拶が遅れました」

気を取り直して、俺は背筋を伸ばして会釈する。

「改めて、栞さんと同級生の初瀬純之介です。奇遇ながら、栞さんと同じ喫茶店でバイトをしていまして、彼女が職場に荷物を忘れていたのでお届けに来たんです」

「まあ。わざわざありがとう！」

「このくらいお安い御用ですよ。……ところで、栞さんに少しお話があるんです。今、お呼びいただけませんか？」

尋ねると、陸門の母は困ったように頬《ほお》に手を添えた。

「ごめんね。栞、いまお風呂に入ったところなの」「……そうでしたか」

間が悪かったようだ。仕方がない。陸門《むつかど》に伝言だけ頼んで、しばらく外で待とう。

などと考えていたら、陸門の母が玄関扉を大きく開ける。

「うん。だから、上がって待っていてくれないかな？　さ、どうぞ」


あれよあれよと、家に上げられてしまった。

いや、これは断じて良い状況ではない。俺は陸門を恋に落としに来たのだから。

親が家にいる状況で、どう告白しろというのか。むしろ行動しづらくなってしまう。

陸門を家から引き離して、どこか良い雰囲気の場所で告白しようと思っていたのに、出鼻を挫《くじ》かれてしまったな……。

脱いだ靴を揃《そろ》え、廊下に足を踏み出した。

そのとき、陸門の母が思い出したように手を叩《たた》いて、俺に耳打ちした。

「そうそう、純之介《じゅんのすけ》くん。栞《しおり》がアルバイトしていること、うちのパパにはナイショにしているの。だから、悪いけど、どうにか話を合わせてもらえないかな？」

「ああ……お父さんは、栞さんのバイトに反対していたんでしたっけ」

スタッフルームで喋《しゃべ》っているときに聞いた覚えがある。

すると、陸門の母は、とても意外なことを聞いたような表情で目を丸くした。

「栞がそんなことまでお話ししたの？　あの子にこんな良いお友達がいたなんて……」

そこで数秒固まり、陸門の母が妙に生き生きと訊《き》いてくる。

「ひょっとして、お友達じゃなかった？　それ以上の関係なの？」

「ハハハ。おっしゃっている意味がよくわかりませんね」

このままでは質問攻めに遭って変な空気になりかねないので、全力でとぼけた。

陸門の母の案内に従って、リビングで待たせてもらうことになる。

そうして、足を踏み入れたリビングにて――壮年の男性と顔を合わせた。

同性の俺から見ても整った顔立ちに、銀縁の眼鏡、どこか神経質そうな三白眼の瞳。

スーツでも着ていれば、独特な威圧感を醸し出しそうだ。けれど、すでに仕事上がりでリラックスタイムだったのだろう。動物の肉球柄が映える可愛《かわい》らしい寝巻に身を包んでいた。

……わかっていたが、やはり陸門栞は母親似のようだ。

俺は堂々と会釈して、眼前にいる陸門の父に挨拶をした。

「夜分にすみません。栞さんの同級生の初瀬《はつせ》純之介です。初めまして」

「…………」

こちらの挨拶に返事はなく、重たい沈黙が流れた。

陸門のアルバイトに反対していたという事前情報からして、ともすれば彼女を猫可愛《かわい》がりしている過保護な親ではないかと、そんな予想はしていたが……。

もしかすると、悪い虫がついたとでも思われているのかもしれない。

一応は泰然自若に佇《たたず》んでいるが、内心では焦燥感が滲《にじ》んでいた。そんな俺と陸門《むつかど》父とのあいだに、陸門母が弛緩《しかん》した空気を漂わせて割り込む。

「あなた。純之介《じゅんのすけ》くんは栞《しおり》が忘れた荷物を届けに来てくれただけですよ？」

「そうなのか」

ようやく陸門父が一言だけ発する。それから、チラリとこちらを流し見た。

「すまない」

「うふふ。この人、シャイで口下手なの。怒ってないから、あんまり気にしないでね」

陸門母の補足を受けて、ようやく肩の力が抜ける。

顔面がコンクリート製かと思うくらい動かないので陸門父は見ていて不安になる。ころころと表情が変わる陸門母とは、えらく対照的だ。

ともあれ、懸念していたような人ではなさそうで安心した。

「立ったままでは何だ、座るといい」

陸門父に促された通りに、ソファへと腰を下ろした。

それから、正対している陸門父からジッと見つめられる。超、見てくる。

「うちの栞とは、どんな関係かな？」「……友達です」「友達、か」

陸門父が眼鏡のブリッジを指で押し上げる。

照明の白光を弾《はじ》いていたレンズが透け、鷹《たか》のような鋭い眼差《まなざ》しが露《あら》わになる。

「それはおかしい」

「おかしい、って……どうして？」

「なぜならば、うちの栞には友達が一人もいないからだ」

一切の曇りなき眼《め》で陸門父は言った。いやいや。

なんてこと言うんだ、この親は。

「なんてこと言うんですか、お父さん!?」

俺が内心でツッコむと同時に——陸門が、リビングに飛び込んできて叫んだ。

矮躯《わいく》が湯気を上げており、張りのある肌には艶《つや》が見て取れる。

ただ慌ててお風呂を上がったのか、髪は水気を帯び、首にタオルが掛けられたままだ。

デフォルメ調のクマさんマーク柄の寝巻を着用しており、勘違いでなければ……陸門父の着用している妙に可愛《かわい》らしいデザインと似ている。いや、これはまさか——。

嫌な予感を覚えて唾を呑《の》み、陸門父の方へと視線を戻す。

そこには、先ほどまで微動だにしなかった表情筋を、まるで夏場のアイスのように溶かした陸門父の変わり果てた姿があった。

「おぉ～、おかえり、栞！　お風呂上がりも可愛いなあ！　でもきちんと髪を乾かさないとダメじゃないか。お父さんが拭いてあげようか！」

「い、いまそれどころじゃないから……!? お父さんは静かにしてください!」

陸門《むつかど》がキッと鋭い目つきになり、絶句中の俺を睨《にら》んでくる。

「ど、どうして初瀬《はつせ》さんが家に来ているんですか!? いえやっぱり、言われなくてもわかります。とうとう本性を出して、わたしの身を攫《さら》いに来たんですね。今度は炭鉱に連れ出してカナリア代わりにしようとしているようですが、今時古いですよ!」

「――なっ!?」

とてつもない衝撃を受けて、思わず立ち上がる。

馬鹿な、まさか……出会った当初のような被害妄想フルスロットルの陸門に、戻ってしまっている? 店で喋《しゃべ》っていた時に垣間《かいま》見《み》えた素直さはどこにも無く、俺を好きだという早とちりまでも消《き》え失《う》せているようにしか見えない。俺はショックを禁じ得なかった。

「な、何があったんだ、陸門? さっきまでと様子が違い過ぎるぞ……!」

「わたしは……いつも通りです。あの話については忘れてください。お父さんと話して目が覚めました」

陸門は俺から視線を外し、どこか物憂げに目を伏せる。

あの話、というのは、俺を好きかもしれないと口を滑らせたことだろう。

けれど、わからない。一体どうして、こんな急に心変わりしたんだ。

困惑する俺の前に、陸門父がゆらりと立ちはだかる。

「娘のことは四六時中気にかけている。今日は様子が変だと、一目見て気が付いたさ」

「変なのは今日だけじゃないでしょう」

「黙れ！　……キミが娘を誑《たぶら》かした男だろう。あの話とは何のことだね！」

激情を露《あら》わにした陸門父に、俺は渋面を向ける。

これのどこがシャイで口下手な父親だ。抗議の意を込めて、陸門母を一瞥《いちべつ》する。

すると、陸門母は相変わらずにっこりと微笑《ほほえ》んだ。

「大丈夫よ。こう見えても怒ってないから」

「怒ってる怒ってる。並大抵のキレ方じゃないです。羅刹みたいな顔していますよ！」

おおらか過ぎる。ここまで緊張感のない人間は初めて見た。残念ながら、陸門母からの情報は信用に足らないようだ。くっ、この家にまともな人間は俺しかいないのか！

孤軍奮闘するしかないと腹を括《くく》り、再び陸門へと言葉を掛けた。

「陸門。話せばわかる、少し二人きりになろう！」

「ワタシは、キミとわかり合うことなんかない！」

「陸門のお父さんには言っていないが!?　俺は陸門……あー、ややこしい！　栞《しおり》に言ったんだ！」

「ワタシの娘を気安く呼び捨てにするな！」

「俺が何をしても気に食わないということはわかりました！　というか、お父さんが栞に何か吹き込んだんだろう。何を言ったのかは知らないが、若い二人に水を差すのはやめていただきたい！」

「何が若い二人だ。やはりワタシの睨《にら》んだ通りだ……どこの馬の骨とも知らん男を、大事な栞《しおり》とくっつけてなるものか！」

どれほど言い返そうと、火に油を注ぐだけのようだ。けれど、読めてきたぞ。

陸門《むつかど》父も、栞が恋をした（と思い込んだ）ことに気づいたのだ。それが気に食わなくて、どうやったのかは知らないが、その恋が冷めるように仕向けたのだろう。おのれ……。

我が計画を潰されたことも許しがたいが、この俺が必死に築いてきた陸門との信頼関係を無為にされたことを思うと、一層腸《はらわた》が煮えくり返る！

けれど、かろうじて残っていた俺の理性は、穏便に収める道筋を模索していた。

陸門父が栞を心変わりさせたということは……今回だけではなく、いずれ本当に彼女を恋に落とせたとしても、同じように振り出しに戻される可能性が高い。

陸門父が躍起になって俺を憎むほどに、栞を恋に落とすことは難しくなるだろう。

だから、限界まで知恵を絞って、栞の親に嫌われるという最悪の状況を回避しなくてはならない――……そう考えていたら。

諦観の色がない俺に対して、陸門父がこちらの意志を砕くつもりか語気を苛烈にする。

「栞と話したいようだが、何を言っても無駄だ。この子には、物心ついた頃から他人を警戒するようにと強く言い聞かせている！」

「……な、なんだって？」

動揺を見せると、陸門父は子持ちの親が絶対にしてはいけない酷薄な笑みを湛《たた》えた。

「ワタシの可愛《かわい》い栞は、幼いながらに好奇心の塊だった。知らない人にもホイホイついていく危なっかしさを、どうにかしなければという親心を誰に責められようか！　『他人は危ない』、『他人は怖い』、『他人は栞を狙って言葉巧みに騙《だま》そうとしてくる』と、丹精込めて教育をした結果——……栞、今度お父さんと一緒に遊園地に行こう！」

「い、いやです！　そんなことを言って、また海外に連れ出して連泊するんでしょう！」

「この通り、親のワタシすら信用しない、立派な警戒心のある女性に育ったのだよ」

「親としてそれでいいの？」「当然、本望だとも！」

陸門父は一切の躊躇《ちゅうちょ》なく、精悍《せいかん》な面構えで断言した。想像を遥《はる》かに超えて厄介だな！

しかし、栞に対人恐怖症を抱えさせた諸悪の根源が、ようやくわかった。

すべては、この陸門父のせいだ。

だとすれば、胸に留《とど》めていた疑念が氷解する。栞の正しき天賦の才、そして『弊害』の正体をようやく掴《つか》めた。栞が生まれながら持つべき真の才能は、彼女が懊悩《おうのう》していた漫画にかかわるもの……それも広義的に解釈し、『創作の才能』ではないかと俺は考える。

だとすれば、得心がいくのだ。栞が息をするように生み出す被害妄想……あれらは、栞の脳内で展開される作り話とも言い換えられる。あれも創作だ。

栞《しおり》の『創作の才能』が無いことによる『弊害』は、創出する空想や妄想や作品がすべて荒唐無稽になるといったところだろうか。父親の教育により根付いた人間不信が原因で被害妄想が生じ、その被害妄想は『弊害』による作用で荒唐無稽な形に歪曲《わいきょく》された……と。

「…………ふざけるな」

俺の理性は言っている。陸門《むつかど》父との和解の道を諦めるべきではないと。

もし俺への心証を良くできたなら、栞を恋に落とせる可能性はぐんと高まる。逆に、険悪なままなら望み薄だろう。感情任せに動くべきではないと、頭では理解している。

ただ、俺の聡明《そうめい》な頭脳は……成功率が極めて低いが、この愚かな父親に言いたいことを言った上で、栞を恋に落とすことも可能だと、そんな計算を弾《はじ》き出していた。

耐えの最善策か、発散の次善策か。どうにか理知的に思考を働かせようとした——が。

この大事な局面で、どうしてか散々と手間をかけさせられた栞との喫茶店アルバイトの記憶が脳裏によぎる。振り返って感慨に浸るような喜ばしい思い出ではないけれど、そこで栞の間近に立って支えてきた自負心が俺にはあり……栞だって、共に頑張っていた。

己の目標のため、自分を変えるために、栞が足掻《あが》こうとしなければ、いくら俺が頑張ったところで意味はなかった。ましてや、彼女は人の気持ちがわからないと思い悩み、泣くほどつらかろうと、どうにか自分のやりたいことを貫こうとしていた。

そんな栞の懸命な頑張りを、健気《けなげ》な思いを、誰が否定できるというのだ。

この俺ですら、それに感じ入るものがあった。なのに、陸門父は今まで栞と一緒にいながら何を見てきたのか。その目の節穴ぶりが、余りにも度し難かった。

世の中には正しき天賦の才を授かれず、絶対に克服できない欠点を抱えていながら、自分のやりたいことから目を逸《そ》らすことができず、障壁を越えようと挑む者がいる。

才能の有無すら関係ない。己の信念だけを頼りに、ちっぽけな力で足掻くのだ。

それを無駄な努力だと冷笑し、理解に苦しむと一蹴する気には――……もうなれない。

ゆえに、今この場では栞に伝えた助言を自ら実践して、俺は素直な心に身を任せた。

「――ふざけるんじゃない!!」

腹からの怒号を出すと、陸門ファミリーが総じて目を見張った。

俺は右腕を伸ばして、陸門父へと人差し指を突き付ける。

「娘を対人恐怖症にしておいて本望？　娘のことを四六時中気にかけている？　いいや、そんなことは決してない。あなたは栞のことを何ひとつわかってはいない親バカだ」

「娘を思う親心を、侮辱する気か……!?」

「はい。ハッキリ言います。お父さん、あなたの愛情は迷惑以外の何ものでもない」

「キミへの迷惑なんて知ったことか！」

「俺ではない。あなたが迷惑をかけているのは、栞さんです」

陸門父《むつかど》が一瞬だけ言葉に詰まった。その間隙に、俺は畳みかける。

「あなたの過保護が、栞《しおり》の他人への恐怖心を助長させ、彼女を孤独に追いやっている。それで我が子が幸せになれると思いますか？　栞が誰にも心を許せず、常に気の張りつめた日々を送っていることに胸は痛みませんか？　身の安全さえ保障できれば、気持ちはどうでもいいと、今のあなたはそう言っているも同然だ」

「……………」

「今の栞は、知らない人にホイホイついていくような子供ではありません。もう高校生です。子供と大人の狭間《はざま》で、大人への階段を懸命に上って成長しているのです。今日まで栞を大切に育てられた親御さんなら、知り合って日が浅い俺よりも、ずっと彼女の気持ちに寄り添えるはずだ。自分の意思や選択を尊重してほしい、黙って見守っていてほしいと、子供だって大なり小なり親に思うところがあるくらいが健全でしょう」

思いのままに言葉をまくし立て、知らず切れていた息を、少し整える。

栞を一瞥《いちべつ》してから、再び視線を陸門父へと戻すと……最後に締めくくった。

「悪気があったとは思いません。栞を愛している、その親心に嘘《うそ》はない。でも、もう少しだけ栞を信頼してあげてください。栞が他人を信頼することを許してあげてください。俺は生意気で世間知らずの子供ですが……栞を大切に思う気持ちだけは同じです」

深々と頭を下げた。数秒、その姿勢で礼を尽くして、緩慢に上体を起こす。

部屋を見回すと、陸門ファミリーがそれぞれ浮かべる表情は変化していた。

それを視界に収めて、不安と安堵《あんど》が半々に混在した息を吐く。

……俺がやれるだけのことはやった。あとは、彼らの決断に委ねよう。

◆

初瀬《はつせ》さんが言葉短く別れの挨拶を残して、家から出ていく。

わたしは——……わけがわからないくらい、胸が高鳴っていた。

わたしのお父さんへと発した、初瀬さんの最後の一言が残響となって頭から離れない。

身体《からだ》がぽかぽかと熱を帯び、お風呂にいた時よりも温かい。

どうして彼がこんな真似《まね》をしたのか、あれこれ考えを巡らせたくなる。

けれど、そうしたら、わたしはまた同じ失敗をするに決まっていた。だから、初瀬さんからもらった助言を思い出して、自分の素直な気持ちを信じることにした。

そう決心した途端に、不思議と勇気が湧いてくる。常に心にある恐怖を忘れた。

「……お父さん」

声を掛けると、シュンと落ち込んだ顔がこちらを向いた。

お父さんがこんなに意気消沈する姿は初めて見る。でも、励ましてはあげられない。

「ごめんなさい。わたし、今までずっと黙っていたけど、お父さんに反対されていたアルバイト、こっそりしています」「……え!?」

その告白に驚愕《きょうがく》して、お父さんが別の方向に顔を向ける。

ばっちり目が合ったお母さんは、幼い悪戯《いたずら》っ子《こ》のように舌を出していた。

お父さんがぽかんと顎を落とす。そして、わたしは精一杯の自信と共に笑みを浮かべた。

「でも、お願いです。わたしを信じて見守っていてください。きっと安心させられるように、頑張ってみせますから!」

「……し、栞《しおり》……っ!」

涙ぐんで、お父さんはわたしに抱擁した。大きな腕ですっぽりと包み込まれる。

「いつの間にか、大きくなっていたんだな……」

「わ、わたしまだまだ小さいよ? 将来的には、お母さんくらいにはなりますけど!」

「……そうだな。栞なら、もっと大きくなれるな。お父さん、信じるよ」

お父さんは床にへたり込んでしまった。

すると、その肩をお母さんが支えに来てくれる。わたしは数歩、後ずさった。

「その、わたし……初瀬《はつせ》さんにお礼を言いたくって……行ってきます!」

「はーい。いってらっしゃい」

「なっ!? 待ちなさい、お父さん、不純異性交遊は許しませんよ!」

「ふふ、うちに息子が増えるかもしれないわね」「――母さん!?」

お母さんの穏やかな声と、お父さんが取り乱す音を背に、わたしは家を飛び出した。

道路へと出て、あちこちを見回すと、少し遠くに初瀬さんの背中を見つけた。

はやる気持ちのまま走り出そうとして……一瞬、逡巡《しゅんじゅん》した。

――わたしは今、本当に、初瀬さんを信用できているの？

心のどこかに残っていた他人への恐怖や猜疑心《さいぎしん》が、わたしの足を止めさせた。

高鳴った胸に身を任せていたのに、よくない思考が、緩やかに回り始めてしまう。

これを恐れていたから、考えるよりも先に身体《からだ》を動かそうとしたのに……わたしの頭はいつだって思い通りに動いてくれない。

冷たくなった心臓から血液が全身に廻《まわ》って、指先まで凍り付いたみたいだ。

「っ……！」

だけど、相手は誰とも知れない他人じゃない。

何度も大失敗をしてアルバイト先を転々としてきたのに、今回の喫茶店でクビにならずに済んだのは、初瀬さんのおかげだった。それに、ずっと当たり前に思ってきたお父さんの教えを、初瀬さんは必死になって否定してくれた。あの光景が脳裏から消えない。

――あの人がずっと一生懸命だった理由は、全部全部、わたしのためだ。

信じなきゃいけない……まだどんな人か底知れないとか、信頼に足るか不安だとか、どんな怖い目に遭うか心配だとか、そんなことで初瀬《はつせ》さんとの関係を無下にしたくない。

初瀬さんと、もっといっぱい仲良くなりたい。学校で一緒にお昼を食べたり、放課後に並んでアルバイト先へ向かったり、お互いの家で遊ぶようになったりしたい。

……もしかして、これが本物の——……好き、っていう想《おも》い？

「ぉ、追いかけなきゃ……！」

初瀬さんの顔を見れば、今度こそ正しく、素直な気持ちがわかりそうな予感があった。

指が白くなるくらい、拳をぐっと固める。縮みあがっていた心臓を安心させたくて、軽く胸元を叩《たた》いた。先まで脳内を占めていた仄暗《ほのぐら》い思考が、脈打つ鼓動に上書きされていく。

靴底が地から浮く。縫い付けられたように重かった足が、動いてくれた。

その勇気の一歩で、わたしは今度こそ、不安や恐怖を置き去りにできた気がした。

◆

夜道を歩いていると、背後からぱたぱたと軽い足音が届いた。

「——初瀬さん！」

呼び声が掛かる。俺は立ち止まり、振り返った。

街路灯に照らされて、息を切らす陸門《むつかど》の姿が視界に映る。

彼女は息を整えた後で、再び駆け出すと、俺の直前で止まろうとして――躓《つまず》いた。

「きゃっ!?」

ほとんど胸に飛び込んでくる勢いの陸門を、どうにか柔らかく受け止める。

彼女の小柄な体格が幸いした。多少の衝撃はあれど、一緒に倒れたりはせずに済む。

「大丈夫か、陸門？」「〰〰〰……っ！」

互いに抱き合うような体勢で、俺と陸門は密着していた。

その状況を作り出した張本人であるところの陸門が赤面し、ぐっと俺を抱く腕に力を込める。よもや、また殺人格闘術を仕掛けられるのではと、目を固く瞑《つぶ》って衝撃に備えた。

けれど、いつまで待っても痛みは訪れない。

彼女はただ、あらんかぎりに伸ばした両手で俺を抱きしめていた。それだけだった。

「初瀬さん……わたし、もう誰も怖がらずに済む気がします」

「そ、そうか」

「はい。それがわたしの素直な気持ちです。もう余計なことは考えません！」

陸門が顔をがばっと上げた。瞳は潤み、どこか熱っぽい。

その双眸《そうぼう》と見つめ合い、ふと目を逸《そ》らした。途端、陸門の表情が強張《こわば》る。

俺は瞑目《めいもく》して、再び瞼《まぶた》を持ち上げた後で、彼女へと微笑を向けた。

「よかった。これで後顧の憂いはない」

「え？　えっ、それって、どういう……？」

「バイトを辞めるよ。俺のフォローはもう必要ない。栞《しおり》一人の力でやっていけるさ」

優しい口調で言い聞かせる。

陸門《むつかど》は数秒かけ、ようやく意味を理解したように、大粒の涙をこぼした。

「いや……嫌です。待ってください……どうして、急に……それに、そんな言い方、まるでわたしのために、一緒に働き始めたみたいじゃないですか！」

「……ああ。否定できないな」

「！　本当、に？　どうして、ですか？」

瞳を揺らして、陸門がか細い声で尋ねる。

「理由を、教えてくれませんか？　わ、わたし……知りたいです」

どこか熱っぽい瞳が、緊張と期待を湛《たた》えている。

両手を胸元に添えて、やや前のめりになりながら、陸門は瞳を細めた。

「どうか聞かせてください……初瀬《はつせ》さんの気持ちを」

無垢《むく》な視線に射抜《いぬ》かれて、俺は息を呑《の》んだ。一呼吸置いて、陸門と見つめ合う。

いつの間にか、トクトクと脈拍が速まり、喉にへばりつくような緊張感があった。

この身体的異常は、渚《なぎさ》に告白した際にも味わったことがある。それに、以前よりも感覚が過敏になっているような気がした。心の隅々に至るまでこそばゆい。

　告白を前に臆しているわけではない。なぜなら、俺はきちんと『恋愛の才能』を発揮できるだけの好感を陸門に抱いている自負がある。才能の不発なんて、今やあり得ない。

　ああ……そうか、そういうことか。この身体的異常は、俺の胸にある恋愛感情による作用なのだ。平常心ではいられないほど、きちんと恋をする気になれている──その証拠だ。

　安心して、そっと息を吐く。身体的異常をありのまま受け入れると、少しだけ落ち着きを取り戻した。一歩引いて自分を俯瞰《ふかん》するかのような気分になり、このまま想《おも》いを告げる。

「俺が君のそばにいたのは、陸門が──……栞のことが好きだからだ！」

　前もって落ち着いたはずが、いざ告白をすると興奮を抑えきれない自分がいて、思いのほか大きな声が出てしまった。一瞬、驚かせてしまったかと心配になる。

　けれど、栞は……矮躯《わいく》を萎縮させることなく、俺の告白を受け止めてくれていた。

　こくりと喉を鳴らし、熟した林檎《りんご》のように真っ赤な顔を小さな掌《てのひら》でぺたりと覆う。やがて指の隙間が緩慢に開いていくと、熱にうかされたような瞳と視線がぶつかった。

「っ、ありがとうございます……わたしも、やっとわかりました……自分の気持ち」

　栞は俺の手を取って、華奢《きゃしゃ》な両手で包み込む。

「お世話になった初瀬さんに、とても感謝しています。離れ離れになりたくありません。わたしは初瀬さんが──……純之介《じゅんのすけ》さんが好きです。心から、大好きです……！」

大輪の花のような笑みを咲かせて、栞《しおり》はそう告げたのだった。

第四章

栞《しおり》を恋に落とした当日の夜。

自室のベッドで静かに横になって、俺は取り留めのない思考を巡らせていた。

栞を恋に落とす計画の賭けには、俺が勝利した。あの場にいた陸門《むつかど》ファミリー全員を俺の言葉ひとつで説得することなんて、流石《さすが》の俺でも不可能だった。

だから、俺は揺さぶりをかけて彼らに現状への迷いを抱かせた。ただし、栞だけは揺さぶりに留《とど》まらず、完全に俺の味方につける必要があった。もし上手《うま》く彼女の気持ちが傾けば、あとはドミノ倒しのように、彼女が陸門父を押し切るだろうと睨《にら》んでいたのだ。

栞が俺を追ってきたということは、仔細《しさい》はわからないが、きっと狙い通りに事が運んだのだろう。これで――目下の標的であった三つの天賦の才を、見事に我が物とした。

恋人となった三人との関係は至って良好だ。俺が頼ろうと思えば、いつでもその才能を発揮してくれるに違いない。

心から喜ばしい。そのはずなのだが、いつものように笑いがこみ上げてこない。

何が引っ掛かっているのか。優秀な俺は、その正体に気づいていた。

「……気持ち、か」

取るに足らない、信用に足らない、曖昧模糊《あいまいもこ》の代表格。

けど、途中からは必要に迫られて、それを意識した。標的を落とすには有用だから。

俺ともあろう天才が、他人を慮《おもんぱか》っている――それでもなお、少女たちとの恋よりも、安泰な将来を取り戻すという俺個人の目的を叶《かな》えることの方が大事に決まっていた。

恋なんて利用価値しか見ていない。なのに、どうして……胸に引っ掛かるのだろう。

その理由だけは、いくら考えようとも、わからないままだった。

◆

翌朝。身支度を済ませて登校すべく家を出ようと、靴を履き終えたところだった。

インターホンが鳴り、何者かの来訪を知らせる。

「間の悪いヤツめ。どこのどいつだ……」

わざわざインターホン越しに応対してやるのも手間だ。面と向かって対応してやろうと玄関扉を押し開き、日の当たる屋外へと踏み出した。

「あっ、出た出た！　純ー！」

「じゅ、じゅん……？」

誰かが――恐らくだが、俺を呼んでいた。

だが、聞き覚えのない声色、身に覚えのない呼び方。

得体の知れないものを感じながら、俺はじりじりと慎重に歩み出した。はたして、我が家の前にいたのは──清楚可憐《せいそかれん》そうな風貌の乙女だった。

「おはよう。純、朝から曇り顔だね？　せっかくのカッコイイ顔が台無しだよ」

「……誰だ、君は？」

親しげに話しかけてくる美少女に、思ったままの言葉を投げかける。

腰丈の長い黒髪に、ぱっちりとした目鼻立ち、均整の取れた上に引き締まった身体《からだ》。

淡く日焼けした褐色の肌が、少女の健康的な美しさを際立たせていた。

それに、俺と同じ高校の制服を着ている。タイの色を見るに同学年だ。それでも覚えがないのは、凡人の顔などいちいち記憶しない俺にとっては平常運転だ。

「この俺を勝手な愛称で呼ぶな。馴《な》れ馴《な》れしいぞ」

「えー？　いいでしょ、純。私のことも名前で呼んでいいからさ？」

「だから、君のことなんか知らん……！」

通学路を歩み始めると、正体不明の少女がついてくる。いや、ただ後をついてくるだけではない。身体を軽くぶつけられる。そのまま彼女は俺と腕を組み、五指を絡めてきた。

柔肌の感触と、平均よりも少し高めの体温が、掌《てのひら》越しに伝わって──そして。

『キュ～ン！』

と。

久しく感じていなかった、胸を締め付ける感覚が駆け巡る。

咄嗟《とっさ》に空の右手で胸元を押さえた。これはまさしく、『第六感』のシグナルだ。

緊張感が跳ねあがる。緩慢に首を動かした。

無邪気な天使のような笑みを湛《たた》えている少女は――間違いない、天賦の才の所有者だ。

「私は、古城愛衣《こじようめい》」指先で、俺の頬《ほお》をつつく。「一目惚《ひとめぼ》れしちゃったんだ。純、私と付き合おう？」

頬を赤らめ、熱っぽく瞳をとろけさせて、謎の少女――愛衣はそう嘯《うそぶ》いたのだった。

◆

告白の返答を濁して、俺は古城愛衣から逃げた。

こんな状況はまったくの想定外だ。喉から手が出るほど欲しい天賦の才を所有する少女が、何もしていないのに恋に落ちていて、なおかつ家に押しかけて来るとは……!?

学校に到着した俺は、教室へは向かわず、そのままトイレの個室に入る。

用を足すことが目的ではない。制服を着たまま便座に座り、指を顎先に添える。

……さて、マズいことになった。

古城愛衣《こじょうめい》——カモがネギを背負《しょ》ってやってきたとも思えるが、話はそう単純ではない。

俺の目的は、天賦の才の所有者である少女たちを恋に落として侍《はべ》らせ、必要に応じて才能の力を使おうというものだ。その最終目標は、安泰な将来を取り戻すことである。

そのために最も大切なことは何か？　……この俺が主導権を握っていることだ。

俺が振り回すのであって、決して振り回される立場に回ってはいけない。そうなった時点で、一〇八人の少女を侍らせて才能を思うままに使うという手段は、瞬時に崩壊するだろう。そういう意味で、あの古城愛衣とかいう少女は、この上なく厄介なのだ。

俺の思惑から外れて、勝手な行動を取る危険性を多分に孕《はら》んでいる。家に押しかけて来たことからも窺《うかが》える。それに一体いつから、俺は彼女にマークされていたんだ？

不明なことも多い。ともかく、このまま主導権を握られるのは駄目だ。それに今までと違い、まるで俺と恋に落とすターゲットとの立場が逆転したようで面白くない。

仕切り直そう。恋の主導権を握るために、先ほどは戦略的撤退をした。

これまでのように、情報を集めて、俺が主導権を握った上で古城愛衣を落とすのだ。

今のまま恋人関係になるわけにはいかない。準備が整うまでは彼女を避けよう。

「この俺と恋の駆け引きとは片腹痛い……才能の違いを見せてやるぞ！」

自らを鼓舞し、颯爽《さっそう》とトイレの個室から出た。

ここ一か月半、俺は自身の行動を分刻みで管理している。

そんな自縄自縛は決して、悠々自適を好む俺の望みではない。だが、そうでもしなければ、三人の恋人と良好な関係を保つことができないので仕方がない。

この苦しみを救ってくれる才能の所有者と早く出会えることを祈りつつ、今日も今日とてスケジュール通りに行動していく。

午前の授業、その合間の休み時間——千陽《ちはる》との雑談だ。

冷静に考えると、そんなことまで予定に入れるのかと疑問視せざるを得ないが、これが案外バカにならない。恋人関係には、小さな不満の積み重ねこそが大敵なのだ。

千陽には、近頃はメッセージ上のやり取りばかりで不満だと吐露されていた。直接の会話で、ガス抜きが必要だ。

一時限目の授業を終えて、休み時間に突入する。

すぐさま席を立って、千陽のもとへと歩み寄った。すぐに彼女も気づいたようで、まるで猫のように瞳孔を丸くしてソワソワ尻尾を揺らす様が幻視される。

十分程度の短い時間だが、雑談に花を咲かせようとした——が。

「純、いるー?」「……っ!?」

背後の廊下から、いま最も聞きたくない少女の声色が届く。

ガバッと全身で向き直る。教室を覗《のぞ》き込《こ》んでいるのは、やはり古城愛衣だった。

彼女も同じタイミングで俺に気づいて、ぱっと笑顔をつくると、両手を広げて駆け寄ってきた。熱い抱擁を予感させるが、千陽《ちはる》の前でそんな真似《まね》できるわけがない。

「す、すまない、千陽！　また後で話そう！」

それだけ言い残すのが精一杯で、踵《きびす》を返した。

迫りくる抱擁をひらりと躱《かわ》すと、古城愛衣《こじょうめい》の手を握って廊下へと連れ出す。

人気《ひとけ》のない場所まで移動して、二度と人の目がある場所で惚気《のろけ》ようとするなと釘《くぎ》を刺しておいたが……午前の授業が休み時間を迎える度、彼女の強襲は続いたのだった。


昼休み。千陽との雑談の予定は全滅し、リカバリーの暇も与えられず、ご機嫌を損ねてしまった。こんな不条理を許してたまるか、恋人として絶対に挽回《ばんかい》してみせるぞ……！

だが、早急には難しい。他の予定をないがしろにもできないのだ。

栞《しおり》と昼食を共にする約束を果たすべく、俺は中庭へと向かった。

当然ながら、愛衣の気配には細心の注意を払っている。後をつけられてはいない。そうして神経を削りながらも、どうにか中庭までたどり着いた。

木漏れ日の下で、ひとりの女生徒がベンチに腰掛けて、そよ風を浴びている。

この穴場スポットを利用するのは栞しかいない。だから、気を緩めて声を掛けた。

「お待たせ。待ったか？」

「ううん。今来たところだよ、純」「――」

絶句。眼前で、古城愛衣が微笑《ほほえ》んでいた。ここまで背筋が震える笑みを俺は知らない。

「ひ、人違いだった!!　さようなら！」

「あっ、純？　お昼ごはん、一緒に食べようよー！」

制止の声を無視して、一刻も早く中庭から逃げ出すべくUターンした。

その途中、視界の端で小さな影が動く。ベンチのすぐ近くの樹木――その陰に隠れて、栞が顔を覗《のぞ》かせていた。恐らくは愛衣が居たために、隠れて様子を窺《うかが》っていたのだ。

だが、戻ったら古城愛衣に捕まる。また恋の告白でもされたら、たまったものではない！

俺は逃げる他になく、栞との昼食の約束を守れなかった。

昼休みの後、隙を見て栞に謝罪したが、頬《ほお》をりんご飴《あめ》のように膨らませて立腹された。

無理もない。千陽に続いて、栞からの信頼にも傷をつけてしまった。

くっ……おのれ。これ以上、古城愛衣に妨害されるわけにはいかないぞ……！

放課後を迎えて、鬱憤と焦燥感を募らせつつ、俺は学校の敷地外へと走り出した。

この後は、渚《なぎさ》と一緒に帰る予定になっている。ただし校舎で合流せずに、学校の敷地外で待ち合わせようと、事前に連絡をしておいた。

尾行はない。待ち合わせ場所を知る方法も、愛衣《めい》にはないだろう。

「ハァ、ハァ……完璧だ、ゼェ……！」

息を整えながら、渚《なぎさ》の到着を待つ。

時間にして三分くらいだろう。呼吸が落ち着いてきた頃に、彼女は現れた。

「純之介《じゅんのすけ》くん、お待たせ」「な、渚……！」

小走りで来てくれたのか、汗をきらめかせながら、渚が爽やかな笑みを浮かべた。

なぜだろう、涙が出そうだ。万感の思いから、衝動のままに駆け寄った。

そのままハグしそうな勢いだったが、渚がストップとばかりに掌《てのひら》を突き出した。

「あ。待って頂戴。純之介くんにお話があるって子が、後ろにいるから……」

「やっほー、純。愛衣だよ？」「わあああああ!?」

絶叫した。喉が深刻なダメージを負ったのか、血の味が口に広がる。

古城《こじょう》愛衣は相変わらず、見てくれこそ天使のように愛くるしい笑みを浮かべていた。何も知らなければ癒《いや》しだろうが、俺の心はひび割れる。ふらっ、とたたらを踏んだ。

「……ごめん。渚……」「えっ？」「急用を思い出した。今度また埋め合わせする！」

この場に背を向けて逃げ出した。

無様に敗走させられて、ようやく俺は理解する。この戦い、容易には勝てない。

古城愛衣は用意周到に立ち回り、俺を恋に落とそうとしている。その動機が、本当に一《ひと》目惚《めぼ》れなのか、それとも何か別の魂胆があるのかは、わからないが……せっかく苦労して築き上げた恋人関係をぶち壊されるのは絶対に御免だ！

となれば、俺の全神経を彼女に——……愛衣へと集中させて迅速に、恋に陥落させる。

インパクトのあるアプローチを高密度で仕掛けて、スピード決着を狙うのだ。

それも、ただ落とすのではない……もう二度と勝手な暴走ができないように、完膚なきまでに恋に叩《たた》き落《お》として、従順に飼いならしてくれる！

頭の隅で、今の自分は冷静さを欠いていると思いながらも、気炎に身を任せる。

「この俺をここまで本気にさせたこと、泣いて謝っても許さないぞ、古城愛衣……！」

◆

翌日。今朝も愛衣は家を訪れてきたが——それはさておき、俺の方も行動開始した。

まずは愛衣のプロフィール調査だ。今まで通り、できる限り入念に調べようとした。

すると、拍子抜けするほどあっさりと……されど、驚くべき情報が手に入った。

これは愛衣当人が居ない隙を見計らい、彼女の在籍する一組の生徒に聞いた話だ。

『古城さんか。悪い人ではなさそうだけど、オレは苦手だな。無神経だから』

『放課後の教室清掃をサボった男子の代わりに、当番でもないのに手伝ってくれたんだけど、ピッカピカに掃除できるまで全然帰してくれなかったの。ありがた迷惑よ！』

『男勝りって言うのかな。ガサツだし、あれを女と見ると痛い目に遭いそうだ』

『古城《こじょう》さん？　んー、余計なお節介焼き？　ワタシ、あの子きらーい』

『そういえば、こないだお手洗いでゴソゴソ変な音立ててた。大きめの鞄《かばん》持って個室に入っていったから、変だなーと思って妙に覚えてたんだよね』

とのことだったが……どうしても引っ掛かる部分があり、話を聞いた生徒の一部にはこう聞き返した。――それ、本当に古城愛衣《めい》の話？と。

それに全員がイエスと答えた。でも、ならば、俺が見ている古城愛衣は何だ……？

執念深い恋のアプローチさえ除けば、容姿や仕草だけは清楚《せいそ》な美少女然としていると俺は思う。クラスメイトが語ったような、男勝りでガサツな女という印象とは一致しない。

この差異は何なのか。まるで同姓同名の別人がいるようだ。頭が混乱しそうになる。

彼らの言う『古城愛衣』の写真でもあれば話が早かったが、残念なことに交友のある者がいなくて、姿形を確認することはできなかった。次に見かけたら写真を撮ってくれとダメ元で頼んでもみたが、盗撮になると全員から断られた。倫理観のある連中だ……。

あと、調査を進めるうちに、なぜか俺のなかで妙な既視感が浮き彫りになっていた。

「……？」

授業中、愛衣の情報をノートにまとめながら小首をひねる。喉に小骨を引っかけたような感覚があった。

——『無神経』、『ありがた迷惑』、『ガサツ』、『余計なお節介焼き』と。

昔、そんな風に揶揄《やゆ》されていた誰かを知っている気がしてならない。

けれど、凡人の記憶を喚起するのは俺の脳には困難なことだ。そもそも、俺が悶々《もんもん》として気持ち悪いだけで、この既視感を暴いたところで何の役に立つというのか……。

そんな風に忘れようとしても、一度気になった感覚は、中々消えてくれなかった。


その日の夜。浴槽に浸《つ》かって身体《からだ》を温めていたら、ふと脳裏に電流が走った。

「——思い出した!!」

波を立てて勢いよく風呂から上がり、水を滴らせながら家を闊歩《かっぽ》した。普段ほとんど使うことのない階段下の収納スペースを開け、そこから目当ての品物を一心不乱に探す。

「……！　あった！」

そして、ついに二冊の卒業アルバムを発見する。

小中学校の卒アルである。床に広げて、膝をつきながらページをめくる。

俺が思い出したのは、昔から近い距離にいながら、特に親しくなるわけでもなく、ただ単に地元が同じという以外に共通点がない——そんな一人の『少年』だった。

その『少年』を目にする機会は多かった気がする。正直うろ覚えだが、小中学校と何度かクラスメイトになったこともあったはずだ。

当時から俺は凡人とは違うという自負心と誇りを持ち、子供の輪に迎合せずに孤高を貫いて自由気ままに生きてきた。かろうじて『少年』の記憶が頭に残っていた理由は——彼が俺に匹敵するレベルの嫌われ者だったからだ。つまりは、相当の嫌悪の対象である。

なぜ、そこまで嫌われていたのかまではわからない。知ろうともしなかった。

断片的に、当時飛び交っていた周囲のヤジを覚えているだけだ。

——『無神経』、『ありがた迷惑』、『ガサツ』、『余計なお節介焼き』。

それが今回、古城《こじよう》愛衣《めい》に関しての聞き込みと重なっている。既視感の正体はそれだ。

この事実に至ると同時に——……新たな真実を発見して、アルバムを二度見した。

「は、はは、ははは……」

乾いた笑いが漏れる。そして、数年越しに『少年』の認識を改めた。

卒アルにある少年の顔写真の下には……『古城愛衣』と名が記されていた。

写真に写る幼き愛衣は、ツンと跳ねた短髪に、快活そうな瞳、白い歯が見えるくらい思い切りのいい笑顔、そしてよく焼けた褐色肌をしていた。

ガサツで無神経で男勝り、か……なるほど確かに、今回ばかりは俺の目が節穴だった。

「あの少年、女だったのか!?」

そして、古城愛衣が昔馴染《むかしなじ》みであるということに、ようやく気づいたのだった。

これで少なくとも、古城愛衣は謎の少女ではなくなった。

彼女は小学校以来、ずっと俺と面識がある相手だ。俺は愛衣を忘れていたが、もしかするとあちらは憶《おぼ》えていたのかもしれない。

というか、卒アルで愛衣の昔の顔写真は確認できたものの、高校生となった今の古城愛衣の素顔を、俺はまだ拝めていない。俺が直《じか》に見た愛衣は……何だろう、精一杯にオシャレした姿なのだろうか。素の姿では男受けしないと考えて、劇的な変身を遂げたとか？

情報収集で話を聞いた感じだと、普段から常に変身中というわけでもなさそうだ。俺の前でだけ、清楚可憐《せいそかれん》な天使の姿を見せていると見える。流石《さすが》に彼女も気疲れしそうだしな。

とすると、愛衣が大きな鞄《かばん》を抱えてトイレの個室に入った後でゴソゴソ物音が聞こえたという情報は、化粧道具やウィッグなどで変身の真っ最中だったのかもしれない。

ただ……奇妙なのは、今になって考えても、恋心が萌芽《ほうが》するほどの接点が愛衣との間に存在しないということだ。愛衣は一目惚《ひとめぼ》れだと言っていたが、やはり引っ掛かる。

俺が優れた男性的魅力の持ち主なのは確かだが、彼女の言葉を鵜呑《うの》みにするのは、どうにも危険な気がしてならない。うまく言えないが、もっともらしい理由を考えるとするなら……彼女の好意が本心か否かが、俺から見ても、わからないからだ。

俺は『恋愛の才能』を所有している。相手が本当に恋に落ちているのか、それを見極める恋愛の観察眼には、天賦の才を自認した当初に比べれば確度が高まっている自信がある。これも千陽《ちはる》と渚《なぎさ》と栞《しおり》の三人をずっと見てきたおかげだろう。それなのに、愛衣《めい》の好意は本物のような気もするし、どことなく違う気もする。こんな風に煮え切らないのは初めてだ。

古城《こじょう》愛衣の表層には触れたが、まだ底が知れないことは変わりない。そう肝に銘じた。

◆

翌朝。俺は秘策を練った。一度のアプローチで愛衣を落とすことも可能な策だ。

登校の身支度を済ませた直後、見計らったようなタイミングでインターホンが鳴る。

来訪者が誰なのかは、わかり切っている。玄関扉を押し開き、外へと出た。家の前には、世の中の男子たちが夢想する可愛《かわい》らしさの権化みたいな少女がいた。

けれど、恐れることはない。俺は揺るぎない自信が宿る目で、愛衣と向き合った。

「よほど俺のことが好きらしいな。今後も毎日、家に押しかけるのか？」

「毎朝起こすのと、朝ごはんを作るのも追加してあげる」

「現状が不足とは言ってない！　さも必要に応える素振りで自分の都合をゴリ押しするな」

愛衣は俺と喋《しゃべ》っているだけで幸福とでも言うような弛緩《しかん》した表情を浮かべている。どう見ても恋する乙女そのものだが、彼女が恋に強気な攻め手であることが問題だ。

彼女にとっての標的は俺。主導権の握り合いは避けられない。

無論、この俺が負ける訳にもいかない。計画通り、最初の攻勢に打って出た。

「君の好意はわかった。それなら、愛衣」「……うん？」「今度の休み、デートに行こう」

誘い文句を伝えると、愛衣はきょとんと固まった。

慣れない響きを舌に転がすように「でーと……」と同じ音を呟《つぶや》く。その直後、頬《ほお》を上気させて、あろうことか俺に飛びついてくる。

「行く！　行きたい！　純とデート、す〜っごい楽しみ！」

愛衣がぴょんぴょん小刻みに跳ねるおかげで、黒髪から漂う柑橘系《かんきつけい》の良い香りが鼻腔《びこう》をくすぐり、豊かな双丘やら滑らかな太腿《ふともも》やらが擦《こす》れて悩ましい刺激を与えてくる。

「か——……ん、ああ」

俺は明後日《あさって》の方向に顔を背け、どうにか言葉を飲み込む。つい咄嗟《とっさ》に——『可愛い』なんて、そんな言葉が口をついて出かけた。

しかし、すぐに頭から振り払う。俺はこんな誘惑に負けない。こんなのは一時の気の迷いなのだ。恋に落とすことはあっても、俺が恋に落とされることなんてあり得ない！

「…………フフ」

風に乗り、愛衣の笑い声が小さく届いた。

◆

――三週間前、私は真っ白の空間で、神様と出会う夢を見た。

「夢ではありませんよ、古城愛衣《こじようめい》さん。私は『天の神』の一柱、レイと申します」

白髪赤目の少女が、苛烈な後光を背負って顕現する。

ただでさえ白い空間なのに、目が潰れそうな光量で網膜を焼かれていた。

「ま、眩《まぶ》し過ぎる……！」「どうでしょう。神の威厳を感じますか！」

「白飛びしていて威厳どころじゃないけどさ」

私が不満たらたらで文句を呟《つぶや》くと、少女のテンションと共に光量が落ちた。

「そ、そうですか。ここにお呼びした方の誰も、私の言うことを全然信じてくれなくて説明がままならないので、神っぽさが足りないのかと思ったのですが……あの方が立て続けに三個も天賦の才を見つけてくれたのに、神として不甲斐《ふがい》ないのです……。せっかく自力で捜索できた天賦の才の保有者さんですし、今度こそうまくご説明しないと……」

「？」

何を言っているのか、よくわからない。ただ、ようやく姿をはっきり見ることができた白髪赤目の少女は、この世のものとは思えないくらい綺麗《きれい》な子だった……でも。

「威厳を出したいなら、変身ベルトをつけたらいいのに」

「ヘンシン、ベルト？」

「ああ、兄ちゃんの影響で私も大好きだったんだ。すごいぞ、カッコイイぞー！」

「それは良いことを聞きました。次の方を招く時に、ぜひ参考にさせていただきます！」

それから、しばらくは自称神様を相手に、変身ヒーロー談議に花を咲かせた。


これが本当に夢じゃないとわかり始めたのは、たっぷり話し合った後のことだ。

「――というわけなのです」

「え、ええと、ちょっと待って。頭がこんがらがって……整理するから！」

こめかみを指で揉《も》んでほぐしながら、たった今レイから聞いた話をまとめる。

まず、目の前にいる子は、天界で働いている本物の神様。レイの仕事内容は、地上の人間に天賦の才を授けることだけど、前任の天の神がミスをしたせいで、私は本当なら生まれ持つはずの才能を授かれなかったばかりか、『弊害』と呼ばれる欠点を背負わされて生きてきた……って、ことで合っているのかな？

でも、そんな風に言われたところで実感が持てない。確かに、私の場合は――今まで生きてきたなかで、最も肝心ことが全然できなくて自分に嫌気が差しているけど。

半信半疑に揺れる私へと、レイが神妙な面持ちで言った。

「古城愛衣《こじようめい》さん。あなたが本来授かるはずだった才能は――……」

レイの言葉を最後まで聞いて……つい、拳を握りしめた。ぎりぎりと力の限り。

ひどく衝撃を受けている自分がいた。だとしたら、私の『弊害』も――納得がいく。

今の私の顔を見て、どう感じたのか、レイは沈痛そうな表情で謝る。

「前任者の失態を深くお詫《わ》び申し上げます。古城愛衣さんが根はどんな人であるかは、こうして面と見ればわかります……本当のあなたは繊細な優しい心の持ち主だと」

レイは慈悲を湛《たた》えた瞳で、私を励まそうとしてくれている。

でも、私は知っている。気持ちだけがあったって、何の役にも立たない。

「……」「あっ、ええと」

私が何も言えずにいると、レイがあたふたと慌て出す。

「だっ、大丈夫です。私が責任をもって本来の天賦の才を見つけ出して、古城愛衣さんのもとへお送りします。いつになるかはわかりませんが……えっと、その、そうです、初瀬《はつせ》純之介《じゆんのすけ》さんという方も才能捜索に協力してくれています。あっという間に三個も天賦の才を見つけ出してくれましたし、きっと古城愛衣さんの才能もすぐに発見できます！」

「………初瀬、純之介？」

聞き捨てならない悪名に、つい反応してしまう。

すると、私の瞳に光が戻ったと思ったのか、レイは調子を良くする。

「は、はい……！　そういえば、言っていませんでしたね。最初に誤って一〇八個の才能を余分に授かってしまったのが初瀬純之介さんなのです」

「！　……そう、なんだ、あいつが」

平坦《へいたん》に呟《つぶや》いた。初瀬純之介……彼とは小学生の頃から面識がある。

一方的にだけど、よく知っていた。人を人とも思わない毒舌を吐き散らし、自分が誰よりも優秀な天才だと驕《おご》り高《たか》ぶり、何の苦労もせず過ごしてきた男！

私が人生で出会った中で最も嫌いな相手こそ、その初瀬純之介だった。

「……他人の才能を、一〇八個も独占……なら私の苦しみは、あいつのせい……？」

私は小さい頃から、人が喜ぶ姿が好きだった。微笑《ほほえ》ましくて、心温まるから。

いつしか、この手で誰かを喜ばせてあげたいと思うようになった。

けれど、私はあまりにも無力で、失敗を重ね続けた。

誰かのために善意で行動しても、ありがた迷惑やお節介だと言われて、むしろ怒らせてしまう。そのせいで、子供の頃は初瀬純之介と同じ程度には嫌われていた。

どう頑張ってもうまくできない私の空回りぶりは、傍《はた》から見れば、ぞんざいでガサツに映るらしい。私だって年頃の女子なのに、乙女の純心まで損なう羽目になった。

「……許せない」

胸中にある巨大な自己嫌悪が、歪《ゆが》んで形を変えていく。

どす黒くて冷酷無比な――復讐心《ふくしゅうしん》へと。

初瀬純之介《はっせじゅんのすけ》。あの人生舐《な》めた顔を思い浮かべるだけで、際限なく活力が湧いてくる。

問題はどうやって復讐するか、その手段だけれど……幸い、アテはすぐ近くにあった。

「レイ、聞いてもいい？　私の本来のものではないにしても、間違った才能の分配で、この身体《からだ》には天賦の才が宿っているの？」

「はい。そうなのですよ」

「その才能って、どんなもの？　ちょっと気になってさ」

尋ねると、レイは妖艶に揺れる瞳でじっとこちらを見つめた。そして、表情をほころばせて、あっさりと教えてくれる。

「『芝居の才能』ですね！」

「芝居……演技、か」

親指の爪をカリッと噛《か》んで、どうにか知恵を絞る。

しばらく頭を悩ませていると、ひとつのアイデアが閃《ひらめ》いた。先ほどにも脳裏をよぎった、乙女の純心が損なわれたことへの恨み……それを晴らせるかもしれない。

この私が『芝居の才能』で、どんな男も篭絡《ろうらく》するような理想の女を演じればいい。神業的な力を発揮できるという天賦の才なら、きっとすごい役作りができるに違いない。

そうして、初瀬純之介を恋に叩《たた》き落《お》した後は、一生飼い殺してもいいし、情け容赦なく捨ててやってもいい……！　どちらにせよ、消えないトラウマを刻み込んでやる……！

これが私の復讐。絶対に完遂してみせる。

「ありがとう、レイ。おかげで私、前向きになれそう」

「えへへ、それは何よりです！　では、あなたの意識を現世に返しますね」


そうして、夢から覚めた私は、復讐計画のために行動を始めた。

初瀬純之介をこっそりと観察したり、理想の女を目指して役作りをしたり。

おかげで、なぜだか初瀬純之介は特定の三人の女子と仲がいいらしいことを突き止めたし、男受けの良さそうな清楚《せいそ》で可愛《かわい》らしい少女そのものの演技だって完成させた。

……だけど、思えば初瀬純之介が今持っている本来の才能が何なのか、レイに確認しそびれていた。ちょっぴり不安材料けど、今の自分を鑑みると些細《ささい》な問題に思えてならない。

化粧を施してウィッグをかぶれば、ガサツで男勝りな私はもういない。

気分はまるで、私が好きな変身ヒーローになれたかのようだった。

◆

愛衣《めい》と約束したデート当日がやってきた。

訪れたのは遊園地だ。カップルの定番デートスポットといえよう。恋愛ムードを作りやすいこの場所で、すでに愛衣を落とすために一〇八通りの恋愛戦術を思いついている。

この俺に隙はない。何より、こと恋愛で負けるはずがない……！

「――純！　どれ乗る、どれ乗ろっか？」

遊園地の入り口を抜けた矢先に、愛衣は小走りで駆けながら笑顔ではしゃぐ。

純白のワンピースに身を包む彼女は絵になっていて、まるで高名な画家の作品から抜け出てきたかのようだ。着飾り過ぎない透明感のある衣装が、愛衣当人から醸し出される清《せい》楚可憐《そかれん》な雰囲気と相まって、幻想的な光を燦々《さんさん》と伴っているようにさえ映る。

「エスコートがお望みか。いいだろう、この俺には完璧なデートコースがあって……」

「ん～、興奮してきた！　あれ乗りたい、行こう！」

「おおおっ、俺のエスコートは……!?」

愛衣に手を握られて、意外な力強さでぐわっと引っ張られてしまう。抗《あらが》おうにも抗えれず、ひたすらに狼狽《ろうばい》させられながら――遊園地巡りが始まった。

「――きゃあ～！」「うわあああ!?」

レール上を進行するジェットコースターが頂点から一気に下降し、内臓が浮き上がるような感覚に絶叫を漏らす。一方、愛衣は隣でキャッキャと浮かれていて楽しそうだ。

めちゃくちゃに攪拌《かくはん》されるように上下左右へ揺さぶられた後で、最後には勢いづいた車体がウォータープールへと突っ込んで盛大に水しぶきが上がる。

水が跳ねて多少濡《ぬ》れながら、俺は心底げんなりした顔でジェットコースターを下りた。

「なぜ金を払ってまで恐怖と苦痛を負わねばならないんだ。意味がわからない……」

「く～、面白かった！　でも、あはは、純も私もちょっと濡れちゃったね？」

薄い生地の白ワンピースは、水気を帯びたせいで肌や下着がやや透けている。

愛衣はそれに気づいて、羞恥を誤魔化《ごまか》すようにはにかむ。そして、ハンカチを取り出して自らに跳ねた水気を軽く拭き取ると、続いてそれを俺へと当てようとしてくる。

「お、おい。余計なお世話だ、自分でやれる」

「いいから、いいから。……うーん、こっち座って？」

有無を言わさずにベンチへと座らされ、顔や身体《からだ》をごっしごっしと拭かれる。ちょっと人体を拭くには力がこもり過ぎている。石像や銅像なんかを磨く腕力だ……普通に痛い！

愛衣は前かがみになって、なおも丹念にハンカチを動かしている。

流石《さすが》に文句を言おうとした、そのとき――。

「……っ!?」

あることに気づいて目を見開く。

綺麗《きれい》な鎖骨と柔らかそうな胸元が、間近で無防備に晒《さら》されていた。

衣服の外から見えている日焼けした肌とは違う、白く透き通った元々の素肌。

彼女がハンカチを動かすたび、小麦色と白皙《はくせき》との境目や、襟元の隙間から小さいながらも形のいい胸の曲線が覗《のぞ》けて、俺の視線も不可抗力につられて動く。

「……えっち」

愛衣《めい》は、気づいていた。頬《ほお》を赤らめて、緩い胸元を指先で持ち上げて隠そうとする。

彼女の瞳はどこか煽情《せんじょう》的で、俺の意思とは関係なくに心臓が早鐘を打つ。

だが、負けん気で虚勢を張り、平静さを取り繕った。

「ふ、ふん。何を言う、まさか君の身体《からだ》に見惚《みと》れていたとでも？」

「恥ずかしいけど……純が正直なら、もっとすごいところまで見せてあげようかなー」

「はっきり言って見惚れていた。言いづらくて誤魔化《ごまか》した俺を許してくれ」

決して欲に負けたわけではなく、人間らしい真心に従って本心を答えた。

愛衣は満足げな表情を浮かべて、俺の頭を撫《な》でてくる。

「よしよし。でも、私が恥ずかしいから、やっぱりやーめた」

俺は声なき声を上げ、己の膝を殴った。俺としたことが翻弄されてどうする!?

この俺が興味あるのは、少女たちの持つ才能だけだ……！　そのはず、なのに――。

なぜだろう。ふと気づくと、愛衣の些細《ささい》な仕草を目で追ってしまう。

引き込まれるような澄んだ瞳、面白いように移り変わる表情、心の内へまで滑り込まれそうな距離の近さ――男としての本能が、彼女の頭からつま先に至るまでを讃《たた》えている。俺の優れた審美眼が仇《あだ》になったようだ。せめて女を見る目がなければ、この魅惑に抗《あらが》えたかもしれないが……くっ⁉

歯噛《はが》みするが、愛衣はとぼけた調子で人差し指を唇に添える。

「たくさん歩き回ったし、喉渇かない？　何か買ってくるから、純は待っていて」

「！　そういうことなら、俺が行こう……！」

「アトラクションの疲れがまだ残ってるでしょ？　大丈夫、私に任せといて！」

俺がベンチから腰を持ち上げる間に、もう愛衣は売店へ向かって駆け出していた。

彼女の姿が消えた後、掌《てのひら》で額を押さえる、マズい、主導権を握られている……。

このままじゃダメだ。押されてばかりで全然攻勢に出られていない。まさかここまで自分が絶叫マシンに弱いとは誤算だった……。

だが、この俺がやられっぱなしでいられるか。身体に鞭打《むちう》ってでも流れをつくってやる。

ベンチから立ち上がり、愛衣の後を追うことにした。

ふらふらと歩き始めると――……やがて、愛衣の姿を視界に捉える。

ところが、そこで俺は眉根を寄せた。売店へと真っすぐに進んでいた愛衣が、ふと足を止めたからだ。彼女は明後日《あさって》の方向を凝視すると、急に進路を切り替えて走り出す。

怪訝《けげん》に思い、俺は遠目から様子を見守るべく、愛衣《めい》の後をつけることにした。

それから、さほどの距離は移動せず、愛衣の足が止まる。元々消耗していた俺は、少しばかり息を整える暇をもらってから、状況を確認すべく視線を投じた。

すると、愛衣が膝を曲げ、今にも泣きそうな幼い少年を慰める……そんな光景が映った。

「――……あれは」

愛衣の不可解な行動に対する推測と理解が、脳裏にじわじわと広がった。

そのとき、ポケットに入れていたスマホが振動する。画面を確認すると新着メッセージが届いており、その差出人は愛衣だった。この遊園地に来る道中で、彼女と連絡先を交換しておいたのだ。メッセージの内容を確認すると、そこには――

『ごめんね！　迷子の男の子を見つけちゃって放っておけないから、そのままベンチで少しだけ待っていて』

と端的に記されていた。液晶画面から顔を上げると、愛衣が少年の手を引いてどこかへ歩いていく姿が見える。その際に、少年を安心させるためか、愛衣は白い歯が見えるくらい力強い笑顔を見せていた。それが……俺に見せる表情とは、どこか違う気がした。

愛衣の知られざる一面が見られそうな気がして、あえて合流せずに『了解』とだけメッセージを返してから、彼女たちの後ろ姿を追った。

だが、そこから二十分ほど………愛衣はあっちこっちへウロウロして、明確な目的地があるのか疑わしい足取りを見せるばかりだった。遊園地の園内マップを何度も何度も確認してはいるものの、恐らくは到着を目指しているはずの迷子センターからは遠ざかる。

ここまで来れば流石《さすが》に察した。迷子の案内人が迷子になってる……!?

まさかの二次被害である。無駄に歩かされて幼い少年はもう見るからにクタクタだ。一方で、愛衣は地図を読み解くのに夢中で、少年の膝が笑っていることに全然気づかない。

これ以上、事態の悪化を防ぐことができるのは俺しかいまい……仕方なく、助け舟を出すために愛衣たちのもとへ背後から歩み寄っていく。

そうして接近すると、愛衣と少年の二人の会話が耳に届いてきた。

「……お、お姉ちゃん。ボク、もう歩けません……」

「えっ、そう？　悪かった、子供の体力の無さを考えに入れていなかったよ」

「それって責任転嫁ですよね？」「う……私が道に迷ってばかりでごめんなさい……」

十歳は年下であろう子供からマジで怒られる高校生の姿というのは、あまりにも哀愁が漂っていた。少年も妙に小難しい言葉選びするし、どっちが子供かわからない。

「ふぅ……いえ、こちらこそイライラしてすみません。元はと言えば、ついヒーローショーに釣られて、お母さんから離れてしまったのが悪いんです。ボクの一生の不覚です」

まだ二桁にも届いてなさそうな子供が一生を語るな。語り口調が大人びているせいで、本当に子供だと思えなくなってしまうだろうが。

「えっ、嘘《うそ》、本当!? ヒーローショーなんてやっていたのか、私も見たかった！」

愛衣《めい》が目を輝かせて食いついた。うーん、こっちの方が子供みたい……。今まで見てきた可愛《かわい》らしい印象を感じなくて、噂《うわさ》に聞いた男勝りな雰囲気に近い。けれど——……俺は、むしろ。

「こっちの方がいいですよ！」「いやいや、今作はブラックもかっこいいんだぞー！」

少年と愛衣が熱量高めに語り合う声で、我に返る。

いつの間にか特撮作品の話題で盛り上がる彼女たちをよそに、俺は心に何か引っ掛かるものを感じていたが……今はそれよりも、愛衣とのデートを軌道修正しようと思い直す。

俺が足音を鳴らして歩み寄ると、それに気づいた愛衣がハッと目を見張った。

「愛衣。ずいぶん遅いから、迎えに来たぞ」

「あ……ごめんね、純。私ったら、道に迷っちゃって」

俺の存在を認めた途端に、愛衣はしおらしく眉を下げる。実に可愛らしい態度だ、直前の姿を思えば……多少の違和感は抱かざるを得ないが。

そんな愛衣を見上げ、傍らの少年は「……そっちも良いですね」と照れていた。

俺の案内で少年を迷子センターに送り届けると、すでに母親がその場におり、無事に親元へと帰すことができた。その別れ際、少年は愛衣に懐いた様子で、姿が見えなくなるまで手を振っていて……どうも俺には少年の目に恋心が宿っていたように思うが、まあいいか。

愛衣はというと、善行を成し遂げて気分が良いのか、ニコニコと絶えず微笑《ほほえ》んでいた。

その表情を眺めていると、俺の視線に気が付いた愛衣は、気恥ずかしいように頬《ほお》を染める。

「道案内してくれたのは助かったけど。純には待っていてって連絡したのに」

「もう体調ならば回復したさ。気遣いは不要だ」

そう、ここからは本来の計画通りに、愛衣を落とすために仕切り直すのだ。

とはいえ、迷子のために歩き回って喉を潤したくなっていたため、もともと寄るつもりの売店まで戻って来た。生搾りのフルーツジュースを提供している店があり、愛衣の希望でそこで一服することに決めると、何を注文するか二人して話し合う。

「桃がおすすめらしいけど……純は喉が渇いているだろうから、一〇〇リットルくらい頼もうと思うけど、それでいい？」

「もはやそれはラクダの給水量だよ？　いいわけがない」

脱水症状の人間でさえ、そこまでは求めまい。何かの冗談かと思いつつ訂正したが、愛衣は真顔だ。……本気じゃないよね？

結局、愛衣が桃を選び、俺はマンゴーにした。ただし、俺については嗜好《しこう》による選択ではない。二人で別々のフレーバーになるように、あえて愛衣《めい》とは違う注文をしたのだ。

これは好機である。本当の恋の駆け引きというものを、俺が見せてやる。

会計を終えて、売店を離れたところで、愛衣が桃スムージーのストローを口に含む。

「ん～！　美味《おい》しい！」「そっち、そんなに美味《うま》いのか？」「うん。……あっ？」

俺は不意を突くように──愛衣が持つドリンクに顔を寄せ、ストローを咥《くわ》える。

そして一口だけ拝借して、ぷはっと息を吐いた。

「確かに美味いな。愛衣の言う通りだ」「っ～～……！」

愛衣が頬《ほお》を上気させ、自身のドリンクのストローと俺の唇とを交互に見ていた。

……タイミングは完璧だった。狙い通り、虚を衝《つ》くことができただろう。

この不意打ちこそが、相手の心を揺さぶるには肝心である。お行儀よく段取りを踏むことばかりが、恋の正攻法ではない。それにこんなの、まだ序の口だ。ここからは俺のペースで、愛衣の乙女心をキュンキュンさせまくってハートを鷲掴《わしづか》みにしてやるぞ！

「……むぅ～、純だけズルいわ。私にもそっち、味見させてよね？」

愛衣が拗《す》ねたように言う。フ、素人め、予想通り、単調な意趣返しだ。

こちとら生憎《あいにく》、たかが間接キスで動揺するような情けなさは持ち合わせていない。

ストローから口を離して、マンゴージュースを愛衣へと差し出す。

「ほら。どう──ぞ？」

伸びてきた愛衣の手が、ドリンクカップを通り過ぎる。

その手は、そのまま俺の頬へと添えられると——親指だけ動き、唇の端を撫《な》でた。

面食らっている内に、愛衣の手が引っ込められていく。その親指の腹には、わずかにだがマンゴージュースが付着していた。それを、愛衣が舌でぺろりと舐《な》める。

「ん。おいし」「…………」

背徳的な艶《なま》めかしさに心を掴まれて、目が離せなかった。

きゅん、とハートが跳ねる。俺の。

「ねえ、純。ひとしきり激しいのは乗ったし、次は観覧車とか、どう？」

「…………」

「実は乗るの、初めてなんだよね。昔読んだ漫画で、観覧車が一番上に回ったところで告白するシチュエーションを見たことがあって、ちょっと憧れてたんだー」

俺の足が止まった。汗が頬を伝い、息が浅くなり、視線が泳ぎっぱなしだ。

急に動かなくなった俺に気づいて、愛衣が不思議そうな顔で振り返る。

「どうしたの。早く行こう？」「……………む、無理だ」「えっ——？」

端的な拒絶が口をついて出た。愛衣から戸惑いの声が返る。

冷や汗を滝のように流して、俺は後ずさる。確信があった——このままでは、俺は落とされる。この俺が、『恋愛の才能』を持つ天才・初瀬純之介《はつせじゅんのすけ》が……恋に落とされてしまう⁉

それを予感した直後に、胸中に湧き上がったのは圧倒的な恐怖、敗北してプライドを砕かれるかもしれないという不安感だった。

「わ、悪い……やっぱり体調が悪くなった。今日はここまでにさせてくれーっ！」

身体《からだ》の向きを反転させて、咄嗟《とっさ》に駆け出した。

「ちょ、ちょっと、純!?」

狼狽《ろうばい》する愛衣《めい》をぐんぐん遠ざけて、恐怖と不安から逃れるべく、懸命に走り続けた。

どうして……！　どうして、俺がキュンとさせられているんだーっ!?

こんなはずじゃなかった。愛衣を恋に落とせるビジョンが、暗転したかのように見えなくなっている。一体いつから、何を……俺は間違ってしまったのだ。

そうして、愛衣とのデートを途中で投げ出した。

◆

二日後。週末が明け、月曜日。

愛衣と顔を合わせると思うと気が重くなり、俺は登校せず自室にこもっていた。

今日も愛衣が一緒に登校しようと家に訪れてきたし、週末の間も先日交換していた連絡先に何件ものメッセージが届いていた。けれど、どれにも応対できずにいる。

もし、恋に落とされたら……俺自身に、不可逆の変化が生じる気がしてならない。才能を喪失したこと以外、俺は自分に何の不満もなかった。この世で最も大切なのは才能で、それを貫くことが俺にとっての正義だった。不変でいるのが俺の望みなのだ。

なのに、『恋愛の才能』が本来の才能だったことは……今にして思えば最悪だ。この才能は諸刃《もろは》の剣になる可能性を孕《はら》んでいる。恋を患った瞬間に、人は変わるから。

今まで恋愛を武器に、三度も手を下してきたのに知らなかった。

人にとって恋が……これほど大ごとで、心を揺さぶられるものだったなんて。と。

物思いにふけっていたとき、インターホンが鳴った。

また愛衣かと思ったが……時刻は午後三時過ぎ、放課後より少し早い。

となれば、宅配か何かだろう。俺は身体を起こして、インターホンに応答する。

「はい」

『あ、もしかして純之介《じゅんのすけ》？　帰りのHRサボって急いで来たの。入れてよ』

久しい声を聞いて、ドキッとした。

家に訪れたのは、最初に恋に落とした少女——奥空《おくそら》千陽《ちはる》だった。

「何かあたしに言うことがあるんじゃない？」

自室に招き入れた千陽《ちはる》は、開口一番にそう言った。仏頂面で何かを咎《とが》めるように半眼を向けてくる。そんな千陽を前に、俺は正座になって背筋を伸ばした。

「ち、近頃ほったらかしにしていて、ごめんなさい」「……違う！」

ズルッと姿勢が崩れた。違うの？

床に這《は》いつくばった俺を、千陽が眦《まなじり》を鋭利にして見下ろす。

「あたしがする質問に、正直に答えて」

「正直かどうかは保証しかねるが、わかった」

「あたしも、嘘《うそ》だった場合は命の保証はしないから大丈夫よ」

「それは俺が大丈夫じゃないよ？」

千陽は腕を組んで、ギラギラと眼光を滾《たぎ》らせる。

流れるように俺の生命を懸けさせられたことに抗議するが、無視された。

「問一、構ってくれないのは、あたしに飽きたから？」

なぜか問読み形式だった。質問、複数あるのか。

下手に口出しすると、話し合いが処刑に変わる空気を感じて、仕方なく返答する。

「いいえ」

「問二、浮気した？」

「ＮＯ！」

「問三、純之介《じゅんのすけ》が最近元気なさそうなことと関係ある？」

「……はい」

「問四、詳しい事情を話してくれる？」

「部分的に、はい」

「問五、あたしと一緒にいられないと、純之介は寂しい……？」

「うん」

「そ……もういい。全部わかった」

五手ですべてを把握したらしい。某ランプの魔人を彷彿《ほうふつ》とさせる絞り込み能力だ。

フンと鼻を鳴らし、千陽は自身の通学鞄《かばん》に手を突っ込む。ごそごそと中をまさぐって、
そこから掌《てのひら》サイズの何かを取り出した。

「これは、ひょっとして」

千陽から手渡されたのは、金髪の女の子のぬいぐるみだった。

それを両手で抱えて眺めて、さらに千陽へと視線を動かす。……よく似ていた。

「千陽の、だな」「……うん」

千陽を模《かたど》ったぬいぐるみ。それを手渡してきた真意がわからず、彼女をジッと見る。

俺の視線を受けて、千陽の横顔が徐々に朱に染まっていく。

「あたしと会えない時、それがあれば寂しくないでしょ。い、言わせないでよ……」

「――」

「ここしばらく純之介《じゅんのすけ》が普段以上に変なことには気づいてる。理由を知りたいけど、純之介に話したくない気持ちが少しでもあるなら、今回は無理には聞かない」

「へ……？」

すぐには理解を示せなかった。普段から変だと思われている前提はさておいて、気になることがあるならどうして聞かないのかと、そう感じてしまうが……。

千陽《ちはる》は深く呼吸し、羞恥を抑え込もうとしてか、目を瞑《つぶ》る。

やがて瞼《まぶた》を持ち上げると、確かな意志が宿った綺麗《きれい》な瞳で見つめてきた。

「純之介の気持ちを無視したくないし。あたしも、それで嫌われたくないから」

「――……」

千陽の言葉を聞いて、ようやく腑《ふ》に落ちるものがあった。

考えてみればわかる。つまりは、恋人への配慮と、その好感を気にしていたわけだ。

けれど、それを恋愛的な計算で弾《はじ》き出してきた俺とは違い、千陽は気持ちの上で言葉を紡いでいる。言い換えれば、俺にできないことを、千陽は自然とやっていた。

これはあれだろう。俗にいう――……愛のなせる業。

思えば、俺は……今まで『恋愛の才能』を発揮させるために、自分から相手を好きになれるように努めてきた。けれど、どの程度好きになったら、それは恋なのか？　恋をすれば愛も育まれるのか？　自分が抱えている想《おも》いの正体を、俺は本当にわかっているのか？　慎重に考えるべきだろう……これは大切なことで、俺だけの問題ではないのだから。

「ありがとう、千陽」

もらったぬいぐるみを、たどたどしい手つきで撫《な》でる。

無機質な布の塊を愛《め》でた経験が今までにないので新鮮だ。けど、悪くないな……。

「ちょっと。あたしの話をきちんと聞いていなかったようね」「――ん？」

「あたしに会えない時に、そっちのあたしを構えばいいの。今は本物が目の前にいるんだから、ほら」

千陽がぺたんと床に尻餅をついて、両手を広げる。

「あたしを愛でればいいじゃない？」

「っ――。……可愛《かわい》い、な」

思わず、そう呟《つぶや》いていた。

手を伸ばして、彼女の頭をできるだけ優しく撫でる。

千陽もまた、俺の掌《てのひら》に押し付けるように頭を擦りつけてくる。まるで猫だ。

気まぐれな彼女が満足するまで、千陽とのスキンシップは続いたのだった。

◆

別の友達と会う都合があるからと、千陽《ちはる》が帰った後。

午後六時を回った頃に、再びインターホンが鳴った。

「ん……？」

今度こそ愛衣《めい》が来たのだろうか。やや警戒しながら応じる。すると、またも久々に耳にする声色が凛然《りんぜん》と響いた。

『もしもし。純之介《じゅんのすけ》くんの同級生の、深海渚《ふかみなぎさ》と申します』


家に上げるや否や、渚は挨拶代わりに抱擁をしてくる。

「学校を休んでいたようだったから心配したわ。そうでなくても、近頃は避けられているような気がして……話したかった」

たっぷり数十秒。渚は気が済んだのか、抱き寄せていた俺を解放した。

慈しむような優しい表情でいた彼女が、一転――ギッと凛々《りり》しい面立ちをつくる。

「何か困りごとがあるのは、何となく知っているわ。私……じゃなくて、知り合いの占い師がね、どうにか頑張って純之介くんのことを占ったの。きっと力になると思うから！」

「あ、ありがとう、渚」

励ましの勢いに気圧《けお》されつつ、笑みを返す。

占いが胡散臭《うさんくさ》いという認識が残っているためか、渚は自身が占い屋に通っていることも隠している。占い師姿で面識があることも、まだ俺は知らないと思っているらしい。

でも、きっと本当に頑張ったのだろう。運命が捻《ね》じれているせいで読みづらいと言っていたのに、それでも獲得してきた占いの成果を、熱心に伝えようとしてくれる。

そんな渚の姿を見ていると、運気だけではなくて、逆境に抗《あらが》う勇気まで分け与えてもらっている気がしてきた。

「……渚のそばにいられて良かった。おかげで、俺もちゃんと頑張れそうだ」

◆

霊験あらたかな幸運グッズをしこたま置いていき、渚が帰った後。

午後九時を回った頃に、またまたインターホンが鳴った。

「んん……」

なぜだろう、来訪者が誰だかわかる気がする。インターホン越しに応じるまでもなく、玄関に向かう。扉を開けると——夜風に揺れる栗色《くりいろ》のアホ毛が、まず目に映った。

「あ、う、純之介さん。遅くにごめんなさい、アルバイト上がりで……来ちゃいました」

すでに夜遅いため、長居はできないと栞《しおり》は言った。

それでもお茶くらいは出そうと、彼女を家に上げてソファに座らせる。

「じゅ、純之介《じゅんのすけ》さん……！」

栞はティーカップの紅茶で唇を湿らせ、隣に腰かけた俺へと向き直った。

「近頃会えていないのは、わたしがアルバイト先でようやく新人研修バッジが外れて独り立ちが認められたお祝いを、喫茶店のみんなとサプライズで計画しているからですか？」

「本当に悪いけど、全然違う」

「そ、そうでしたか。そうですよね、そうじゃないかと思っていました……！」

きちんと否定すると、栞は紅潮した顔へと手をぱたぱたと煽《あお》る。

逞《たくま》しい想像力は相変わらずだが、心に根差していた他人への恐怖心が薄れたおかげか、被害妄想ではなくてポジティブな想像を膨らませるようになっていた。

それが事実無根な妄想であることは変わらないし、己の勘違いを知った後で栞は気恥ずかしそうに縮こまってしまうが、以前を思えば可愛《かわい》げがあるとさえ感じられる。

上向いた口角を隠すように、俺はティーカップを口元に運んだ。

そのとき、隣の栞が矮躯《わいく》を傾けて、こちらの肩へと頭を預けてくる。

「これも、思い違いかもしれませんが……もし純之介さんが困っていて、わたしにできることがあれば遠慮なく言ってください。微力で、頼りないかもしれませんけど」

もじもじと内腿《うちもも》を擦《こす》り合わせながらも、胸の前でぐっと小さな両拳を固めた。

これでも精一杯に力強さをアピールしたと見える栞に、思わず微笑をこぼした。

「……ふっ。そんなことない、栞ほど頼りになる力はないさ」

栞がその気になれば、どんな屈強な男でさえも千切っては投げられるのだ。

その小柄な身体《からだ》に、誰も敵《かな》わないパワーが秘められているのは知っている。ゆえに、易々《やすやす》とは頼れないし、そもそも今回は使いどころがない。

やはり俺自身の力で立ち向かわなければ、あまりに格好《かっこ》がつかないだろう。

「ありがとう、栞。おかげで俺も力が湧いたような気がするよ」


ティーカップが空になったタイミングで、栞は自宅へ帰っていった。

一日で三回も立て続けに恋人が訪れるという珍事を経て、俺は自身の頬《ほお》を張る。

「……彼女たちを恋に落としてきた俺が、これ以上、腑《ふ》抜けたままでいられるか」

そして、自室の学習机の上——小中学校の卒業アルバムをぱらぱらとめくる。

過去にあるのは、取るに足らない記録だと思っていた。

でも、違う。俺の記憶は色褪《いろあ》せていても、古城《こじよう》愛衣《めい》とつかず離れずの距離で同じ時間は過ごしてきた。俺が気づかなかっただけで、愛衣とは何度も交錯していたのだろう。

……今になって気づく。俺は愛衣との向き合い方を、初めから間違えていたのだ。

愛衣《めい》によって他の恋人たちとの関係が脅かされると焦り、冷静さを欠いた。そのせいで彼女のことを、打ち負かすべき敵のように考えてしまった。でも、そうじゃない。俺にとっては、愛衣もまた、きちんと好きになろうとすべき一人の少女だった。

肺の空気を絞り出すように深呼吸しながら、己の胸元へと手を添える。

——……俺はもう既に、愛衣の良いところを知っている。この好感は、今までに何度も恋のアプローチを仕掛けてきた女の子らしい愛衣に対して——ではない。その古城《こじょう》愛衣とは確かに違う……ほんの少し垣間見《かいまみ》ただけなのに、忘れられない彼女の表情があるのだ。

アルバムを丁寧に見返した後で、スマホを手に取って電話を掛ける。

数コールの後、通話が繋《つな》がったところで、開口一番に俺は言う。

「——この俺に、埋め合わせの機会をくれないか？」

『……急に電話してきたかと思ったら、ど、どういうことかな!?』

電話口の先にいる愛衣は、盛大に当惑しているようだった。

◆

再び迎えた週末。俺は県営のガーデンパークに訪れていた。

無論、俺一人ではない。隣には、清楚可憐《せいそかれん》な乙女らしく着飾った愛衣がいる。これは先日にデートを中断してしまった埋め合わせなのだ。

俺は冷静な心持ちで、愛衣の一挙手一投足をつぶさに観察した。

依然変わりなく、一分の隙も無い。見ていて心地よいほど、男心をくすぐられる。

あまり長く直視すると、いつ再び手玉に取られてもおかしくないかもしれない。でも、彼女のすべてを感じ取るために、俺は固い意志で愛衣から目を離そうとはしなかった。

パークの中に入って、少し後に、愛衣はきょろきょろと周囲を見回す。

「ここって……」

彼女の視線は、物珍しい植物たちに注がれている——わけではなかった。

何の変哲もない受付カウンター、園内マップが張り出された掲示板、視界に映る全体の空気感を漠然と眺めている。

まるで、記憶にある光景と眼前の光景とを重ねているかのように。

「懐かしいか？　小学二年生の遠足で来たことがあるんだぞ、俺たち」

「……びっくりした。憶《おぼ》えていたんだ、私のこと？」

「いいや、すまない。正直に言うと、思い出したのはつい最近だ。ここに来たこともはっきり憶えてはいない。アルバムを見返して、どうにかといったところだよ」

すぐわかる嘘《うそ》はつかずに、素直に答えておく。

ここが愛衣を落とす正念場だ。準備はしてきたし、勝算もある。

俺の持てるすべてをもって臨む。でも、まだ足りない。この恋愛プランで避けて通れないのは、愛衣《めい》の嘘《うそ》偽りない気持ちと向き合わなくてはいけないということだ。

天使のような彼女の、無垢《むく》で真っすぐにしか見えない好意には——裏がある。

その根拠たる記憶を頼りに、隘路《あいろ》を乗り越えるべく、俺は愛衣の手を取った。

「行こう。このデート、忘れられないものにしてみせる」「……それは楽しみだね」

愛衣は非の打ち所がない笑みを浮かべた。ほんの一拍、直前に余白を挟みながら。

——……それから、俺たちはパーク内をゆっくりと歩いて回った。

深紅や純白の大輪を開かせたツバキ園、色鮮やかで細やかな花弁が緻密な点描画のように映る梅園、水鳥が優雅に漂う池、壮観かつ薫り高いバラ園を、二人で通り抜けていく。

カフェで軽くランチを済ませ、その付近の見晴らしがよい丘の休憩所に移動した。

「んー、気持ちいいーー！」

愛衣が両手を広げる。眼下には先ほど巡った多種多様な花や草木が見渡せた。

そして、手近な足元にも花畑が広がり、小さな花々が整然と並んでいた。

そよ風に前髪を弄ばれながら、愛衣はこちらへ振り返って、満面の笑みを浮かべる。

「ね、この後はどうするの？」「そうだな……そろそろ丁度いい時間か」

意味深に呟《つぶや》くと、愛衣が小首を傾《かし》げた。

そちらへ歩み寄って、彼女の健康的に焼けた小麦色の掌《てのひら》をそっと掴《つか》み取《と》る。

「愛衣にどうしても見せたい場所があるんだ。ついてきてくれるか?」

「っ——……う、うん。もちろん!」

神妙な面持ちで伝えた俺に、愛衣は息を呑《の》み、それから口元に弧を描いた。

彼女と手を繋《つな》いで、俺はガーデンパーク内のとある舞台へと向かう。

……愛衣とのデートをリベンジするにあたって、俺が最重視したのは、一体どうすれば彼女に心から楽しんでもらえるかという一点であった。

以前の遊園地デートの際に、愛衣は一度も退屈そうな顔など見せなかったし、むしろついかなる時でも、楽しそうな笑みを絶やさずにいた。

だが、そんな彼女が、俺の前にいる時とは別種の笑顔を見せた時があった。

それは愛衣が遊園地で迷子の少年を安心させるべく見せた笑みと、その少年と共通の趣味で話が盛り上がった時にこぼれ出た笑み——それを見た瞬間が、俺は忘れられない。

その時の愛衣は、すごく生き生きと、今までにないくらい良い顔をしていたから。

上手《うま》くは言えないが、本気で心の底から笑っているような気がした。それと比較して初めて、俺の前にいる時の愛衣は本心を見せているのか、強い疑念を抱くようになった。

彼女は本来の姿を偽り、本心を偽り、肝心なところは何も見せていないのではないか?

仮にそうだとしたら、目に見えない溝を埋めて、俺は本当の愛衣と向き合いたい。

彼女を恋に落として才能を掌握する——……そのためだけではなくて、心ときめく無邪気な笑顔を、俺にだけは決して見せないという事実が、無性に悔しかったから。

◆

——私の手を引きながら、初瀬純之介《はつせじゅんのすけ》は緩やかな足取りで歩を進めていた。

どんな魂胆があるのかは知らないけれど、私も今回こそは彼を篭絡《ろうらく》してみせる。この身に宿す『芝居の才能』の力で、理想の女を演じて虜《とりこ》にすることで、初瀬純之介を思いのままに飼い殺してやる。そうでもしないと、彼への恨みは晴らせないのだから。

……ただ、ついさっき手を握られた時や、先日の遊園地デートの際にも何度かあったけれど、時おり初瀬純之介に……本気でドキリとさせられることがある。私の役作りが真に迫り過ぎていて、嘘《うそ》の好意を本物と混同してしまっているのかもしれない。きっとそうだ。

それにしても、見せたい場所というのは、まだ着かないのか。生まれつき汗っかきなせいで、滲《にじ》んでくる手汗が気になって、彼と繋《つな》いでいる手をほどきたくなってしまう。

でも、私の手が離れそうになると、初瀬純之介がしっかりと握り直してきた。意外と力がたくましくて、私の手汗を気にした素振りも見せず、涼しい顔で歩き続けている。

——……キュンと胸の内が跳ねた。

「さあ、着いたぞ」「っ!?　……あ、うん！」

初瀬純之介の横顔を見つめていたら、いつの間にか目的地に着いていた。まるで時間を忘れるほど、彼に見惚《みと》れていたみたいだと自分で気づき、勝手に羞恥心が込み上げてくる。

でも、彼の前では、『理想の女』としての演技を崩すわけにはいかない。『芝居の才能』を存分に発揮して、完璧な嘘で塗り固められた役柄に徹する。

そうして、確かに気持ちを落ち着けた後で、周囲を見回して――……硬直する。

「あの、純……ここは、えぇ……ん？？」

そこは大きめの広場だった。中央に舞台ステージがあって、その正面には五十人くらいを集客規模とする数の長椅子が規則正しく並んでいる。

このガーデンパークで何かしらの催し事がある際に、使われるスペースなのだろう。

本日も何かが行われるようで、既にある程度の人数が集まっていた。ただし、その大部分が幼い男の子を含む家族連れで、私たちのような高校生グループは他にいなかった。

純之介は平然と私を連れて最前列の椅子に座って、それから大真面目な顔で言う。

「どうしても君に見せたかったんだ。この――……『みんな一緒に楽しくパワー満開大激闘！　花伝戦隊ガーデンジャー二十周年記念公演』を」

「…………………………………………………………………ナニソレ？」

微塵《みじん》も知らないローカルヒーローの公演が始まった。

笑顔を張り付けて、パチパチと拍手をしながらも、頭の中は困惑でいっぱいだった。

どうして初瀬純之介《はつせじゅんのすけ》は突然、私をこんな場所へ……？

普通のカップルならまず選ばないだろうスポットなのに、どんな考えがあって、年頃の女子高生を少年向けヒーローショーの観客席に連れ込もうと思ったか本気でわからない。どう考えてもおかしい。だけど、はっきり言って、私は……この手のヒーロー作品は大好物だ。こんな不意打ちでもなければ、周囲の少年たちと同じようにはしゃいでいた。

でも、それ以上に、この私の嗜好《しこう》が、いつの間にか初瀬純之介に把握されていたという衝撃の方が大きかった。隣に座る彼を、つい睨《にら》むように一瞥《いちべつ》する。

目聡《めざと》くもこちらの視線に気づいて、彼は柔らかく微笑《ほほえ》むと、私の耳元に顔を寄せた。

「今はショーに集中して。俺は、愛衣《めい》にデートを楽しんでもらいたいだけだから」

「……〰〰っ!?」

至近距離で囁《ささや》かれて、思わず背筋からつま先までピンと伸びる。

こ、これはいきなりで驚いただけだ。彼を異性として意識しているわけじゃない！

隣にいる初瀬純之介の存在は一旦忘れて、今は言われた通り、ショーに集中する。

舞台上ではオーソドックスでわかりやすい勧善懲悪が展開されていて、段々と前のめりになりながら、物語に入り込んでいく。

……やっぱり、ヒーローはいいな。悪を裁ける力があって、困っている人たちを助け、喜ばせることができている。心の底から羨ましくて、そうなりたいと憧れる。

でも、私にはできない。いくら努力しようと絶対にできない。天の神から真実を聞いたから断言できる。私は――……本来授かるべき『ヒーローの才能』を身に宿せていない。

その『弊害』で、良かれと思って行動しても、それは絶対に世のため人のためにはならない。善意が空回りして、余計なお世話やありがた迷惑になってしまう。

人の喜ぶ姿が好きで、誰かのために頑張りたかっただけなのに……私はヒーローにはなれない。そんな自分自身に嫌気が差しているし、初瀬純之介のことも許せない。

こんなデートをされても、その気持ちは変わらな――……。

「グゲゲッ!? おのれ、ガーデンジャー！　若き芽を摘み、命を散らせ、地を枯らす、この怪人ツチカレ様の邪魔をしおって……こうなったら、人質を取ってやる！」

「おのれ卑怯《ひきょう》な！」「手下に邪魔さえ」「されなければ」「人質など」「取らせないのに！」

怪人と手下たちを追い詰めかけていたところで、逆に五人のヒーローたちが劣勢に立たされていた。一人で済むセリフを五等分しているところが妙に気になるけど。

「やむを得ない！」「皆の中の」「誰か」「今だけ私たちと」「一緒に戦ってくれ！」

どうやら舞台に協力してくれる人を募る観客参加パートに突入したようだった。怪人は人質を探していて、ヒーローたちは味方を探しているみたい。

こういうとき、きっと小さい子供ほど積極的に参加したがるのだろうな。

「――はい！　はいはいはい！　はい！　はいはいはいはいはいはいはいはいはい！」

そうそう、こんな風に――……と、やけに近くから聞こえる声の方へ顔を向ける。

真隣の初瀬純之介《はつせじゅんのすけ》が、綺麗《きれい》な挙手の姿勢で、大音声を上げて立候補していた。気でも触れたのかと思ったが、彼の気迫は冷やかしのそれじゃなく、明らかに本気だった。

「え……あ……じゃあ、そこの元気いっぱいの人と……」

「あ、えっと」「隣」「の」「カノジョさんも」「お願いします！」

怪人とヒーローたちが引き気味になりながら指名した。ガーデンジャーはMCの時まで台詞《せりふ》を五等分にする必要ないでしょうが……って――な、何で私まで!?

いつの間にか彼に手を握られていて、傍《はた》から見れば確かに私たち二人は恋人同士のようにしか見えなかった。あれよあれよという間に、ステージ上に立たされる。

「グ……グゲゲ！　たった一人増えたところで何ができる、ガーデンジャー！」

「それはどうかな！」「私たち」「は」「決して」「悪には負けない！」

そこで、怪人とヒーローたちの視線が、私と初瀬純之介の方に向けられた。一方は怪人の人質になり、一方はヒーローと共に戦う正義の味方にならないといけない。

「じゃあ、私が人質になるから……純、男の子だもんね。かっこ良く助けてほしいな？」

男女で役を振るなら、男の子がヒーローで、女の子は囚《とら》われのヒロインが似合うと思って提案する。だけど、もう初瀬純之介は隣にいなくて……見れば、怪人の傍らで跪《ひざまず》いていた。

「うあああああああ！　愛衣《めい》、助けてくれええええええ！」

「純が人質なの!?」「彼氏が人質になるの!?」

「カノジョが」「私たち」「と」「一緒に」「戦うの!?」

迫真の悲鳴を上げて人質役を演じる初瀬純之介に、ステージ上の全員が驚いた。

けれど、彼は心外な反応をされたとばかりに、こちらへ言い返してくる。

「何を言う！　人を助けたい気持ちさえあれば、他は関係あるか！　だから愛衣、君は自分が本当にやりたいことをやればいい。そのためなら、俺はいくらでも協力する！」

「――っ!!」

初瀬純之介の言葉が、私の胸に響いた。張り付けていた笑みがひび割れる。

いや……でも、そう簡単にやれるなら苦労はしない。私に限っては、やりたいことは絶対にできない。人を助けたいなんて二度と思わない方が、かえって人のためになるんだ。

ヒーローになりたいなんて願望、私は持つべきではない。そうに決まっている。

その場に佇《たたず》んだまま動けない私を見て、初瀬純之介は声を張り上げた。

「思い出せ！　遊園地で迷子の少年を親元に送り届けた。君は確かに人を助けたんだ！」

「……！」

「あの時のように、君一人では難しいなら、二人で一緒に力を合わせよう。君の善意や正義が空回りしないように、俺が必ずそばで支えてみせる。……だから、愛衣！」

「……ど、どうして、そこまで……私のために……？」

彼の熱意にあてられた、この瞬間——……私は演技を忘れて、素で尋ねていた。

どうしても聞きたかった。ありがた迷惑ばかりの嫌われ者として生きてきた私には、力を貸してくれる味方なんて、今まで一人も現れたことがなかった。

それなのに、どうして彼はここまで必死に、私の背中を押してくれるの……？

彼は顔を赤くしながらも、その答えをはっきりと伝えてくれた。

「理由なんて単純だ。俺は……愛衣《めい》が好きだから——っ！」

観客席の隅々にまで届きそうなくらい大きな声で叫ぶ。

「ちゃんと知っている、人助けをしている時の——本当にやりたいことをやっているんだって時の、君の笑顔は格別に魅力的だってことを」

「っ〜〜〜〜〜〜〜〜〜〜〜〜〜〜……！」

ずっと『芝居の才能』で嘘《うそ》の自分を演じてきた私だから、わかる。

彼の……純の言葉は本物だ。それがもし演技なら看破できた。けど、剥《む》き出《だ》しの想《おも》いでぶつかってこられて、私はいよいよ『理想の女』としての仮面を保てなくなった。

胸で急速に膨れ上がっていく。この上ない嬉《うれ》しさ、それから——熱い気持ちが。

「清楚《せいそ》で女の子らしい愛衣も、もちろん好きだったけど、やっぱり俺は……愛衣が自分らしくいてくれるのが、一番だと思う。だから愛衣、ここは——ン!?」

「——私は純の唇を奪った。私がいま一番したいことは、これだった」

観客席の保護者らが、誰も彼もみな子供たちの目元を手で隠しながら、ものすごく興味津々といった表情で舞台上を眺めていた。怪人とその手下たちは口元に手を添えて「キャーっ！」と黄色い歓声を上げているし、ガーデンジャーまで手を叩《たた》いて盛り上げていた。

その後、怪人ツチカレの方から、ヒーローたちへと厳かに話しかけた。

「オレ様の人質を取り戻すとはやるじゃないか……今日はこの辺で勘弁してやろう」

「そう、この世に悪は栄えない！　我ら、ガーデンジャーがい」「る」「か」「ぎ」「り！」

「……やっぱりそっち台詞《せりふ》の配分おかしいよなぁ……！」

ステージ上からはける怪人のぼやきがマイクに入りながら、舞台は幕を閉じる。

観客席から鳴り響く拍手と共鳴するように、私の心音も激しく高鳴っていた。

◆

「め、愛衣っ？　急にキスなんて、何を考えているんだ、こんな人目があるのに……」

観客席へと戻りながら、俺は愛衣へと声を掛けた。ひどく顔が熱く、火照っている。

胸の内では心臓が大暴れしていた。それはそうだろう、俺はファーストキスを奪われた

ばかりなのだから、冷静になんてなれなくて当然だった。

そして、それは愛衣《めい》の方も同じなのか、湯気を上げそうなくらい頬《ほお》を紅潮させている。

「だって……だって、だって！　私も純のことが……す、好きだって、そう思ったら、自分を止められなくなって……うぅ、やりたいことをやれって言った、純のせいだからなぁ！」

「こらっ、人のせいにするな！　もとはと言えば、愛衣が──……」

お互いに向かい合って、恥ずかしいくらい赤くなりながら、言い合いを続ける。

やがて、息も絶え絶えになるくらい言葉を吐き出した後……ふと、愛衣を見つめる。

彼女もまた、俺の方をじっと見つめていた。胸にある気持ちを確認するみたいに。

「……純、さっき言ってくれたこと、本当？　本当に私を支えてくれる？」

「──もちろん。そのつもりだ」

即答した。すると、愛衣が感極まった表情を浮かべて、俺の胸に飛び込んできた。

彼女を受け止め、細い肩に手を添える。目と鼻の先で、愛衣が瞳を潤ませた。

「純に……話さなきゃいけないことが一杯あるんだ。それだけじゃなくて、一杯謝らなくちゃいけないことも……」

瞳から滂沱《ぼうだ》の涙を伝わせながら、愛衣は滔々《とうとう》と語った。

夢のなかで天の神と出会ったこと。天賦の才と『弊害』の存在を知ったこと。そして、才能を独占してきた俺に復讐《ふくしゅう》を企てていたことを、涙ながらに謝罪してくれた。

そんな彼女を抱擁して慰めていると——心の奥底から大きな疑念が浮上する。
俺にとって大切なことは、今もまだ——……天賦の才や自分自身の将来だけなのか?
その自問が脳裏で反響して、いつまでも頭を離れないのだった。

エピローグ

愛衣《めい》とガーデンパークでのデートを終えた、その日の夜。

自室でロッキングチェアに身体《からだ》を預けて揺られつつ、俺は思考を低迷させていた。

「…………」

今まで通りの調子なら、自らの手腕を讃《たた》えて、残り一〇四人の女を恋に落として目的を達成する時も近いと高笑いしていただろう。けれど、とてもそんな気分になれない。

ふと、部屋の姿見を一瞥《いちべつ》する。そこに映る俺は、あれほど求めた天賦の才を四つも掌握したというのに、喜びの欠片《かけら》もなく神妙な面立ちをしていた。

いや……理由については、すでにあたりが付いている。

この胸の内で、妙な葛藤が生じたのだ。才能を求めての奮闘と成果を、自力で当然のごとく勝ち取った功績だと胸を張ることができたなら、こうも悩まずに済んだだろう。

けれども、こう思ってしまった。天賦の才を所有する少女たちを恋に落とすことができたのは……ひいては、悩みや苦しみから心を救えたのは、彼女たち自身の功績だと。

——誰からも存在を忘れられてしまうけど、交友を絶やさず広げてきた者。

——下手なまま上達しないけど、己の理想を体現すべく努力を欠かさなかった者。

――自分の被害妄想に振り回されていたけど、最後には対人恐怖を乗り越えた者。

――善意の行動が余計なお世話になるけど、困っている人を救おうと足掻《あが》いてきた者。

「……」

では、俺は？

すべての才能を取り戻し、天才として歩むはずだった安泰な将来を取り戻そうという考えは、志した当初からずっと変わることはないと信じていた……けれど。

今にして思う。はたして、俺はこのままでいいのだろうか？

もはや俺は……個人的な目標や天賦の才だけに関心があるわけではなくなっていた。

四人の恋人たち――彼女たちの純粋な恋心に、俺は応えられないままでいいのか？

こんなことで自分が思い悩むなんて考えもしなかった。

まず間違いなく、才能目当てとはいえ必死に恋に落とそうとした弊害だ。相手の気持ちを真剣に考え続けていたら、いつしか、そんな逡巡《しゅんじゅん》を抱くようになっていたのだ。

心に萌芽《ほうが》したらしき、彼女たちへの誠意が、俺に選択を迫っている。

今まで通り才能目当てで接するか、恋に落とした相手への誠意を優先するか――？

「……」

俺は悩んだ。

何日も悩んで、悩んで、悩み尽くして――……ひとつの決断を下した。

ある平日の早朝。自宅の玄関前で佇立《ちょりつ》して、待ち人が来るのを待っていた。

青く澄み渡った空を仰ぎながら、いつになく穏やかな心持ちで時の流れを感じる。

そんなとき、アスファルトを軽快に叩《たた》くローファーの足音が届いてきた。

「純ー！」「ああ、来たか。愛衣《めい》」

快活な笑みを湛《たた》えて、颯爽《さっそう》と登場した少女を眺める。

もはや清楚可憐《せいそかれん》な天使のような古城《こじょう》愛衣ではなかった。

やや跳ねっ気のある髪に、犬のようにつぶらで活発的な瞳、健康的な小麦色の肌と引き締まった身体《からだ》——ずっと見ることができなかった、彼女の素の姿だ。

顎先へと伝う汗を手の甲で拭い、愛衣は破顔する。

「急に呼び出すなんて、びっくりしたぞ。大切な話があるから家に来て欲しいって、どういうことだ？」

「ああ。それは……」

単刀直入に疑問を解消しようと、愛衣は首を傾《かし》げる。

彼女には悪いが、まだ説明するには早い。なにせ、ここへ招集をかけたのは——。

「純之介《じゅんのすけ》、来たよー！」「純之介くん。お待たせ！」「じゅ、純之介さん……！」

正面、右方、左方から登場してきたのは、千陽《ちはる》と渚《なぎさ》と栞《しおり》の三人だった。

見事としか言いようがない、ほとんど同時のタイミングだ。

この状況を作り出した俺を除いて、彼女たちはお互いの顔を見合わせて固まっていた。

疑問符が四つ並びになり、その後は自然と、全員の視線が俺へと集中する。

「どういうことか……と思っているだろう。ちゃんと説明するよ」

一人ずつ順番に見回して、最後に覚悟を決めるために長く息を吐いた。

長く悩んだ末の選択だ。きっと、何があっても後悔しないだろうと信じたい。

「実は――」


俺は、己の誠意を摘み取らなかった。

恋に落とす相手の気持ちを想《おも》い、俺の所業のすべてを告白する――そう選択した。

……彼女たちの気持ちを知ってなお、同時交際を続けられるだろうか？

……才能目当てで恋に落として侍《はべ》らせるなんて、卑劣な考えを受け入れられるか？

否――そんな軽薄さを持ち合わせたまま、彼女たちの恋心に向き合うことは、もう俺にはできない。

俺は改心した。心を入れ替えた。最初こそ方便だった、才能捜索への協力についても、彼女たちのためなら協力を惜しまないとすら思う。

才能さえ自在に使えれば、他はどうでもいいという考えを捨て……我が生涯の悲願とも

思えた、安泰な将来を取り戻すという目的すらも捨て……誠意ゆえの告白に踏み切った俺
だが、彼女たちと向き合うという決心には、誠意以上に本質的な動機があった。
それは、俺が本心から千陽《ちはる》と渚《なぎさ》と栞《しおり》と愛衣《めい》のことが好きだという事実。
ようやく実感が湧いた。俺はきちんと恋をしている。そして、彼女たちを愛していた。

「――……だから、どうか、お願いする。四人とも、俺と付き合ってほしい!!」


語り終えた後で、再び四人の顔を見回す。

千陽は唖然《あぜん》と口を開けて、渚は凝然と瞳だけを揺らして、栞は呆然《ぼうぜん》と立ち尽くして、愛衣はただ唇を緩ませていた。

直後、まず口火を切ったのは千陽だった。

「な――っ、何言ってるの、純之介《じゅんのすけ》！　そんな四股とか、絶対にあり得ないから!?」

「……そう思われて当然だ。だけど、俺が持つすべての能力を使って、絶対に誰も不幸にしない恋人関係を築いてみせる、それだけは命に懸けて約束する！　だから、お願いだ。

俺は大好きな君たちとの恋を終わらせたくない。千陽、君とだって――！」

「……そんな調子の良いこと、言われたところで！」

「千陽が俺にくれた、ぬいぐるみ。もらった時に言われたように、千陽と会えなくて淋《さび》しいときは代わりに愛《め》でていた。ぬいぐるみ自体も可愛《かわい》いけど、千陽が俺のために作ってく

れたっていう、その事実が俺には……本当に嬉《うれ》しかったんだ。幸せをくれて感謝している」

「……ぐううううぅぅ〰〰〰〰〰〰っっ!?」

千陽《ちはる》は赤面して歯を食いしばり、やり場のない激情をぶつけるように地面を蹴った。

そんな彼女の脇を抜けて、渚《なぎさ》が凛然《りんぜん》と歩み出てくる。

「純之介《じゅんのすけ》くん、四人と恋をすることなんか不可能よ。複数人を公平に愛するなんて、誰にもできないことだわ。この際、誰か一人を選んで収拾をつけるべきだと思うけれど」

「……それでも、俺を信じてほしい。他の子と比較して、渚に失望したり嫌いになったりはしないよ、絶対に。だから、渚も不安にならないでほしい」

「っ——私が、不安だと……どうして？」

「わかるよ。俺は渚の内面をちゃんと知っている。それに、どんなに渚のドジな一面を知ったとしても……怒られるかもしれないけど、そんな渚も可愛《かわい》くて好きなんだ……渚のそばにいて、君が精一杯に努力する姿を見守って応援できることが、俺の幸せだ」

「……………〰〰〰〰〰〰〰〰〰〰〰〰〰〰……!!」

渚は身震いしながら、表情をふにゃふにゃに弛緩《しかん》させた。

自分の顔をクールに戻そうと必死な渚——その背後から、栞《しおり》がおずおずと前に出る。

「じゅ、純之介さん……た、たくさんの女の子とお付き合いしようとなさるのは、不純だと思います。皆を幸せにできるなんて、そんな漫画みたいな絵空事……あり得ません！」

「たしかに現実的に考えたら、すごく難しいかもしれない。でも、恋人を幸せにするためなら、俺は現実の範疇《はんちゅう》なんて凌駕《りょうが》してみせる。想像力豊かな栞が空想する以上の、絵空事みたいな最高のハッピーエンドを必ず実現させると約束する！」

「……わ、わたしがイメージする以上の、ハッピーエンド……？」

「ああ。決して不幸にならない、心安らぐ物語を現実につくろう。栞が怖がったり怯《おび》えたりせず、ずっと幸せでいられるように、俺はいくらでも頑張るよ。だって、幸福な想像をしているときの、にこにこ嬉しそうに笑っている栞が……大好きだから」

「……う～～～～～～～～～～～～～～～～っ……！」

栞はアホ毛が千切れて飛んでいきそうなくらいブンブンと顔を横に振って、湧き上がる喜びに悶《もだ》えているようだった。

微笑《ほほえ》ましい気分でそちらを眺めていると、俺の肩をツンとつつく感触。

いつの間にか、密着しそうなくらい近くに愛衣《めい》が立っていた。いや、実際に腕を絡めてきて、彼女は人並みより高めの体温を余すことなく伝えてくる。

「わ、私は純とキスまでした仲だし……もう離れることなんて考えられないくらい大好きだから、四股だろうと構わないぞ」

「キスぅ!?」「キ、キキ、キス……!?」「っ……キス……!?」

愛衣の大胆な発言に、後方の千陽と渚と栞が過敏に反応した。

三人が頬《ほお》を染めて、俺の顔の辺りをじぃ……っと眺めてくる。その視線の意図するところがわかると、こちらまで羞恥が押し寄せてきて、つい顔を逸《そ》らした。

そのとき、ギリッと歯を噛《か》み締《し》める音が届く。

「あぁ、もう！　あたしだって……あたしだって……っっっ！」

「ち、千陽《ちはる》？　——……っ！」

俺の制服の胸元を掴《つか》むと、千陽は顔を引き寄せてキスをした。

数秒を経て、お互いの唇が離れると、浅く息を吐きながら千陽が真っ赤な顔で叫ぶ。

「あたしだって、純之介《じゅんのすけ》のこと、大好きなんだからぁ————————っ!!」

「……〰〰〰〰ッ!?」

唐突な出来事に思い切り面食らいながらも、痺《しび》れるほどの幸福感が染み渡った。

あまりにも熱い頬を冷やしたくなった折に、視界の端から伸びてきた繊細な指が、俺の顔へと添えられた。そして、気づいたときには、渚《なぎさ》の端整な面立ちが目の前にあった。

「なっ、なぎ……っっ!?」

名前を言い切るよりも先に、その柔らかい唇で口を塞がれる。

興奮で頭が真っ白になる。窒息しそうなくらいの時間を経て、やっと渚が離れた。

「はぁ……私も大好きだから。純之介くんのこと」

愛くるしいほど綺麗《きれい》な笑顔で、渚が吐息混じりに呟《つぶや》いた。

俺は軽い酸欠になったのか、足元がふらついて、その場にへたり込んだ。

そんな状態の俺の前に、熱っぽい顔をした栞《しおり》が立ちはだかった。彼女は矮躯《わいく》を小刻みに震わせながら、花弁みたいにつぶらな口元を寄せて、ちょん……と互いの唇を触れさせる。

「……ぃ、今はこれくらいが精一杯ですけど……大好きですよ、純之介さん」

「――……っっっ………」

喉が震えて、言葉が出ない。でも、どうにか自分の足で立ち上がった。

眼前に四人が並ぶ。彼女たちは互いに、ぎこちなく目配せした後……同じタイミングでこちらへ歩み寄り、ギュッと俺の身体《からだ》に抱き着いた。

千陽が「幸せにしなかったら、今度こそ許さないからね」と唇を尖《とが》らせる。

渚が「……これからもよろしく。純之介くん」と甘えるように頰擦りする。

栞が「もう幸せ過ぎて……ど、どうにかなりそうです……」と裾を遠慮がちにつまむ。

愛衣《めい》が「私たち、最高の恋人になろうな？」と溌剌《はつらつ》とした笑みを浮かべた。

心底から望んでいた光景だけど、いざ実現してみれば、信じられない気分だ。

全身の血液が沸騰したかと思うほど体温が上がり……俺の目端に涙粒が溜《た》まった。

あまりにも嬉《うれ》しくて泣きそうだ。でも、目元を擦《こす》って、涙がこぼれる前に拭う。

――彼女たちを、絶対に幸せにしたい。

――失われている本来の才能も取り戻してあげたい。

――やりたい目標や、夢を追うことができるように全力で応援してあげたい。
そんな悩ましい心の数々を、恋と愛の力で、いずれは必ず実現してみせよう。
この初瀬純之介《はつせじゅんのすけ》は――……『恋愛の才能』を持つ、恋の天才なのだから。
天から燦々《さんさん》と注ぐ、暖かな木漏れ日が行き先を照らす。
俺は四人の恋人たちと並んで、早朝の晴れやかな通学路を歩み出すのだった。

あとがき

　本書を手に取ってくれた皆様に感謝いたします。汐月巴《しおつきともえ》です。

　ちょっとだけ裏話をすると、この作品は企画当初では、才能を題材とした青春路線の物語として構想していました。ところが、なかなか難航していた折に、担当編集様から助言をいただいてラブコメ路線で練り直したところ、良いものが出来上がりました。

　日々の創作活動で四苦八苦していると、自身の才能について色々と考えさせられます。才能と称されるものの何たるや？　人それぞれ、才能の捉え方は違うはずです。もしも自分に、本作の天賦の才のような異能感すらある凄《すさ》まじい能力があれば、わかりやすかったのでしょうが、残念ながら天の神とは縁がなかったようですね。実に悔しい。

　以下、謝辞になります。

　担当編集様。企画から粘り強く付き合ってくださり、本当にありがとうございます。至らない点が度々ありご迷惑おかけしました。その分、報いるつもりで頑張ります。

　最中《もなか》かーる様。最高に素敵で素晴らしいイラストの数々を描いていただき、感謝の念に堪えません。キャラ達の魅力が何倍にも増して彩られていて、心から感動しました。

　この本の出版に尽力していただいた関係各所の皆様にも深く感謝申し上げます。

　最後に、読者の皆様。ここまで読んでくださって誠にありがとうございました！

MF文庫J

煩悩の数だけ恋をする
108つの才能へ愛を込めて

2025年3月25日　初版発行

著者　汐月巴

発行者　山下直久

発行　株式会社KADOKAWA
〒102-8177 東京都千代田区富士見2-13-3
0570-002-301（ナビダイヤル）

印刷　株式会社広済堂ネクスト

製本　株式会社広済堂ネクスト

Printed in Japan　ISBN 978-4-04-684637-2 C0193

【ファンレター、作品のご感想をお待ちしています】
〒102-0071 東京都千代田区富士見2-13-12
株式会社KADOKAWA　MF文庫J編集部気付「汐月巴先生」係「最中かーる先生」係